サド復活

Tatsuhiko
ShibUSaWa

澁澤龍彦

P+D
BOOKS
小学館

目次

I

暗黒のユーモア
あるいは文学的テロル

サドの書簡集を一読して先ずわれわれが心底ふかく打たれるものは、この幽囚の文人が最初の数箇月、絶望の危機を過ぎて後、次第に己れの運命について毅然たる確信を抱いてゆく過程である。もとより獄舎における生身の人間の不安と苛立ちが払底し切れるはずはなく、それどころか、最後までサドは諦めを知らないとさえ言えるのであるが、しかもなお、その混濁した怨讐と狂躁の熱っぽい泥土の底をつらぬいて、地下水のごとく脈々と流れる清冽な一つの決意、すなわち作家としての決意が、みずからに幽囚の責苦を強いた世界に対する総体的な把握を可能ならしめているのは明らかである。この決意こそ、別して牢獄文学者サドのものであり、それはまた外部的現実の攻撃に対して人間存在を守り抜こうとする、最も英雄的であると同時に最も効果的な、そしておそらくは意図せざる効果でさえあるところの文学上の一形式、すなわちユーモアの発生と無縁のものではないはずである。

サドは自己のモラル、自己の形而上学のみならず、また自己の性格のどれ一つをも否認するというがごとき懐疑の徴候を、かの獄舎の絶望においてすら決して知らなかった。この片意地なまでに根づよい自負心の底には、しかし、一途に釈放を希求する表面上の意識とは裏腹に、却って獄舎の怖ろしい闇のなかに作家としての恰好な口実を見つけて楽しんでいるという風な横柄なシニシズムさえ見受けられた。

「傲慢で、気短かで、怒りっぽく、何事につけ極端で、想像力の放埒、不品行ぶりにかけては肩を並べる者もなく、また狂信的なまでの無神論者である。つまり、これが私という人間だ。もう一度言っておこう、私を殺すか、しからずんば、あるがままの私を受け容れてもらいたい。私は永久に変りはしないだろうから」――これは一七八三年十一月、ヴァンセンヌから妻宛てに送られた手紙の末尾の一節であるが、このほかにも、この鬱勃たる囚人の火のような信仰宣言を随所に挿入した手紙は、なお二十通余りも数えることが出来る。

「私の考え方は私の熟慮の結果なのだ。それは私の生存、私の体質と切っても切れない関係にある。私が勝手に変えたりするわけには行かないものなのだ。かりに変えられるとしても、変えようとは思うまい。諸君が非難するこの考え方こそ、私の人生の唯一の慰めなのだ。それこそ私の獄中の苦悩のすべてを和(やわ)らげ、私の地上の快楽のすべてを構成するものであって、人生よりもっと私が執着しているものだ。私の不幸をつくったのは、私の考え方では毛頭(もうとう)なく、むしろ他人の考え方というべきだろう」（一七八三年十一月）

*

『晩禱(ばんとう)』と名づけられた一節がある。一七八二年四月、妻宛ての手紙の余白に書きつけられた、かのボードレール★1の『悪魔への祈り』にも似た荘重(そうちょう)な、とはいえその裏に限りない悪意を秘めた、囚人サドの神への呼びかけである――

「おお神よ、私があなたに乞(こ)い求めるお恵みは、たった一つきりです。けれどあなたは、私の祈りのよしいかに切実であろうとも、いっかな聴き届けては下さりますまい。このお恵み、この至上の恩寵(おんちょう)とは、おお神よ、要するに、私を罰するのに私よりもっと悪辣(あくらつ)な人間をどうか選ばないでいただきたい、ごく些(ささ)やかな平凡な過ちしか犯したことのない私を、どうか罪の中で冷酷無残になった悪党、神の掟を嘲弄(ちょうろう)し、これに違反することを楽しみとするがごとき悪党に、お任せにならないでいただきたい、ということです。私の運命を、おお神よ、美徳の手中にとどめ置きください。美徳はこの世におけるあなたの似姿です。悪徳を矯正するには、美徳を尊敬する人たちの手に任せるよりほかありますまい。おお、ありとあらゆる存在のうちの至高至善なるものよ、私の後見人に独占者、貧民を盗む者、破産者、男色家、詐欺師、マドリッド異端糾問所の獄卒、還俗したジェスイット坊主、淫売屋の主人などを、どうかお選びにならないで下さい」(一七八二年四月)

この文章で、サドが創造者に訴えるというポーズをとったとしても、結局のところ、それは彼が自分を苦しめる迫害者を、その迫害者自身の武器によって敗北せしめてやろうと意図したからにほかなるまい。だがそのような擬態を別としても、このサドの崇高な孤独の意識を見事に反映した『晩禱』のなかに、われわれは、彼がかりに神と名づけることによってあらわした、ある最高法廷への訴えを読み取らないわけには行くまい。それはかのウィリアム・ブレイク★2をして「牢獄は法律の石で造られ、遊廓は宗教の煉瓦で建てられる」と言わしめたと全く同じい、いわば人間の抽象的牢獄を粉微塵に吹き飛ばし、原罪以前の人間の本源的権力を一挙に回復せんとする、ある執念にみちた真理の極期的表現ともいうべきものだ。さように、この爆発的真理の表現、すなわち今日の言葉でいうところの《詩》は、ユーモアと呼ばれる心的機能の裡にその完全な開花を見るであろう。

*

美学上のイエラルシイ（ヒエラルキー）において、苦悩は笑いよりもつねに高貴であり、暗黒は薔薇色よりもつねに貴重であるという説をわれわれは信奉している。これはロマン主義[★3]以来の原理である。すでにロートレアモン伯[★4]が『マルドロール』第四の歌の中に、「おお、憎むべき堕落！　ひとの笑うとき、いかに牝山羊に似たるか！」と書いて、このわれわれの説を正当化してくれている。しかし時として笑いが涙の美に匹敵することがあるのを、同時にまた、われわれは知らないわけではない。それは先に述べたごとく、笑いが超越的ユーモアの形式の下に、人間の英雄主義の顕現の基礎となる場合である。

「フモール（ユーモア）とは」とフロイト[★5]が言う、「何かしらわれわれの心を解放するようなものを有っているのみならず、何かしら崇高なもの、何かしら昂揚的なものを有っている。明らかにそれは、ナルシシズムの勝利、自我の不可侵性の貫徹に存する。この場合、自我は、現実の側からの誘因によってみずからを傷つけられることを拒み、外界からの外傷を絶対に近づけぬようにするばかりでなく、その外傷も自分にとっては快楽のよすがとしかならないことを誇示するのである」

むろん、ここで問題になるユーモアは、例の楽天的なゴーロワ精神とか、「野卑なひとびとが猥談とか色話とか笑い噺とか称している、あのぞっとするような陽気さ」（ロベール・デスノス[★6]）とは無縁のものである。問題になるユーモアは、ローラン・ド・ルネヴィル[★7]によれば、「その出現によって、多くの場合、読者から、既定の諸観念の承諾に由来するあの安定感および最も広汎に受け入れられている諸々の約束を奪い去る態のもの」であり、人間社会の既成概念によりかかった安易な満足感をくつがえし、一瞬ひとをして虚無の深淵を覗かしむる態の、戦慄と一種不吉な滑稽味をおびたユーモアである。サルトル[★8]の表現を借りれば、この手法は「現実世界への総体的な不信に寄与するための努力」であろう。

「ここで問題になるのは」とアンドレ・ブルトン[★9]はユーモアを定義して言う、「あらゆる価値のなかで特に高い価値というだけでなく、さらにその他一切の価値の大部分が普遍的に順位づけられることを止めるまでに、価値一切を自己に従属せしめ得る価値である。このユーモアのヴェールを取りあげようと意識するや、われわれはただちに燃える一つの主題に触れ、炎の大地に立たされ、情熱の追風あるいは向い風にこもごも翻弄される。にもかかわらず、われわれは文学において、芸術において、一つの満足をもってユーモアの明白な所産を識別するに至った。たしかに、ユーモアの総体的な所有が人間にその最高段階を保証するであろうような、一種のイエラルシイの感覚をわれわれは漠然とながら有っているのだ。まさにこの点に、ユーモアの総括的な定義が永いあいだわれわれの手を脱れ、また将来もたぶん脱れるであろうという事情が存する。このことはまた、一般に《人間が自己の理解の限界内にあるものを崇拝する自然の傾向をもっている》という、原則にも因るであろう。ただ幾人かの卓れた人間のみの達し得る神秘の奥義が、高等魔術の最高の公準として、いかにして魔物を呼び出し得るかを容易には明らかにしないように（高等魔術の地上的プランにおける復原ともいうべきカバラ[★10]の秘密は方士たちによって固く守られている）、ユーモアの秘密を暴露したり、これを教育目的に奉仕せしめたりすることは、やはり問題にはなり得ないであろう。それはあたかも自殺から生命のモラルを引き出そうとするようなものだ」

＊

「フモール的精神態度をその動的機能の面から説明しようとすれば、次のような仮定を立てればよい」とフロイトは言う、「すなわち、かかる態度の本質は、フモリストそのひとが、心理的なアクセントを自我から引き上げて、それを超自我の方へ転移したという点に存する、と。[★11] しかも超自我は、その発生史からいえば、両親が子供に対して有っている検問所(インスタンツ)としての意味を受け継いだものであるから……フモリストがみずからを優越者の地位に置き得るのは、彼がみずからをいわば父親と同一の地位に置き、その反面、他人を子供の地位にまで引きさげるからなのである」

フロイトはある死刑囚の例を引いて、自己の見解を解説している。その死刑囚は、ある月曜日に絞首台に引き立てられたが、そのとき、「ふん、また一週間がはじまるよ」と言った。この貧弱な冗談は、しかし、これを言わしめた心的メカニズムの機能を考察するに十分であろう。すなわち死刑囚は、危機に瀕(ひん)した自我から身を引いて、何ものも攻撃し得ぬ超自我の地点から自我を眺めるのだ。

このフロイトの定義に正しく符合する囚人サドの天才的な反逆は、アンドレ・ブルトンのアンソロジーが数々の例を提供するあの《暗黒のユーモア》の、最も近代的な面を端的(たんてき)にあらわしているであろう。
ロートレアモン、ジャリ[12]、ニーチェ[13]——こういった騒々しい奇矯な反逆者たちの名前が、サド侯爵の手紙に一わたり目を走らせるとき、まずわれわれの念頭に浮かぶ。これほど大胆に世上の概念の一切に衝撃を与えずには措かない侯爵の手紙が、当時、その文通の相手方にどんな茫然自失を惹起せしめたか、ひそかに想像をめぐらしてみるのはまことに愉快である。たとえば、一七七九年一月一日、マリー・ドロテ・ド・ルーセ嬢は弁護士ゴーフリディに宛てた手紙のなかで、「侯爵さまの手紙のすべてをあなたに写してお送りするわけにはとても参りません。第一それは長すぎますし、ぞっとするような気味のわるいことが書いてあるかと思うと、すぐその隣りには突拍子もないことが書いてあるんです。……あんまり分らず屋なので、あたしがお説教をしてあげますと、もうあの方はあたしのことを《聖女ルーセ》としか呼ばなくなりました……」

*

周知のごとく、ロートレアモン伯の主要な発見のひとつは、文学作品のなかに医学や自然科学の書物から借りた多くの用語をちりばめることにあった。ところで、われわれはサドの書簡集のなかに、後にシュルレアリストの手法の最も重要なものの一つとなった、あのデペイズマン[★14]の方法をかなり頻繁に見出すことが出来るのである——「私が大きな箱を註文したので、あなた（ルネ夫人）は大へん困っていると言うのだね。しかし、もし箱がすでに出来あがっているのなら、あなたは困りもしようが、まだ作らせるという話しかしていない現在、ただ註文するという行為だけであなたの神経が刺戟され、魂が苦痛の感覚を告知されるとは、私の小脳の狭い容積では、とても考えられないのだよ。そんなことをしたら気違いだと思われる、とあなたは言うのだね。どうもそこが私には理解できないな。つまり、小さい女が大きな箱を註文したからといって、われわれ無神論的哲学者が理性の座と見なしている松果腺に、何らかの混乱が惹き起されるだろうとは、私には到底信じがたいのでね」（一七八三年十一月？）

ちなみに、脳髄の中央にある松果腺をば、精神の直接に作用する唯一の場所と見なした哲学者はルネ・デカルト[★15]である。

＊

「たしかに私は神になるよりも、バーゼル大学の教授である方がよかったであろう」とニーチェは精神錯乱で倒れた直後、一八八九年一月六日、北イタリアのトリノからブルクハルト教授[★16]に宛てて書いた、「とはいえ、私は世界の創造を放棄するほど、自分の個人的エゴイズムをあえて押し進める気はない。貴方のおっしゃる通り、われわれはどんな場所に、どんな手段で生きるとしても、犠牲を払わないわけには行かぬのだ。——しかし私は、カリニャノ宮殿の正面に位置した小さな下宿部屋（ここで私はヴィットリオ・エマヌエレの名をもって生まれたのだが）に住んでいる。サーヴィスつきで二十五フラン支払い、ひとりで町に出て買物をし、破れ靴をはく不自由をしのんでいる。そしていつも古い世界について天に感謝している。近づく永遠を突拍子もない冗談で楽しませてやらねばならないので、私は全く斬新な、何ひとつ欠けるところのない書き方を発明した。ポストはここから五六歩の近くにある。俗界の偉大な年代記作者に宛てた手紙を、私は自分自身でそこまで投函しに行く。もちろん私は『フィガロ』[★17]紙ともごく親しい関係を保っている。私がどんな平和の裡に暮らしているか貴方にお知らせするために、私の突拍子もない冗談の二つをお聞かせしよう――

「プラド事件をあまり真面目にとらないでいただきたい。（プラドとは、実は私のことなのだ。私はまたプラドの父でもあり、さらに言えば、私はレセップス[★18]でもある……）愛するパリの人々に、私はひとつの新しい概念――正直な罪人という概念をもたらそう。さて二番目の冗談として、私はアカデミー会員アルフォンス・ドーデ[★19]氏に敬意を表す。

「私の謙虚さを傷つける不愉快なことは、私が歴史上のあらゆる偉大な名前であるということだ。一方、私が生命を授けた子供について言えば、私は神の王国に入る者のすべてが果して神から由来した者であるかどうか、ある種の疑惑を抱かざるを得ない。この秋、私はいささかの驚きもなく、私自身の埋葬式に二度ほど立会った。最初はロビラント伯の名の下に、そして二度目は私自身がアントネルリであった……」

文中にあるヴィットリオ・エマヌエレは言うまでもなくイタリア王の名であり、プラドは当時新聞紙上を騒がせた殺人犯の名、レセップスは有名なスエズ運河の完成者である。ロビラント伯はその頃死んだイタリア艦隊提督、アントネルリは十年以上も前に死んだ法皇庁枢機卿の名であった。一八八九年初頭、トリノから諸方へ相継いで飛ばされた奇怪な断簡には、アドレスも切手も差出人住所もなく、ただ怖ろしく大きな字で《十字架につけられし者》《ディオニユソス》などと、暗号のような署名があるのみだった。ストリンドベリ[20]に送られた手紙には《皇帝ニーチェ》と署名があったが、彼はよもやニーチェが発狂したとは考えず、冗談だと思って、自分は《至高至善の神ストリンドベリ》と署名して返事を送った。先に引用したブルクハルト宛ての手紙の末尾には、「あなたはこの手紙を、バーゼル市民の私に対する尊敬を貶しめない限りにおいて、どんな風にお使いになろうと構いません」と但し書がある。『ルネッサンス』の老教授は果してただちにニーチェの狂気を断定し得たであろうか。

ともあれ、アンドレ・ブルトンはこの手紙の文章を、ニーチェの「最高の抒情的爆発」であると評して、さらに次のごとく続けている、「ニーチェのすべての意図は、自我の増大拡張にともなう超自我の強化に向けられる。（ペシミズムは善意の源として、死は自由の形式として、性愛は矛盾の統一の理想的実現として表現される。）神の名の上に置くことが可能であったすべての権力を、人間に返すことのみが問題なのである」と。超自我の強化は運動をはじめたダイナモのように、高い熱度となって自我を融解せしめるであろう。「われ思うなどというのは誤りです。自分とは一個の他者なのです」と書いたランボオ[21]を想起せよ。追いつめられたニーチェにとって、《彼自身》とは要するに、時間の気まぐれが選択せしめた一連の《他者》、複数の《他者》でしかなかったのである。

＊

「昔はあなたの条理にかなったお話を、私が二時間以上も黙って聴いていたとおっしゃるんですね。たしかにその通り、この上ない楽しさで聴いていたと言ってもいいくらいです。けれど、あの頃の私は自由でした、自由な人間でした。ところが現在の私は《ヴァンセンヌの檻の中の一匹の獣》なのです。筋道立てて話もできないような状態に来てしまっているのです。たぶん、そのうち、全く口がきけなくなってしまうかもしれません……私の《檻》に来て住みたいのですって？　いやいや、聖女ルーセよ、飛んでもない、あなたはここに住むにはあまりに年寄りです。ここに住むためには、十歳から十五歳までの子供でなければなりません。ところで私は、御存知のように十二歳そこそこです。だからまあ、何とか暮らして行けるのです。——時に、包み隠さずありのままを言っていただきたい……あなたは私の部屋をまるでごらんになったことがあるかのように、よく知っていらっしゃいますが、実を申せば、毎日ここへ来ていらっしゃるのではありませんか？　私と毎晩のように格闘しているあの魔性の鼠こそ、実はあなたなのではありませんか？　きっとそうに違いない、そうでしょう？　もしそうだとおっしゃるなら、もう私は棒で叩いて追っ払ったりなんぞ致しません！　鼠捕りの代りに、私のベッドにあなたをお迎えしますよ……」（マリー・ドロテ・ド・ルーセ宛）

ここにもまた、ニーチェの場合におけるごとく、あの超自我の白熱による電気療法にも似たユーモアの「抒情的爆発」が見られはしないだろうか。現象世界の上に個人が投げるユモリスティックな見解は、かように意想外であればあるだけ、爆発的であればあるだけ、それだけその世界の否定を誘い、外界に対して効果的に反抗することを個人に許すであろう。自己を《檻の中の獣》と見なし、相手を《鼠》に変形せしめるサディストの、パン・セクシュアリスムの秘密はしばらく措くとしても、「自己とは一個の他者だ」と宣言する反抗者の窮極の夢想を完成させるものは、デカルト以来の近代的個性の解体、すなわち神と人間、人間と動物、動物と物体をば同一平面上に対置せしめる残酷なユーモアの方法を措いてほかにはあるまい。われわれは現代のユニークな変形譚(へんけいたん)を残したカフカ[★22]の例を知っている。

＊

サドの作品には、以上に引用した断簡以外にも（かかる暗黒のユーモアの現代的定義に正確に結びつくかどうかは別としても）なお抒情的表現の極度に高められた形式に属する一種の凄惨なコミックが、そのあらゆる部分に発見される。それはアリストファネス[23]、スウィフト[24]、さらにはポオ[25]のある種のページを想起させずには措かないものである。ただし、ヴォルテール[26]とラブレー[27]はここに除外しよう。「スウィフトの動かしがたい独自性、きわめて特異な、ほとんど前例のない角度から眺められた作品の完全な抒情的統一」とアンドレ・ブルトンが言っている、「そこには、ヴォルテールの見解とは全く反対に、《完成されたラブレー》といった趣きはみじんもない。ラブレー的な駄洒落趣味、つねに変らぬ一杯機嫌の陽気さは、スウィフトと最も縁遠いものだ。同様に、人生のスペクタクルに対処する反応の仕方のすべてにおいて、彼はヴォルテールとも明確に対立している。それは彼ら二人のマスクを比べて見ても明瞭であろう。一方は物事を理性によって捉え、決して感情によっては捉えない男、懐疑主義の中に閉じこもった男の、永遠の冷笑を泛かべた表情であり、他方は全く逆の方法で物事を捉え、たえず怒り狂っている男の、氷のような冷然たる表情である。スウィフトは人を笑わせるが、自分は決して笑いの仲間に入らない。まさにこの点においてこそ、われわれの解釈しているような意味でのユーモアが、その固有の要素である崇高な性格を外在化させ、滑稽形式を超越し得るのである。かかる資格において、スウィフトは残酷かつ陰惨な冗談の創造者として立派に通用する」

*

「ロンドンで知合った大へん物識りのアメリカ人の話によると」とスウィフトは言った、「よく育った健康な赤ん坊は丸一歳になると、大へん美味い滋養のある食物になる。シチューにしても、焼いても、炙っても、茹でてもよいそうだが、フリカセやラグーにしてもやはり結構だろうと思う。それ故、以下に私見を述べて大方の御考慮を煩わす次第である。先に計算した十二万の子供のうち二万は子孫繁殖用に残しておく、男はその四分の一でよろしい、それでも、羊や牛や豚よりは割がいい。残った十万を丸一歳になったら国中の貴族、富豪に売りつける。母親に忠告して、最後の一箇月はたっぷり乳を飲ませ、どんな立派な献立にも出せるように丸々と肥らせておくことが肝要である。友人を招待するなら、赤ん坊ひとりで二品の料理ができる。家族だけなら、頭の方でも脚の方でも四半分で相当の料理ができる。少量の胡椒、塩で味をつけ、殺してから四日目に茹でると丁度よい、とくに冬場は味がよい。……この食物が少々お高いものになることは事実である、だから地主さん方にふさわしい食物で、親たちの膏血をすでに絞った彼らだから、その子供を食う資格も一番あるというものだろう」（『貧家の子女を社会的に有用ならしめんとする方法についての私案』）

この人肉嗜食についての仮借なき冗談を、われわれはやはりスウィフトと同じ精神家族に属する他の作家たちの許に、ゆくりなくも発見して驚くのである。ひとの意表をつく酷烈な冗談を最も愛したボードレールは、あるとき写真家ナダール[29]に向かって、だし抜けにこう言ったと伝えられる――「僕と一緒に子供の脳漿を玩味してみる気はないかね、聞くところによると、それは榛の味がするそうだが？」

一方、サドは『ジュリエット物語』において食人鬼ミンスキーの肖像を描いて、この巨人の山砦に招待された主人公たちのあいだに、次のような卓抜な会話をさせている――「諸君、前にも言った通り、ここでは人間の肉しか食わないことになっている。諸君の目の前にある皿も、すべて人間の肉でないものは一つもない」「ではひとつ、お毒味しましょう。食わず嫌いは筋なしです。それは習慣の欠如から生ずるものにすぎません。すべての肉が人間を養うために作られてあり、そのためにこそ自然によって私たちの前に提供されているのです。人間を食うことは若鶏を食うこと以上に、ふしぎでも何でもありません」

スウィフト、サド、ボードレール――この三人の諧謔家たちのあいだに存在する奇妙な照応は、そも何を意味するか。第一に、それはわれわれが人間であるということにおいて本性上強制されている誤謬に対する、暗黙のプロテストをふくんでいるであろう。その誤謬とは、人肉嗜食が社会・心理学的には近親相姦などと全く同様に、種族の願望を具現した一つの禁忌にすぎないということだ。また第二には、この禁忌にわれわれが幾世紀のあいだ口実として与えて来た人間性の尊厳という思いあがった観念は、実は何らの実質をも伴わず、キリスト教道徳の虚構の上に組み立てられた空虚な観念ではないか、ということだ。われわれは普通人間より下等と見なされている動物の肉によって自己を養っているが、しかし豚や牛の意識が発生学的に人間の胎児の意識とどう違うのか。それが動物であったにせよ、胎児であったにせよ、本質的にはわれわれの意識と同じものではないのか。もし人間に食われることが神によって羊たちに課せられた義務だとすれば、人間は神への義務を果すべく何者に食われればよいのか。さらに一歩進めて、人間とはあらゆる存在のなかで最も傲慢不遜な、そのくせ最も無用な存在ではないのか。なぜなら人間は誰にもその肉を提供しないからである。「われわれ人間の、この一種独特な境遇は、嗤うに足るものであるとともに又笑うことをも得るものである」（モンテーニ

ユ）[★30]

われわれはこの人肉嗜食の黙示録的な幻覚から、暗黒のユーモアが本質的に内包しているところの、人間の倫理的所有、社会組織、またわれわれの宗教的・哲学的確信を破壊顚覆（てんぷく）せしめんとする、真に革命的な意識を読み取らないわけには行かない。それは夜の闇のなかに沈んだ風景のように、隠密な魔力をもってわれわれを取り囲む現象世界のなかの真実の部分、すなわち神秘の領域を、閃光（せんこう）ランプのように一瞬にして照らし出すことを可能ならしめる。この系列に属する作家たちは、魔術によろうと、哲学によろうと、詩によろうと、あるいは体系の力によろうと、すべて意識の問題を提示し、意識についてわれわれが獲たと信ずる観念のいかに空虚であるか、いかに愚劣であるかを証明せんとする一つの意志において、ひそかに相寄り相集い、さながら一連の暗黒星座のごとく、絶対の夜空に蒼白（そうはく）な光芒（こうぼう）――想像力と反抗と瀆神（とくしん）と諧謔とバロック[★31]精神の五芒星形（ペンタグラムマ）――を走らせつつ、驚異と自由と死の翳（かげ）を地上にまき散らしているのである。そしてこの星座の中軸にサドを置かんとする試みは、何ぴとも異論を差し挟み得ないところではあるまいか。

＊

グザヴィエ・フォルヌレ[★32]（一八〇九—一八八四）という奇怪な作家がいる。みずから《蒼顔暗黒の男》と名乗り、ビロードを偏愛し、暗紫色のフロックコートをつねに着用し、パリ文壇に友人知己をひとりも有たず、幾冊かの書物を自費出版し、幾篇かの戯曲を自費で上演し……それがことごとく不成功に終り、ロマン主義運動の華々しい喧騒を横目に見ながら、ボーヌの領地で孤独のうちに死んだ。典型的な地方ブルジョアの富裕階級に生れながら、安楽な物質生活が生み出す陰鬱なムードをたえず意識し、奇行によって田舎町の耳目をそばだて、幾度か訴訟事件を惹き起し、生前には批評家シャルル・モンスレただひとりに注目されたにすぎなかった。——この詩人、フォルヌレを暗黒のユーモアの系譜に位置づけるには、先ず次なる詩『恥を知る貧乏人』を引用しなければなるまい。これまたアントロポファゴスな趣味の汪溢していること、先にふれた三人の作品と異ならないであろう。

穴のあいたポケットから

引っぱり出して
目の前に置いた
つくづく眺めて
「かわいそうに!」と言った

湿った口から
息を吐きかけた
ふっと心をとらえた
おそろしい考えに
ぞっとした

思わず流れた
氷の涙で
うるおした
(乞食小屋よりもっと

穴ぼこだらけの部屋だった）

ごしごし擦《こす》ってやったが
温まりはしなかった
ほとんど感じないようだった
刺すような寒さに
かじかんでいたからだ

ある思いつきを吟味するように
宙にかざして
吟味した
それから針金で
寸法を測った
皺《しわ》の寄った唇で

ふれてみた——
物狂おしく
こう叫んだ
「さようなら、接吻しておくれ！」

唇に押しつけた
それから　捩子(ねじ)のゆるんだ
重苦しい音を出す
腹の時計に
相談した

殺すことに意をきめた
片一方の手で
そっと触れた
——そうだ、たとえ一口でも

腹の足しになるぞ

ぽきりと折った
へし折った
机の上で
小さく切った
水で洗って
運んで行った
こんがり焼いて
食ってしまった

まだ子供の頃、この男は、こんな話を聞いたのだ、「ひもじくなったら、片方の手を食うがいいよ」と。

すでに人間の一元的に律し得る人格が、空中楼閣(ろうかく)のごとく空しく潰(つい)え去り、人間を食うことと動物を食うこととのあいだに何らの差異のないことが証明されれば、弱者の地位に追い落された《恥を知る貧乏人》が、自己の肉体を食うことに思い至るのは、当然すぎるほど当然な論理の成行(なりゆき)であろう。見者(けんじゃ)の手紙（ランボオ）が近代人の自我のうちに発見される基本的な二重構造を定義しているとすれば、それはまた当然、解体と綜合(そうごう)の要求をも含んでいなければならない。「自己とは一個の他者だ」という観念をこれほど生ま生ましいイメージで完成した詩作品はないし、これほど痛烈な物質生活への侮蔑(ぶべつ)も稀(まれ)であろう。このブルジョア詩人の作品では、ふしぎなことに、乞食や貧乏人がつねに泥まみれなワルプルギースの夜を唄い、純潔な涙の結晶と残酷な血の凝(こご)りが必らず美しい瑪瑙(めのう)のように入り混っているのである。

*

「かったい坊って、何のことですね？」

「かったい坊とか、なりん坊とかいうのは、ひとに嫌がられる人間のことですよ」

「それじゃ、ハープってのは何ですね？」

「ハープってのは、ひとをこの世ならぬ気持にさせる楽器のことですな」

この対話は、フォルヌレの絶妙な短篇『乞食とハープ』の冒頭にあらわれる象徴的なエピグラフであるが、われわれはこの両極端のイメージを接続詞で結びつけようとする作者の一見したところ最も気まぐれな意図の裡に、最も気まぐれでないものを見る。いや、一見したところ最も気まぐれでない意図の裡に、最も気まぐれなものを見ると言い直すべきであろうか。どちらにしても同じことだ。いずれにせよ、それは綜合の無意識的要求であって、《恥を知る貧乏人》という題名がすでに暗示しているように、この作者の視点の向うところは、虹のように崩壊飛散した人間的尊厳の断片から、新らしい神話を構築すべきプリズムの材料を探し求めることにあるはずだから。

「彼は乞食の誇りをもって、黒い石の上に身を落着けた。彼は貧乏において誰よりも勝っていたから、仲間の乞食たちは彼を乞食王と称した。つねに最も飢え、最もしおたれ、最も裸に近いのが彼だった。足は丸くねじくれ、臑は短かく節くれ立ち、左右の手には三本しか指がなく、眼は小鳥の目のように小さく、鼻は両頰のあいだに落ちくぼみ、口には六本の歯しかなく、並はずれて大きい頭にはほとんど毛がなかった。——そういうわけで、あわれな彼は、しばしば自分の爪を食ったり、泥土の溜り水をすすったりするほどの、みじめきわまる状態に追い込まれた」（『乞食とハープ』）

ある種の平俗さ、安易なイロニーは、最も劣弱せるマゾヒズムと相容れないものではない。フォルヌレの駆使するユーモアは、こういった種類の平俗さとは無関係である。ウイリー・ポール・ロマンの言うように、「フォルヌレは眼前に突如として透明な空間、恐怖の広がりを発見し、さながら見者の眼の見るごとく、そこに神秘が日常性と並び立ち、死が生ある者を支配し、異常性が平俗に取って代り、睡りが覚醒よりさらに明晰になるのを見る」のである。

シャルル・モンスレの伝えるところによれば、「フォルヌレはいつも通行人の好奇の視線の的であった。しかし彼はこれを堂々と甘受していた。ディジョンのある雑誌に宛てた手紙のなかで、彼はこう書いている、『ひとは私を指して《きざったらしい厭なやつ》と言う。ありがとう、皆さん、私は満足です、不平なんぞ申しません。けれども皆さん、私はね、あなた方がおそらく決して味わったことのないような、ある満足を知っているのですよ。それは何かと申しますと、私が外へ出ると、子供たちが口々に、実にかわいらしく、いささかの嘲弄をも混えずに、《今日は、フォルヌレさん！》とこう言うんです。この子供たちの声が、私の心のなかで大きく鳴り響いています』」（『フィガロ』一八五九年七月）

*

個人の精神は相継ぐ否定によって自己自身の絶対に達する。私は考えるものであって、考えられたものではない。純粋主体は永遠の否定の限界としてしか想像され得ない。

ルネ・ドーマル[★33]『大いなる詩の賭を解くもの』

われわれが包括的な一つの断言に達するためには、あまりに豊富すぎる現実の多義性を捨象して、その一要素をのみ絶対のテーゼとして打ち建てる必要がある。が、現実はついにこの要素が排除された要素を無視し通すことを肯んじないであろう。現実はつねに原理よりも強大になり、原理を押しつぶそうとする傾向をあらわす。ルクレティウス[★34]の壮大な長詩『物性について』の最後の一節が、ペロポネソス戦争[★35]時代アッティカ地方に猖獗をきわめたペストの凄惨な描写、おびただしい真黒な屍体が神々の聖殿を埋めつくした光景の克明な叙述であることは、偶然ではない。それは古典世界の原理を侵した猥雑な現実のすがたそのものなのだ。詩人はこの腐臭にみちた五十行近くにわたる描写に事寄せて、「人間の問題から全く離れて、いともふかい平和の裡に不死を楽しんでいる」（カミュ[36]）神々を嘲笑しつつ、現実に完敗した古典世界の挽歌を奏でているのである。

しかし、統一的世界像を突き崩してこれを根柢から再検討に付そうとする精神の努力は、このローマ共和国末期の詩人には見られない。反抗の歴史は実に遅々たるものだ。サドが決定的な価値転換をもくろむまでにも、たとえば十七世紀神権政治思想に反抗した数々の自由思想家――ガッサンディ[37]、ピエール・ベール[38]からメリエ神父[39]、シルヴァン・マレシャル[40]に至る――がいたのである。一つの世界が崩壊するには、少なくとも、二百年間の反逆的精神の蓄積が必要であるように思われる。なぜボッシュ[41]は、グリューネヴァルト[42]は、ゴヤ[43]は、ジャック・カロ[44]は、あのような痙攣的な激しさで、ネーデルランドの、ドイツの、スペインの、フランスの、それぞれに固有な伝統の美の殺戮にいそしんだのか。

たとえばルソー[45]は、まったく新しい目で現実を眺め、描き、告白したが、実は彼のこの告白も、みずから現実に打ち負かされたことの告白でしかなかった。みずから自分の作品を日記か芸術品か知らぬと言った感傷家レティフ・ド・ラ・ブルトンヌ[46]のように、ルソーも具体的現実にしか依拠せず、事件をしか記述せず、かくすることによって必然に、現実の基本的なある面に目を閉じた。それは何かと言えば、近代がもはや牧歌的なアルカディアの裡にあるのではなく、文明——まさにフーリエ[★47]の指摘のごとく、過剰そのものから生じた貧困——の裡にあるのだという、ホッブス[★48]その他を俟つまでもない、抵いがたい自明の理である。またディドロ[★49]によって主宰されていた百科全書の事業も、外的現実の全容がそれによって示し得られるという確信の上に立っていたとはいえ、類別目録を提供するにとどまった。いわゆる古典物理学の発見が無限の問題に解決をもたらしたので、その結果、論理的な無限大とか極小とかの観念が、無限の現実を現実それ自体によって処理し得るという風潮を見たが、もとよりそれは同じ現実の単なる違った割付けにすぎない。

ここにおいて、以前に排除されていた現実の要素を今度は逆に絶対化し、以前に絶対視されていた原理を虚無に返還するという操作が、何度となく繰り返されることになった。そしてこういう実験を繰り返すうちに、あらゆる絶対の要素が同時に虚無の要素であり得るという認識が、われわれの意識に覆いようもなく忍び込んで来るのは如何ともしがたい成行である。かかるとき、一切はリヒテンベルク[★50]のいわゆる「柄の欠けた刃のないナイフ」と化するであろう。つまり無効になった絶対の比喩である。

このリヒテンベルク——せむしの物理学教授にして且つ迷信家、ヤーコプ・ベーメ[★51]の忠実な使徒にして且つ十八世紀における唯一の夢の記述家——の有名な公式において、テーゼとアンチテーゼの相互否定による無限の悪循環過程を一挙に解決するのが、すなわちユーモアの論理的な意味である。このユーモアの根柢ともいうべき矛盾——ブルトンの言葉を借りれば《崇高な哲学的愚劣事》——は、すでにギリシアのソフィスト[★52]の詭弁(きべん)法やあらゆる弁証法的思考の裡にあらわれているが、われわれは結局は人間の自己に関する認識の裡にのみ、この普遍的・非個人的問題が窮極(きゅうきょく)的に具体化されるのを見るであろう。ベルクソン[★53]は笑いの発生の条件を暗示するとともに、このユーモアの根柢たるべき矛盾の起源をば、併置された二要素間の均衡の欠如、人間の人間に対する瞬間的優越、すなわち対象たるべき人間の不完全の裡に発見したと信じたが、この矛盾のより直接的表現たるべき暗黒のユーモアは、さらにわれわれの自己自身における不完全をあばき出さなければ止まないのである。

まことに、三段論法から結論を引き出し得る人間にとって、暗黒のユーモアとは危険な坂道であろう。一たび走り出したら止まらない、結論は絶対に免がれ得ない。リヒテンベルクのナイフは例外的な状況から生じた例外的な結果ではないのである。そのメカニズムはあるべき事態の構造そのものなのだ。つまりこの現実においては一切が有効から無効へ瀑布(ばくふ)のように流れ落ちるのだ。かくて無限の弁証法的悪循環は、尽きることのないユーモアの復讐となって、自我と超自我、意識と無意識、人間と人間みずからの不完全のあいだに永遠の対立抗争を惹起せしめずには措かない。

ある一つの平俗なモラリスト[★54]的有効性の《ナイフ》が、暗黒のユーモアの猛毒を浴びて、いかにその鈍い光を放つ鋼鉄の《刃》を腐蝕させ、いかにその手垢にまみれた日常性の《柄》を失うに至るかは、たとえば次のごときパスカル[★55]の『パンセ』中の箴言と、これをむごたらしく戯画化したロートレアモンの『詩学断想』中の文章とを比較してみれば明瞭であろう――

パスカルによれば――「この世界の最高の批判者たる人間の精神は、そのまわりに起る喧騒によって忽ち乱されることを防ぎ得るほど、独立性を獲得しているものではない。彼の思考を妨げるためには大砲の音を必要としない。風見や滑車の音さえ必要としない。よし彼が現在正しく思考していないとしても、驚くには当らない。一匹の蠅が彼の耳もとでぶんぶん言っているのである。それだけでも彼がよい意見を見出せなくなるのには十分なのだ。もし彼に真理を見つけさせてやりたいと思ったら、君は彼の理性を阻害しているこの動物（蠅）を追っぱらってやりたまえ。この蠅こそ、街々や王国を支配するあの力強い叡智を混乱させているのだから。こうして初めて楽しい神がやって来る！　おお、滑稽きわまりない英雄よ！」

一方、ロートレアモンによれば――「最も偉大な人間の精神は、そのまわりに起る極めて小さな喧騒によってただちに乱されるほど、独立性に乏しいものではない。彼の思考を妨げるためには大砲の沈黙を必要としない。風見や滑車の音さえ必要としない。蝿は現在正しく思考していない。人間がその耳もとでぶつぶつ言っているからである。それだけでも蝿がよい意見を見出せなくなるのには十分なのだ。もし蝿に真理を見つけさせてやりたいと思ったら、僕は蝿の理性を阻害しているこの動物（人間）を追っぱらってやる。この人間こそ、王国を支配するあの叡智を混乱させているのだから」

この三段論法を経た後に、もはやパスカルにとって有効なものは何ひとつ残らない。つまりパスカルはこのとき、リヒテンベルクのナイフにひとしきものとなったのである。モラリストのテーゼ（人間精神の神への依存）は否定され、その否定（蝿）は肯定され、最後にその結論（滑稽な人間存在、つまりパスカル自身）は否定される。大前提から結論まで、否定の運動は稲妻のように貫通し、あとには黒焦げになった人間理性の残骸がのこる。「僕はこの動物を追っぱらってやる」という立言は、人間自身、言葉を変えれば理性的思考者たるモラリスト自身の否定なのである。

「私はバレスとともに、次のごとく考えるにやぶさかでない」とアンドレ・ブルトンは言う、「すなわち、前世代の人たちにとって、主要な関心は絶対から相対への推移であったが、今日では、道徳的価値を失うことなく、懐疑から否定へと推移することが問題なのだ、と。私は道徳問題に専念する。もともと不平家である私の精神は、もし私が道徳問題を議論の余地ないものと認めなかったら、しばしばこれを心理学的結果に依存させようとしたかもしれない。道徳問題は私にとって、それが理性のはたらきを阻害するという意味で、すばらしい魅力を有(も)っているのだ。その上、それは思考の最も大きな偏差を許す。私はモラリストのすべてを愛する、とくにヴォーヴナルグ★56とサドを。道徳は偉大な調停者である。道徳を攻撃することは、さらに道徳を尊敬することでしかない。道徳のなかに、私はつねに私の熱狂の主要な対象を見出して来た」（「失われた足跡」）

*

さて、モラリストとロマン主義的反逆との結節点に、先ほど一寸(ちょっと)ふれた一人のふしぎな合理主義的神秘思想家（？）が置かれる。この人物には、もしかするとサドにひとしい重要性が与えられるべきかもしれない。

「その男は博物学の体系をまとめあげるべく、動物の糞の形によって動物を分類しようと苦心していた。そして三つの形に分類したのであるが、それは円筒形、球形、およびパイ型であった。しかし私に言わせてもらえれば、この心理学的理論は、鰊の反映によってオーロラ現象を説明せんとする、あの有名な物理学上の理論にひとしきものだ」

「驢馬を連れて歩くとき以外は決して帽子をかぶらない製粉所の小僧がいた。永いあいだ、私にはこの意味が分らなかった。ところが、ようやく最後にそれが分った。つまり、この小僧は驢馬に対してひけ目を感じていたのである。だから帽子をかぶることによって、驢馬と自分とを比較されることを何とか免れたいと考えたのであろう」

リヒテンベルク（一七四二―一七九九）の『アフォリズム』には洒落と、告白と、瞑想と、科学的精密性とがごちゃごちゃに入り混っている。そして彼がその個人的生活の最も真実な瞬間を記録し得たのは、たしかにアルベール・ベガン[★57]の言う通り、「つねに懐疑的精神の煙幕を張ることによっていたので、もし彼がもっと大胆であるか、あるいはもっと感受性に欠けていたら、彼は（サドのように）周囲を軽蔑することも出来たであろうし、またレティフ・ド・ラ・ブルトンヌとか、サン・マルタン[★58]とか、ヘムステルフイス[★59]とかのように、哲学世紀と呼ばれる十八世紀において、神秘的非合理主義と生れ出づるロマン主義とを結びつける秘密の鎖を握ることも可能であった」にちがいない。骨相学者ラヴァーテル[60]の親友であったゲーテ[61]は、次のように言った。「われわれはリヒテンベルクの作品を仙女の棒のごとく利用し得る。彼が冗談を言うとき、そこには隠された問題がある」と。

アンドレ・ブルトンによれば、「リヒテンベルクの生涯はスウィフトの生涯に勝るとも劣らず、情熱的な矛盾に富んでいる。矛盾は一個のすぐれて理性的な精神を好むだけに、ここにおいてますます情熱的になる。もはや意識せぬ無神論者として、彼はただにキリスト教を《現世において平和と幸福を容易ならしめる最も完全な理論》と評価するのみならず、また時あって《熱心に祈る》までに来世の神秘的生活に没頭したりするという、感情的混乱を示すのである。『フランス革命は哲学の所産である。とはいえ、コギト・エルゴ・スムからパレー・ロワイヤルに鳴り響いた《バスティユへ!》の叫びまでは、何たる飛躍があろう!』と書いて、彼はテロルを容認した後、マリー・アントワネット[62]の死を悲しんだ」

*

リヒテンベルクのナイフに酷似した弁証法の危険を、われわれはサドの哲学において、ふんだんに発見することが出来るが、ここに引用したいと思うのは「ロマン主義の暗い夜空にあらわれた一つの星、王家とブルジョアとに対する無際限な、無制限な、無慈悲な貴族的憎悪によって揺り動かされていた」（ボードレール）風変りな全面攻撃的精神ペトリュス・ボレル★63（一八〇九―一八五九）である。まことにサドとロートレアモンを繋ぐ系譜の一環ペトリュス・ボレルなくしては、ボードレールの言うごとく「ロマン主義の中に一つの穴隙がある（けつげき）ことであろう」し、痴呆のスウィフトが死の三年前に洩らした言葉「おれはあるがままのおれでしかない」を己れの金言としていたボレルこそ、先に引用した囚人サドの書簡に再三あらわれる自然人の信仰宣言を、最も純粋な形で後代の《呪われた詩人》たちに引渡した、見逃すことのできないキー・ポイントであろう。リヒテンベルクのついになし得なかった二つのこと、《否定すること》と《信じること》とを、いとも容易になし遂げ（と）たのがこの《狼狂（ろうきょう）シャンパヴェール》（ボレルの筆名）であった。

「ごくつまらない品物を必要から止むを得ず盗んだ貧乏人が徒刑場へ送られるのに、商人は通行人を強奪すべく大道のほとりに堂々と店をひらいている。この泥棒は、贋鍵（にせかぎ）も釘抜きも有た（も）ないが、秤（はかり）と帳簿と商品とを有ち、相手を丸裸かにするまでは決してこの商売から足を洗わない。この泥棒は、こうして永いあいだに少しずつ財をなし、ついには資産家となる。ごく些細な政治的変動にも、彼らは結束して武器をとり、自分たちが略奪されるのだと叫んで、暴政に抗して立ちあがった高潔な人々を圧殺しようとする。愚かな古物商よ！　所有権を口にし、貧乏人を略奪者あつかいするお前たちこそ、飢えた烏か狼の群のように、腐った死骸を食いに町の人間を襲いに来た田舎者ではないか！　お前たちの所有を守るがいい！　汚らわしい馬喰よ、お前たちの野蛮な略奪なくして、果して所有があり得たか、もしお前たちが真鍮を金と、色のついた水を酒とごまかして売らなかったら、さあ、果して所有があり得たか？」

「私は死刑について語ろうとは思わない。それはベッカリーア[64]以来の雄弁な声がすでに面目を失墜せしめた。しかし私はここで立ちあがって、被告に対して不利な証人の制度をも不潔呼ばわりしなければならない。誰がいったい不利な証人になろうとするか？　かかる残虐な例を示すのが人道精神だとは、何たる醜悪であるか！　不利な証人の制度より以上に洗練され、文明の美名を着た野蛮があるだろうか？」（『悖徳物語』）

大革命以前のサドの教義を十九世紀初頭のブルジョア社会にそっくり当てはめたかと思われる、このボレルの舌端火を吐くばかりな糾弾は、しかし驚くべきことに、テオフィル・ゴーティエ[65]の記述を信ずれば、「どこを見ても近代人らしいところがなく、いつも過去の奥底から現われ出たような人物、あたかもベラスケス★66の画中に住んでいて、そこから抜け出して来たような」人物の口から語られたのである。この人物と、先に私が紹介したグザヴィエ・フォルヌレとの極めて相似た点は、両者がともにその趣味服装において暗色を愛し、ブルジョアの目を眩ませる奇矯なスタイルを好んだのみならず、またその作品において綴字法を「一般人の目の習慣に対する念入りの侮辱のように」（ボードレール）異様にし、あたかも「リリスムの舞踏蜘蛛に刺されたかのごとく」（シャルル・モンスレ）殊更に奇怪な詩形を選んだことにもあるであろう。その意味から言っても、この両者はロートレアモンと超現実主義者の真正の先駆であり、《悪夢のような》という形容に最もふさわしいバロック風ロマン主義者であった。

*

「私には幾らか政治に汚された部分がある。」と言うと、ひとは忽ち私を共和主義者あつかいして、大声でその非を鳴らすのではないか？　あらゆる訊問に先廻りして、だから私は率直に言ってしまおう。さよう、私は共和主義者である、と。しかし、私の裡にこの高い思想を芽ぶかせたのは、あの七月十四日の太陽ではない、私は子供の時から共和主義者なのだ。革命服の胸を飾る赤や青の勲章のために共和主義者なのではなく、強欲な一人の資本家が理解するであろうような意味での共和主義者なのだ。つまり私の共和主義、それは狼狂である！　私が共和国について語るのも、この言葉が私のために、文明の残し得た最も広範な独立をあらわすからにほかならない。私はカリブ人たり得ないがゆえに共和主義者なのだ。私は自由の莫大（ばくだい）な量を必要としている。

この本をサン・シモン風[★67]の作品、俗物殺し（バジレオファジュ）風の作品と称して排斥する人たちにとっては、この本はお客の寄りつかない商店のごときものであろう。ところで、買手のない商人は牙をむいた虎である！　改革に際してすべてを失う公証人は、飾り紐（ひも）製造人のごときフィリップ主義者である！　彼らはギロチンとアシニア紙幣の裡にしか共和国を見ないお人好しだ。彼らにとって共和国とは一つの斬首（ざんしゅ）にすぎない。彼らはサン・ジュスト[★68]の高い使命を全く理解しなかった。そして彼の幾つかの必要な処置を非難し、次にはボナパルト[★69]の殺戮を賞讃する――ボナパルトと、彼に殺された八百万の人たちを！

「この本をいやらしい都雅（とが）に欠けた作品と称する人たちのためには、実のところ、作者は王様の寝台をつくるつもりはなかったのだと答えよう」（ペトリュス・ボレル『狂詩曲（ラプソディー）』）

ここですでにはっきりあらわれている思想は、文学とはテロリズムであるという思想である。芸術の自己否定的傾向に対する手ばなしの容認である。必然のなかに偶然を導入し、完結することのない歴史のパースペクティヴにおいて、芸術家の行為（たとえば共和主義を選ぶこと）と認識（たとえば狼狂たること）とを全く同一の目的のために奉仕させようとする傾向である。その目的とは何か。古来オカルティズム[★70]（魔術）と呼ばれて来た秘儀の目的と別のものではない。それは何らかの意味でつねに《革命》である。革命は事件となった絶対的自由であり、魔術は事件の外に成立する所有の王国である。そして暗黒のユーモアとは、意識の革命を瞬間によって実現しようとするテロルにほかならず、ある面からみれば、それは古代から中世・現代に至るすべての魔術的思考の高度に自己批評的な機能をあらわすものと称して差支えないだろう。すなわち、世界はすでに出来あがっているものではなく、何らかの手を加えられることを無限に要求する。普遍的理性の支配はないから、虚偽の制度を暴力的に顚覆破壊する必要がある。つまり現実変革、存在と所有とが一致するような一点、行為と認識とが重なり合うような一点にこそ、芸術家は身を置くべきであって、芸術を不要のものにするという唯一の目的のために、現在この瞬間、芸術家は芸術にたずさわるのだ。魔術的思考が根本的にはテロルであるという考えを受け容れれば、それがただちにユートピア[★71]思想に繋がることを確認するのはさらに容易であろう。

リヒテンベルクのナイフは道徳の領域において無効になると同時に、心理のプランにおいて有効性を発揮する。これは当然だ。ゆくりなくもボレルの最初の作品『狂詩曲(ラプソディー)』の扉絵には、みずからの胸に短刀を擬(ぎ)した著者の肖像がおさめてあった。按(あん)ずるにボレルの《狼狂》とは、この短刀によって象徴される部分、自己否定の機能であり、批評であった。「私の共和主義、それは狼狂である」という彼の狷介不羈(けんかいふき)な宣言は、「私の思想とは私の娼婦である」という有名なディドロの、いかにも十八世紀自由思想家らしい言葉を対照的に思い出させずには措かないであろう。

「ユーモアとは」とモーリス・ブランショ[★72]が言う、「執念ぶかく重苦しい緩慢さのなかの、異なった《時》の干渉である。それは恐ろしい速さの突然の出現だ。それは稲妻のようにやって来る。この瞬間に、文章は単純になる。それは直接にわれわれを捉える。不意にわれわれを感動させる。それは突然であり、瞬間だ。『象は愛撫できる。虱(しらみ)はできない』(ロートレアモン)」

*

『悖徳物語』の出版後、ペトリュス・ボレルの貧窮は極度に達し、やむなく学校の賞状授与式演説の草稿を書く仕事によって生計を維持したが、一八四六年、賃仕事に疲れ、肉体的にも衰弱し、ようやくゴーティエの紹介で、当時欠員のあったアルジェリア植民地モスタガネム視察官の職を得た。だが到着後まもなく罷免され、次いでコンスタンチノープルの役所に復職したが、ふたたび罷免され、ついに絶望してみずから土地を耕す開拓農民の境涯に落ちた。しかしこれほどまで人生に痛めつけられた人間ではあったが、最後まで彼は自然に対して疑念を抱かず、燃えるような植民地の炎天下にも、帽子をかぶることを好まなかった。「自然のままでいるがよいのだ。われわれは自然に手を加えるべきではない。私の髪が脱け落ちたのは、私の額がむき出しのままであってよいということなのだ」と彼はうそぶきつつ、数日後に日射病で死んだと言われる。——結局のところ、ボレルの生涯が落伍者の生涯であり、また彼の反抗が想像力の冒険にしか貢献しなかったとしても、私はそのことをカミュのように否定的な側面からのみもっぱら眺めようとは思わない。

＊

人肉嗜食(アントロポファギア)のエピソードが明示するように、シュルレアリストによって正当化され昂揚された人間の完全な無罪性という観念は、次第に殺人を肯定する狂気じみた意識に変容して行った。それは一方では意識のテロルから歴史のテロル、すなわち革命・ユートピア待望へと発展して行く思想の萌芽(ほうが)をふくみつつ、同時にまた個人的な面では一種の道徳的無政府主義ともいうべき形に拡散して行った。自由思想家の流れを汲む個人意識のテロリストともいうべきサドと、ローマ的道徳政治の讃美者でフランス革命の渦中から生れた国家的テロリストであるサン・ジュストとが、さながら一本に綯(な)い合わされた二つの花綵(はなづな)のように、彼らシュルレアリストの精神に底流として生き続けるのをわれわれは見るだろう。

「恐怖時代のうら若い政治家たち、たとえばサン・ジュスト、ジャック・ルウ、[★73]ロベスピエール[★74]の弟たちに――興奮もなく開いた一冊の書物の、埃(ほこり)にまみれた頁のなかで――否応(いやおう)なく彼らに、あの天使のような美を、僕らは見出さずにはいられぬ。――エジプトの香油のように優雅な、ずらりと並んだ断たれた首の、花環(はなわ)をめぐって幾世紀が流れた。この間、僕らのために、

《清廉の士》の異名が彼らにとどめている、この壮美。ギロチンで研ぎ澄まされたヨハネの首また首の、あの純白さ。あのダンテルの襞。あれら白手袋と黄色の半ズボン。あの穂形花の花束。あの頌歌。革命の豪奢な最後の晩餐に先立つ、あの戸外の昼餐。熟した麦は金色に波打ち、死の想いがついて離れぬ弧を描いている、あの口また口。首斬庖丁のしたたる鮮血もまるでなかったかのように、緑の色のかがやく、五月のマロニエの若木の、仄暗い繁みの下蔭で、あのジャン・ジャックの甘美な繰り言」（ジュリアン・グラック[★75]『ロベスピエール』）

*

個人的テロリズム、殺人の讃美に、とりあえず論旨を限定しよう。アンドレ・ブルトンは一九二四年に、「最も単純なシュルレアリスム風の行為は、ピストル片手に街へ飛び出し、盲滅法に群衆を射つことだ」と言明している。「現在行われている堕落と白痴化の愚劣な制度を終結せしめようという」意志を抱いたことのない人間は、射殺されてしかるべきであって、こうした行為はブルトンによれば、「革命以前の永い忍耐が鼓舞される総体的に有効な動機」となるはずのものだった。このことから、右翼誌『アクシオン・フランセーズ』[★76]の編集者を暗殺した無政府主義の女性ジェルメーヌ・ベルトンや、「爪の先まで神話的な、もはやいかなる生者にも死者にも似ていない」父親殺しの娘ヴィオレット・ノジエールへの熱狂的な讃美が導き出された。彼女らはシュルレアリストの英雄になった。ブルトンの長詩『ヴィオレット・ノジエール』から一部を引用すれば――

お前の監獄は　人間が睡りのなかで
辿（たど）りつこうと努める浮標（ブイ）だ
そこに帰り来る者すべてを彼女は焼くのだ

ひとが街に出て香気の源泉へさかのぼるように
彼らはこっそり彼女の旅行記を爪繰（つまぐ）る
机のなかに蝙蝠（こうもり）を飼っていたフェヌロン中学の美しい女学生よ
黒板に咲いた雪の花が
夜に道徳の窓をひらく

家族の住居に帰る
一度ならず両親は子供のために血を流すのだ
手術台に覆いが置かれた
律気な男は陰険だ　尤もらしくあるだけに

歴史は言うだろう
ノヂエール氏は先見の明ある男だったと
ただに十六万五千フランを倹約したのみならず
そのプログラムを精神分析学的に解き得るような
娘の名前を選んだことによっても

「父はときどきあたしが娘であることを忘れます」
狂い乱れたる者よ
裏切りを怖れつつ裏切りを夢みること
泡の上の苦悩のごとき謎の言葉を

お前の口から聞いたと言う者は
冒(おか)される苦痛に値するものすべてを冒すだろう

お前が逃れようとしたものを
お前は偶然の腕のなかでしか失い得なかった
偶然は　偉大な無名の欲望に身をゆだねた
水晶の眼をした気まぐれな女たちの周囲に漂う
パリの午後の目的をひときわ曖昧にする
この無名の欲望において
お前の父が与え　かつ奪った名前が
われわれのために　すばらしい　唯一の　沈黙の　こだまを呼ぶのだ
地下墓窖(カタコンベ)の花のごと翼あるお前の性器(セックス)の前で
学生　老人　ジャーナリスト　放蕩(ほうとう)者
贋(にせ)革命家　司祭　判事　弁護士　自慰者
彼らが何をしようと　何を認める振りをしようと

すべてはどうでもよいことだ
今イエラルシイがここで終止するのを彼らはよく知っている

直接的な対象を有たない無名の欲望、無名の愛こそ、あらゆる階級闘争、あらゆる道徳・社会制度に優先するという思想は、フロイトの窮極のテーゼである肉体の無差別なエロス化にひとしい一種の逆ユートピア的絶対自由の世界観に基づくものである。この歴史的汎性欲主義の逆照明を受けて、対象のない愛、すべてを所有しようとする狂気の欲望は、殺戮の合法化をいよいよ促進する方向にはたらかざるを得ない。「おれが全財政を掌握したら、世界中の人間を殺して、おさらばしよう」というユビュ王の誓いは、この汎性欲主義による人間の平等化を願う孤独者の悲壮なユーモアなのだ。

「われわれが偉大な鍵の所持者に頼るごとく頼り得るのは、ただ欲望に直面した場合に限られる」とブルトンは言う、「自由が、欲することをすべて行う衝動と同じにはなり得ないように、私はある種の獣的欲望とこの欲望とを区別するのは無駄だと思う。サドにおいて夢みられた欲望の狂おしい面からさえ、なおわれわれは、十分威厳の保たれた欲望を認めることが出来るのだ」——しかしながら、もはや人間が罪のなかでしか自然に合体し得ないという、サドによって示された事実をそのまま承認することが、果して愛するということの「最も狂気じみた、最も異論のない方法の一つかどうかを知ることが依然として残されるであろう」(『狂気の愛』)

ラスネール[★77]、ド・クィンシー[★78]、ジャリなどといった、殺人の哲学者ないし美学者の系列が思い出されるのは、かかる時である。

*

「私は悪い道を通って死に辿りついた。階段をのぼって死に達するのだ」とラスネール(一八〇〇―一八三六)は言った。脱走兵、文書偽造者、殺人犯、泥棒、その他ありとあらゆる罪名を一身に負ったこの人物、みずから述懐するごとく「社会に対して不吉な計画をつねに思いめぐらして来た」このラスネールは、しかし、死刑に処される前の数箇月間に『わが回想、黙示および詩』という一巻の書物を書きあげ、己れの裁判に対する見世物的興味を盛りあげるのに最後の熱意を傾けたのである。彼が殺した人物はヴェロナの巡警、かつての同囚シャルドン、その母親、殺そうとして果さなかった人物はパリの集金係であったが、これらの犠牲者たちの血なまぐさい夜ごとの幻影も、公判の最後まで彼が断乎として失わなかった冷然たる嘲笑的態度を、一瞬間たりとも弱めるに至らなかった。己れの生命を救うことには全く無関心で、彼は身の証しを立てようとする共犯者を苦しめることに残酷な快楽を見出し、自己弁護といっては、ただきわめて物質的な動機を提供するにとどまった。道徳的見地から見るに、この白手袋とフロックコートの泥棒紳士ほど、自若（じじゃく）たる《アタラクシア》に達し得た意識はおそらく空前絶後であろう。

「ラスネールもまた自己流の哲学を築いたのだ」とフローベール[★79]が言う、「奇妙な、深い、苦渋にみちた哲学を！　彼が公然と道徳の尻をひっぱたき、泥と血のなかへ道徳を引っぱり込んだとき、この血も涙もない偽善者は、何という見事な懲戒を道徳に与えていたことか！」

　死刑の前日、告白を聴きに来た司祭や、観相学者や、罪人の死を待つ解剖学者たちを前にして、ラスネールは「気がふさいで仕方がない」から、鉄格子越しに牢番に「ばあ！　をしてやろう」と思っていたところだと告白した。

＊

「（殺害の目的に恰好なる）人物については、彼が善人でなければならぬことは明らかである。なぜかと申して、もし善人でなかったら、殺される時に当って自分の方が殺人を企てるという可能性がある。かような《ダイアモンドがダイアモンドを切る》格闘は、外に何もより面白い事件が沸騰しない場合には興味があるけれども、全くのところ、批評家の眼からは殺人と呼びがたい。私は、ある暗い小路で、ある人たちのために殺された人たち（名前は伏せておく）のことを知っているが、よくよく調べてみると、殺された方の仲間が、その時少なくとも、殺した方の仲間の命を奪おうと企てていたので、自分の方が十分強くさえあったら相手方を殺すところであったことが、一般に知れ渡ったのである。こういう場合、またはこういう疑いのある場合は、つねにすべての純粋なる芸術の主義から離れてしまうのであって、一個の芸術として考えられる殺人の窮極の目的と申すものは、アリストテレスが説明している悲劇の目的と正しく同一なのである。すなわち《憐憫もしくは恐怖の手段によって人の心を清める》のである。ところで、虎が虎に屠られたとしたら、そこに恐怖はあるとしても、いかにして憐憫があり得ようか」（『芸術の一種として見たる殺人について』）

ボードレールの言うごとく「本質的に脱線家であり、他の誰よりもユーモリストという呼び名を受けるにふさわしい」ド・クィンシーは、その有名な芸術殺人論において、道徳的な視角をことごとく切り捨て、ただ極端に感覚的知的方法によってのみ罪悪を捉えようと試みた。しばしば作者が喚起するあまりに因襲的な恐怖感を除外すれば、殺人とは、作者によれば、何よりも先ず美学的に扱われるべきもの、造型美術ないし医学的症例として質的見地から評価されることをみずから要求するものであった。かくて純粋思弁の対象となった殺人は、たとえば神秘性とか、動機の不明とか、実行上の困難とか、成功の見事さとか、そういった幾つかの要求を満たす度合において固有の価値を示すことになった。「偉大なる《神秘》の特色――すべての聰明なる殺人計画は何らかの形で、この色彩を帯びねばならぬ」

カント[★80]が散歩の途中、「ある個人的理由によって殺人を行おうとする男」の毒牙を危うく免かれたのは、「その殺人者が素人研究家だったからだ」とド・クィンシーは主張する。「一個の老衰した、からからに乾涸(ひか)らびた哲学者を殺すことは、良き趣味のために格別寄与するところがないと彼には感じられたのだ。何しろ生きていてさえミイラのような人間で、死んでもそれ以上にはなりようがないのだから、そんな者に手を下す余地はないわけである」

*

スウィンバーンの同時代人に魚類学者アーサ・オショーネシー[★81]（一八四四―一八八一）という男がいて、奇妙な残酷趣味の詩を書いた。『若き女殺人者へ』と題された詩を引用する――

僕を殺してくれないか、え、何とかして心臓ふかく
僕を突き刺して、最後に罵(ののし)ってくれないか
そしていま僕がお前を愛しているように、お前を憎悪させてくれ
おお、お前がよろめきつつ、まさに失わんとする
あの偽りの清浄なる美を捨て去り、私の足もとに崩折(くずお)れ、
身悶えするのを眺めることさえ出来たら
忌まわしい邪(よこし)まな蝮(まむし)よ
私は未来永劫お前を傷(いた)めつけてやる！
　いや、それには及ばぬ、接吻してくれ、愛する者よ！

このオショーネシーにせよ、ド・クィンシーにせよ、ワイルド[★82]の『ペン、鉛筆(ペンシル)および毒薬(ポイゾン)』によって名高いトマス・グリフィス・ウエンライトにせよ、しかし、この論考に登場させるにはあまりに審美的なイギリス世紀末の殺人批評家ではある。彼らの情熱がいかにブルジョアの度肝(どぎも)を抜くことにあったにせよ、つまるところ、その反社会・反良識的姿勢はワイルドの言明の通り、「犯罪と教養とのあいだには何ら本質的な不釣合はない」という、ほかならぬ十九世紀末市民社会の美意識ないし倫理観におのずから規定されたもので、(彼らにとって世界は創られるものでなく眺めるべきものであり、普遍的美学の規準で自然を断罪することのみが関心事であった)二十世紀のシュルレアリストの駆使する批評的弁証法的な芸術観(「美は痙攣(けいれん)的となるか、しからずんば存在しなくなるだろう」ブルトン)とは、明瞭に無縁のものであった。いや、無縁のものであったと言うより、さような言葉本来の意味でのデカダンな審美(しんび)主義が、破壊精神と同一物である批評精神に直接連続性をもたなかったというだけの話である。事実、逆説家ワイルドにはふしぎなくらいユーモアがない。

「これらの紳士諸君に欠けているものは弁証法である」(エンゲルス[★83])

*

見ろ、見ろ、機械がまわる
見ろ、見ろ、脳味噌が飛び散る
見ろ、見ろ、年金生活者どもが慄(ふる)える

『ユビュ王』

ボレルの象徴が短刀だとすれば、ジャリ(一八七三―一九〇七)のそれはピストルであった。いかにも十九世紀と二十世紀の違いである。彼自身、その死の年に、パトロンであった『メルキュール・ド・フランス』社のラシルド夫人[★84]に宛てて、「自分の寝室でピストルを射つことが出来るというのは、家を有つ人間の大きな歓びです」と書いている。ある晩、アポリネール[★85]に伴なわれてサーカス見物に出かけると、彼はピストルを振りまわしながら奇想天外な猛獣狩の話をして、隣席の人々をひやひやさせたと言われる。またある時は庭に出て、ピストルの弾丸でシャンパンの栓を抜いて楽しんでいたが、弾丸が外れて危うく隣家の子供を殺しそうになった。

母親が怒って、「もし当ったらどうするんです！」と言うと、ジャリは澄まして、「何んでもありません奥さん、私たちで別の子供をつくればいいじゃありませんか」と答えた。

「ジャリのピストルは外部世界と内部世界とのあいだのパラドクサルな連結線である」とブルトンは言う。「その挿弾子と呼ばれる小さな平行四辺形の箱のなかには、あらゆる準備の整った解決と和解とが無限に眠っている。文学はジャリの出現以来、危険にも多くの地雷を埋没した地帯に移って行った。作者が作品の余白で幅をきかせるようになった。小道具方が葉巻をふかしながら、レンズの前を絶えず行ったり来たりするようになった。芝居がはねても、屋上に黒旗（アナーキストの印）を押し立てようとするこの職人を、小屋から追出すことが難しくなった。ワイルドにもまして、ジャリの出現以来、永いこと芸術と実生活とのあいだに無くてはならないものと見做(みな)されていた区別が、否認され、一つの原理のなかに解消されるようになった。『ユビュ王』の初演以来、ジャリはみずから創造した人物に同化しようと考えはじめたらしい」

自我が苦境に立たされたとき、超自我に結びついた快楽原則が、自我に結びついた現実原則に復讐を企てる――これがつまりユーモアの発生であるとすれば、グロテスクで残忍な独裁者ユビュ王の人格のなかに、抑圧された無意識の力の総体をあらわすニーチェ＝フロイト的なイドの見事な具体化を発見するのは容易であろう。イドとは心的構造の三つの層位のうち最下位のもので、無意識の領域、一次的な本能の領域である。「胚盤が卵をわずかに覆うように、自我は知覚系統によって形成された自我の表面によってわずかにイドを覆うことしか出来ない」とフロイトは言う。この場合、卵はたしかに本能的衝動を具現した人物ユビュ王そのひとである。ユビュ自身、次のような注目すべき言明をあえてする、「一個の卵、一個の西洋南瓜、一個のぴかぴか光る流星にさも似たおれは、この地上をごろごろ転がりまわって、勝手なことをしてやるのだ」——イドは僭越にもユビュの名を借りて、本来心的構造の最高過程たる超自我にのみ属している懲罰の権限を、まんまと手に入れる。かくて最高権力にのしあがったイドは、あらゆる高貴な感情、罪悪感、社会的依存の感情をただちに覆滅せしめようと企図するのである。自我に対する超自我の本来の攻撃性は、このようにして全く変態的なイドに移され、イドはその破壊的傾向をほしいままにする。現実が悲惨なものであるという点で現実を遠ざけようとする働きを示すユーモアは、従ってこの場合、もはや他人を害することによってしか行使され得ないであろう。

以上がアンドレ・ブルトンの解釈による奇怪な二十世紀初頭の文学的典型人物ユビュ王の性格の、隠微な深い意味であり、同時にあらゆる象徴的ないし諷刺的解釈を超えた存在理由でもある。ジャリ自身が念入りに警告しているごとく、ユビュは「チエール氏でもなければブルジヨアでもなく、また下劣漢でもない。それは臆病とか卑劣とか、その他もろもろの悪徳の根源たるべき一個の人間というより、むしろわれわれをして完全なアナーキストになることを妨げる底のものを含んだ、完全なアナーキストと言うべきであろう」

この深層心理的葛藤から解放されたとき、支配欲と服従欲とにこもごも引きまわされる最も劣弱なユビュ王という一個の人格において、もはや超自我はある種のステレオタイプ化された人物——ファシストとスターリン主義者とが同時にその類縁を見出すような——の面影をしかとどめない。権力の座にいるとき、ユビュはこう叫ぶ。『兵士諸君、余は諸君に満足じゃ。諸君は軍人であり、軍人は最も良き兵士であることを忘れるな。勝利と栄光の道を進むには、諸君は先ず体の重みを右足にかけ、それから勢いよく左足を前に出せばよい。気をつけ!』……しかし一たび権力闘争に敗れたとき、ユビュはこう哀訴する、「裁判官殿、ちょっと黙ってくれませんか。あなた方は嘘を言って、私どもの武勲の物語を傍聴人一同に聞かせまいとする。そうです、耳をほじって、よく聴いて下さい、騒がずに……私どもは数知れぬ人間を虐殺した……血を流し、皮を剝ぎ、殺害することしか考えなかった。毎日曜日、郊外の丘の上で、大勢の見物人の前で、人間の脳味噌を飛び散らせてやった。しかし今、こうした昔の事件はすっかり整理された。それというのも、私どもが命令される立場になったからです……だから私どもは裁判官諸子にお願いする、どうか私どもの罪と釣合うような、考えられる限り最高の極刑を私どもにお与え下さい、だが死刑だけは御免だ……私どもは喜んで徒刑囚になります、きれいな緑色の帽子をかぶり、国家の費用でたらふく食い、ささやかな手仕事で暇をつぶす身分になりたいのです」(『鎖に繋がれたユビュ』)

この異様な予言的価値をもつユーモラスな二十世紀神話をジャリが書いてから、ワイマール憲法を踏みにじった一人の総統(フューラー)[86]がニュールンベルクに黒人のタムタムを響かせるまでは三十八年、一国社会主義を強行する一人のイデオローグ[87]がモスクワにいわゆる反革命裁判を開かせるまでは三十六年の時日があった。

「私は今日の午後、ベルリンで美男アドルフ[88]の前に行列した群衆を見る。彼には性的魅力があるのかもしれない。皇帝ウィルヘルムよりも短かい滑稽な髭を生やした彼は、鉤(かぎ)十字の黒旗のなかに立っている。アスファルトをたたく長靴の音」(ジャン・ゲーノ[89])

「従って私は、自分がこの反革命組織によって遂行された犯罪全部について有罪であると認める。……私は最も厳しい刑罰を受けるべきだ。そして私は、何回も私が死の一歩手前にいると繰り返された検事殿に賛成である」(ブハーリン[90])

＊

現代ではエディプス・コンプレックスは、★91 社会的なプランにおいて王（支配者）の血のなかに解消してしまったかの観がある。個人的なプランでは、次第に広汎になりつつある家族的連帯性の弱体化によって、それはまさに消滅に向っていると言ってもよかろう。ヒューマニティーはもはや父親殺しの欲望を罪として認めず、却って母に対する侵害をきびしく告発するようになった。世界はエディプス的でなくて、現在ではオレステスの強迫観念に憑かれており、二十世紀の心的な能力は、ホモセクシュアルの魔に対する闘争によって支配されているのである。ところで、ホモセクシュアルな心的要素が抑圧されればされるほど、この要素を分かち有つ集団の行動は、文明にとって危険性を帯びるだろう。同性愛的倒錯の傾向（サド＝マゾヒズム的傾向）は、現実には思索とか、造型美術とか、文学とか、心理学とかいった内省的労作によってしか、積極的な意味で変質され得ない。これがフロイトの言う昇華であるが、こうした昇華の方法を全体的に抑圧するのみならず、これを絶滅する方向にさえはたらく一般の社会では、しかし、死の本能はおそろしい復讐の面貌を露わにするにちがいない。

こうしてわれわれは二度にわたる二十世紀の世界的大殺戮（ヘカトンベ）と、体制のいずれを問わずつねに行われて来た異端糾問（インキジション）★92とを理解する。心理学的な見方に立てば、この現代における中世紀的な流血は、ホモセクシュアルな集団行動に起源を有する被害妄想の結果として解釈され得るのである。堪（た）えがたい焦躁（しょうそう）感が外部世界のグループ的行動の上に（サルトル的用語に従えば）企投され、それがただちに攻撃的な様相を獲得する。ヒトラー・ドイツのデマゴーグは《腐敗したデモクラシー》および《赤色インターナショナルの犬》の名の下に、彼らの集団的な迫害者および攻撃目標を設定し、スターリニズム官僚は《挑発者》および《裏切者》の名によって、トロツキストをふくむ反党グループを断罪した。そして三十年間に二度荒れ狂ったあの破壊的暴風、集団的自我に中心を置いたあの世界戦争は、一向にその猛威を汲みつくしたとも見えず、いまだに何百万という人間に偏極作用を生じさせているのである。

このような状況において可能な解決があるとすれば、まず第一にそれは、困難の原因を意識し、それを乗り越えることであろう。かかる闘争の過程に文化は強度を高め、精神はドラマチックな内容をつかみ、芸術は全く新しい局面を切りひらく。そしてそれこそが現実の道であり、ユーモアの道であり、《超》現実の道であり、サド以来時代の意識に憑かれた幾多の真正の詩人が歩んだ道である。別の道があるとすれば、それはいわゆる主知主義的な時代の方法をもって、すべての分析をことごとく拒否し、是が非でも暗黒の本能を抑圧せんとすることであろう。とはいえ、この独裁主義的・抽象的な知性の構築が、つねに知性化された意識のなかに口実を見つけ出そうと待ち構えている兇暴な本能の力をよく支配し得るものとは思われない。ジャリの作品と最近四十年の歴史がこのことを証明している。

文化が文化自体の内部の問題にあえて立ち向かうとき、文化は必らずや不吉な相貌をあらわすだろうということを、われわれはジャリとともに予測することが出来る。しかし、それにもかかわらず、歴史的偶然の野蛮な力をコントロールする力が、この文化にはあるはずだろう。一方、知性の絶対確実性を装い、科学と芸術における現実的な問題に鋭い楔(くさび)を打ち込ませることを許さない、いわゆる文化は、最後にはそれ自身の硬直死をもたらす破局に追い込まれざるを得ないだろう。白い文化と黒い文化とがある。そしてわれわれは躊躇(ちゅうちょ)なく、不吉な相貌をあらわした黒い文化の方を選ぶ。一文明の死を宣告するテロリストの兇器をおびた黒い文化の方を選ぶ。

人間の歴史の各時代が、支配的な本能によって特徴づけられており、人間の解放は意識の絶えざる具体的な分析によって実現される。もし時代の支配的なコンプレックスが無慈悲に分析されなければ、それは沼底のように澱(よど)んだ意識の薄明のなかで、絶えず中世紀そのままの異端糾問と異教徒虐殺を繰り返すしかないだろう。しかもそれがペダゴジックな仮面の下になされるのである。いつの時代においてもそうだった。事実はむしろ、われわれの意識のなかに立ちのぼった原子雲の高みから、燃えつきんとしている市民社会文明の、なかば廃墟となった光景を怖れず見おろすことが必要なのだ。事実はそれを要求しているのである。

そこに一つのヴィジョンが湧くであろうか。いや、それはしばらく問うまい。未来の展望はアンシャン・レジームの廃絶から惹き起された恐怖(テロル)、暗黒の思想のなかからのみ開けるにちがいない。暗黒がすなわちわれわれのパースペクティヴなのだ。真の光の思想は暗黒のなかからしか生れない。われわれはゾロアスター風の風土のなかにいるのである。「私は歴史に惹きつけられる」とアンドレ・ブルトン[★93]は言う、「十八世紀末の暗黒小説は、封建的建造物を揺るがした革命的動乱の果実であり、稲妻とか、地下室とか、骸骨とかいった、そのあらゆる小道具も、当時の感情の問題を具体化するという意味しかもっていなかったのだと断言し得ると思う。当時の感情の問題とは、新しい秩序の建設によって目覚まされた歓喜であり、また古い秩序の廃止に由来する恐怖である。ともあれ、私はこの見地から、すべての文学史が書き直されることを要求しているのではないかと思う」

＊

ヘーゲル★94は世界史の三つの時期に象徴的、古典的およびロマン主義的芸術形式をそれぞれ対応せしめたが、ブルトンはヘーゲル的な意味でのロマン主義時代が今日なお終焉(しゅうえん)していないという見地から、ヘーゲルのいう「偶然な諸形態における自然の無能な模倣とユーモア」に注目した。「ロマン主義芸術の基本的な原理は」とヘーゲルは言う、「人間の内的自然に完全に対応する外部世界が認められないままに、世界に対して無関心の立場を守った魂の、魂自身への集中化である。この対立はロマン主義時代を通じて発展させられ、われわれは作家の興味が、あるいは外部世界の偶発事に、あるいは人間個性の気まぐれに、それぞれ定着されるのを見た。しかし現在、もしも作家の興味が、精神をして外部の観照に耽(ふけ)らしめる状態をつくり得るまでになり、同時にユーモアがその主観的・反省的性格を失わずに、対象やその現実的形態によって惹きつけられるならば、われわれはこの内部への浸透のうちに、いわば客観的ユーモアともいうべきものを獲得するであろう」

＊

あらゆる問題が想像力、すなわちヴィジョンに与えられた創造的価値にかかっているのである。二世紀をへだてたヘーゲルの師ジョルダノ・ブルーノ[95]は言った。「われわれの想像力と思考力とが自然を追い越すことは考えられない。いかなる現実も、次々と新しく開けて行くヴィジョンの可能性に照応しないものはない」と。また『オーレリア』の詩人ネルヴァル[96]は言った、「人間の想像力はこの世界にあれ別の世界にあれ、真実でないものは何ひとつ創り出さなかった」と。さらに構成の哲学者ポオは次のごとく言うであろう——

「純粋な想像力は美の中であれ醜の中であれ、今まで決して結合されたことがないにもかかわらず、最も有効に結合されるにふさわしい要素をのみ選ぶであろう。こうして獲得された構成は、美あるいは存在する部分のそれぞれの性質に準じる崇高の性格をつねに夢みるものだ。……ところで、自然の化学的現象と知性の化学的現象とのあいだの奇妙なアナロジーによって、しばしば二つの要素の結合が、もはや既存のいかなる要素の性質をも思い出させないような、まったく新しい一つの産物を生み出すことがあるのである」

この想像力の《永久革命的》な性格を、ブルトンは「現実的になることを志向するもの、それこそ想像力だ」という風に表現する。コロンブス[97]はアメリカ大陸を発見するために狂人とともに出発しなければならなかった、けれどもアメリカは在ったのだ。誰が前もってそのことを約束し得たろう。誰が狂人の幻覚を信頼し得たろう。たぶんアメリカ・インディアンたちはスペインの船を見つけて、「や、コロンブスだ、おれたちはついに発見された！」と叫ばなければならなかったろう。あたかも具体的な現実が個人の外に存在していたかのように、すべての事象は起るのだ。起って、しかるのちに現実になるのだ。「現在証明されてあるものも、かつては想像されたものでしかなかった」と言ったのは、かのスウェーデンボルク[98]の使徒ブレイクである。

要するにこのような、芸術の原動力としての想像力の弁証法的な捉え方は、精神の不安は歴史の終末を招来（しょうらい）しないでは廃棄することが出来ないという、ヘーゲル学説の正しい発端あるいは帰結と見なすことが出来るもので、黄金時代の至福千年説的概念、ユートピア、革命など、シュルレアリストの夢みる窮極の理想も、密接にこの点に係っているのである。

＊

ユートピアとはギリシア語で、《ない》という意味のουと、《場所》という意味のτοπος とから成り立っている言葉である。ユートピア——これはない場所であり、空想であり、作りごとであり、お伽話（とぎばなし）である。

レーニン[★99]

先にも述べたように、世界の完全な調和を志向する、ある種の空想的社会主義体系の基礎に発見されるのは、往々にしてカバラ的な思想である。ユートピアの世界では、現実の色調が極度に薄く、しばしば音楽のみが言葉の代用をなすまでに、協和音あるいは不協和音をその丸天井に響かせる。ほとんどすべてのユートピストが魔術的思考の体現者であった。すなわち、トマス・モア[★100]（『ユートピア』）、カンパネッラ[★101]（『太陽の都』）、ベーコン[★102]（『新アトランティス』）、モレリー[★103]（『バジリアッド』）および彼らに極めて近い《空想旅行記》作者として、ダンテ[★104]（『地獄篇』）、ラブレー（『パニュルジュ航海記』）、シラノ[★105]（『月世界旅行記』）、スウィフト（『ガリヴァー』）、ホルベルク[★106]

（『ニルス・クリムの地下旅行』）、サド（『アリーヌとヴァルクール』第二巻）、ベックフォード[107]（『バテック』）、ノヴァーリス[108]（『青い花』）、ポオ（『ゴードン・ピム』）、ルイス・キャロル[109]（『不思議の国のアリス』および『スナーク狩り』）等がある。そして彼らのなかで恐らく最も偉大であり、最も体系的なユートピストがシャルル・フーリエ（一七七二―一八三七）であった。むろん彼は魔術家ではないが、しかし彼のいわゆる《情念引力》による調和の体系は、カバラやピュタゴラス派の教養とまったく同様、完全に階層化された現実の要素のあいだに相互依存の関係をはっきり認めているのである。

「私に向って『君、恋愛仕掛を産業に応用するなんて、そんなことは話すべきことではないだろう』などと言う人があるが、こんな厳格主義者たちの言うことは土台になっていない。私の理論から美食、恋愛、野心といった一ばん強い情念を取り去って、これを利用しなければ、いったい私の理論のどこに取柄があろう」

「数学も、恋愛と同じく、二つの部門から成っている。物質的なもの、すなわち幾何学と、精神的なもの、すなわち代数と。一は科学の肉体であり、他はその精神である。ユークリッド[110]の時代には、ひとは物質的部分すなわち幾何学しか知らなかった。当時まだ知られていなかった代数について、何も語らなかったことが罪だとでも言うのか？　すべての人智が辿ったところの漸進的進行のゆえをもって、私の科学を非難することは、あたかも木に向って花と実を同時に与えよと言うにひとしいナンセンスである」

「すべて創造は男性たる北の液と女性たる南の液との結合によって行われる。惑星は二つの魂と二つの性とを有する存在であって、動物や植物のように、二つの生殖物質の結合によって生殖する。……地球は創造の欲求にはげしく燃えている。北極光の頻発によってそれと知ることが出来る。北極光は地球の発情の徴候であり、多産的精液の無駄な射出である。人類がその準備作業を行わない限り、地球は他の惑星の液と接合することは出来ない」（『四運動の理論』）

　このようなシステムはすぐれて弁証法的な観念である。未来はこのとき、もはや現実の存在に徐々に段階的に移行すべき架空の存在ではなくて、凝縮され一挙に噴出した発展、いわばアナロジーという兇器の一撃で即座に実現可能な直接の未来である。ユートピアはこのように、幾世紀を要する手探りと緩慢な改革運動とを、人類のために省いてくれることを目指すであろう。ユートピアと革命思想とのあいだには、従って、本質的な差がない。差があるとすれば、ただそれは純粋無垢な未来を招来するための方法上の手続に関する評価が、空想から科学へ発展した社会主義者たちのタクティックス（戦術）にそのまま受け容れられないというだけのことであろう。

*

当時はすべてが可能だった……未来は現在だった……つまり、時間以上のもの、永遠の閃光だった。

ミシュレ[★111]『フランス革命史』第四巻

ところで、ユートピアにおいて実現された未来、現在に呼び込まれた未来とは、そもそも何だろうか。それは否定のはたらきと言う以外には考えられないだろう。果然、真に革命的なユートピアはその本性上必らず、ユートピアであると同時に《逆》ユートピアでなければならないという宿命的な性格を有つ。スウィフト、サドの例が明らかに示すごとく、また先に引用したブルトンのイギリス暗黒小説（マシウ・ルイス[★112]『僧侶』、ホレス・ウォルポール[★113]『オトラント城奇譚』、クララ・リーヴ[★114]『英国の老男爵』、アン・ラドクリッフ[★115]『ユードルフォ館の謎』、チャールス・マチューリン[★116]『漂泊者メルモス』）に対する見解が教えるごとく、本質的に否定のはたらきそのものである想像力に全的に鼓舞（こぶ）された作品は、つねに必らず、光明（こうみょう）あふれる楽天的な未来の予見であるよりも、先ず旧体制の破壊から生じる無秩序とテロルでなければならない——という、このいわば自明の理を踏まえて初めて成り立つものである。

「もし自然の体系に関する知識が、現存する悪を是正し、人間に有害なものを有用なものに変化せしめる方法を与えないならば、そんな知識はわれわれにとって無益なものだろう。いかなる自然の理法において星々が創造に参与するか、なぜ馬と驢馬とが土星（サチュルヌ）によって創造されたか、そんなことを知ったとて何になろう？ われわれにとって大事なことは、反対鋳造（註・フーリエの造語）の作業によって、それらをふたたび創造の分野に連れもどす技術であろう。この作業によって、たとえば今までライオンだった動物は、堂々たる従順な四足獣、弾力性に富んだ一個の乗り物、すなわち《反（アンチ）ライオン》に一変するであろう。もしこの乗り物に乗って未明にブリュッセルを出発するならば、朝食はパリで、昼食はリヨンで、夕食はマルセイユで食うことが出来るばかりか、その日一日、全速力で飛ばす馬に乗って旅行したよりも、疲労はずっと少ないであろう。なぜなら馬は単純粗野な（単蹄の）乗り物であるのに、反ライオンはやんわりしたばね付きの乗り物にひとしいからである。現在用いられている鋳型より三倍も大きな鋳型を使って、人間が反ライオン、反虎、反豹などといった、弾力性に富んだ乗り物を次々と作り出した暁には、馬などは耕作用か閲兵用に棄て置かれるだろう。……わずか五年でこの新しき創造は、地上といわず海といわず、三界ことごとくに有りあまる富をもたらすだろう。反鯨は凪のとき船を曳っぱり、反鮫は魚類を駆出す役を引受け、反河馬は河で小舟を曳き、反鰐は河川労働者となり、反あざらしは海上の乗用獣となるであろう。……しかしこうした見通しは、読者を悦ばせるどころか、却って無信心に育てられた人々を怒らせることになるかもしれない。何しろ彼らはひねくれた精神で、神さまは善をなすために、決して悪をなすために用いたと同じだけの力を用いはしなかったと信じているのだから」（『家庭・農業組合論』）

アンチ・ライオンはライオンの属性のある面の増大でもなければ、減少でもなく、一挙にそのすべての性格を逆転したものだ。すなわちライオンの存在の否定である。しかもその否定は、ライオンの存在しないところで架空の動物を夢みることではなく、ライオンの存在するまさにその地点で、まったくライオンならざるライオンを想像すること、である。フーリエの体系のすべての秘密が、この錬金術的な《反対鋳造》——実は真に創造的な否定のはたらき——の裡に存するであろう。

＊

異常な物語の語り手には破格な詩法を許すことが出来る。

エリファス・レヴィ★117

生前にはその爆発的な想像力とイペルボリック（誇張法的）な文体とによって、ほとんど誰からも気狂い扱いされていたフーリエが、その死後、初めて卓越せる合理主義的資性の天才を認められたのは、マルクスとエンゲルスによってであった。しかし彼らにせよ、「人類の将来の滅亡を歴史観のなかへ取り入れた」この「ヘーゲルと同じくらいの弁証法の達人」（『空想から科学へ』）の精神に支障なく共存していた、リベルタンな詩的奔放、極限にまで推し進められた予言趣味、淫猥なまでの自由恋愛弁護、目くるめく神秘の領域にまで高められたコスモロジーを、果して、どう説明し得たであろうか。「フーリエは」とエンゲルスが言う、「ブルジョア世界の物質的・道徳的みじめさを仮借なく暴露して、理性だけが支配する社会だとか、万人を幸福にする文明だとか、無限の人間の完成能力だとかいう、かつての啓蒙学者たちの偽善的な口約束や、同時代のブルジョア・イデオローグたちの飾り立てた美辞麗句を、このみじめさに対照させる」

ところで彼の博物学は——さくらんぼは地球と地球との交合によって生れ、葡萄（ぶどう）は地球と太陽との交合によって生れる、といったような、まさに合理の対極にある錬金術的思考の一体系であった。また彼の宇宙論は——地球は数十万の惑星宇宙から成る巣箱のなかの一匹の蜜蜂にひとしい片々たる地位しか占めておらず、この惑星宇宙の全体は一つの複合宇宙（ビニヴェール）[118]を形成し、この複合宇宙はさらに数千を集めて三重宇宙（トリニヴェール）を形成するといった、いかにも古代カルデア風の神秘の色合をおびていた。そして最後に彼の人間論は——創造物はすべて手探りで段階的に進化し、人間は地球上において二万七千回の転身を経て後、他の天体においてさらに五万四千年間千二百六十回の転身を経なければならぬ、といったような、ヴェーダ風の輪廻（りんね）説と近代進化論との奇妙な混淆（こんこう）であった。

とはいえ、デューリング[119]氏のいわゆる「狂気のあらゆる徴候をあらわした」このフーリエのコスモロジーは、ロマン主義の詩人たち、とくに最近ファーブル・ドリヴェ[120]との親しい関係が知られたヴィクトル・ユゴー[121]の精神に、大きな影響を与えたと伝えられる。また十九世紀最大の魔術家エリファス・レヴィ（一八一〇—一八七五）が、若年パリのガンノー（ルイ十七世の生れ変りと称する男）の許で魔術研究の途次、組合学派に属する出版業者に遭い、フーリエの系列社会学説や運命の比例引力学説などに大いに傾倒したことも、今日オーギュスト・ヴィアットの論文によって知られている。

マルクス＝エンゲルスの言うように、ユートピア学説の「創始者は多くの点で革命的であったが、その弟子たちはつねに反動的であった。……創始者は孤立した共同生活団を設計して、たえず彼らの社会的ユートピアの実験的な実現を夢みていた。すなわち内部のコロニー、小さなイカリア島の建設」を夢みていたわけだが、結局のところ、フーリエが政治的な聖家族の長たらず一個の孤独な夢想家にとどまったのは、アンドレ・ビーの指摘のごとく、「その学説によるよりも、むしろその思考とスタイルの無軌道ぶり」によるものであり、かつまた、アンドレ・ブルトンの『フーリエ頌歌』に暗示されているごとく、「家族とは、遺産についてのいつ果てるともないスキャンダルが裏づけているように、密談と地団駄とエゴイズムと虚栄と不和と偽善と嘘とから生ずる」ものだったからでもあろう。その点、フーリエ主義者とその主唱者の関係は、シュルレアリストとアンドレ・ブルトンの関係に似ていなくもない。ブルトン自身それを意識していればこそ、この「係争を解決する機会について重大な幻想を抱いた」と非難された、永久革命思想の先駆者フーリエに尽きざる敬意を表するのであろう。後年ボストンの近くに、フーリエの衣鉢をつぐ共同生活団「ブローク農園」が設立されたとき、逸早くそのメンバーに加わったのは、若き日の情熱に燃えた『緋文字』の作者ナサニエル・ホーソーン[★122]であった。

＊

ボードレールはあからさまにフーリエを讃美しようとはしないが、二度ほど、その偏見を裏切って、みずから彼の思想に甚だ親近している事実を明かしている。「フーリエは」と彼は言う、「一日来って余りに華々しくわれわれに相似の神秘を啓示した。彼の頭脳はあまりにも物質的正確に熱中して、あれでは誤謬を犯さざるを得ず、直観の心証的確実性に一挙に到達することは出来ぬとは思うものの、私は彼の細密な発見のあるものの価値を否定しない。……かつ彼よりもはるかに偉大な(?)魂をもっていたスウェーデンボルクは、すでにわれわれに教えた、天は一個のきわめて偉大な人間であり、霊的なものにおいても、自然的なものにおいても、形、運動、数、色、香、一切は深長な意義をあらわし、相互的であり、転換的であり、対応的である、と」

さらに一八五六年アルフォンス・トゥスネルに宛てて、「理性のある人間はフーリエが地上に来るのを俟たずして、自然が一つの言葉であり、アレゴリーであり、鋳型であり、打出し細工であることを理解した。私たちがそれを知っているのは、フーリエのおかげではなく、詩人だからなのだ」とこう、ボードレールは言うのである。

「たしかに」とこれに対してブルトンは言う、「こうした思想の受け取り方や発散のさせ方は、フーリエにおけると、ネルヴァル＝ボードレールにおけるとでは、大いに異なっていた。彼らの神聖視する不変の構想をいよいよ強固にする所以のものが、一方、心底から冒瀆的な精神（フーリエ）において、ある騒乱の原理を爆発させるのである。その原理とは、幸福の獲得よりほかには目的を認めない原理だ。社会批判の面における極端な明晰性と厳密さとが、超越的な面において破格の空想力に結びついている、そこに、フーリエの体系の絶妙な対照があるのである」

*

ここまで来て当然問題になるのは、ともに現実変革を目ざす魔術および詩的アナロジーと社会革命思想についての、さらに詳しい論述であろう。しかし暗黒のユーモアからはじめて、主導観念の拡散をおそれず、あまりに問題を発展させすぎた嫌いがあるように思われる。この問題は後日に譲ろう。

暴力と表現

あるいは自由の塔

この超人的な純潔、この苦行、あらゆる女人の顔を蒼ざめさせる、切られた花の、この野性美、これこそ、私のために、そこここに、不可思議にも落ちて来る、火と燃える言葉だ。

ジュリアン・グラック『ロベスピエール』

サドについて語ることとは、語ること自体が逆説となることを免れない。サルトルの言うようにジュネ[★123]が悪人として書いたとすれば、一方サドは、書いたものが悪そのものとなったところの何者かであって、現代の批評家はもしサドを支持するならば、この悪徳のアポロジストを問題とするより悪徳そのものを問題とした方が捷径(しょうけい)ではないか――という、先ずこれが第一のパラドックスである。実際、サドを単純に讃美するとすれば、こういう筋違いが起るのは当然すぎるほど当然であろう。

単純なひとは、確立された価値のイエラルシーの転覆という一事をもって、それが直ちに総体的なヒューマニティーに奉仕するものと（図式的に）考え勝ちであるが、思想の問題をこういう楽天的な覗き眼鏡でしか見ることの出来ないひとは幸福である。私たちは現に街で暴力団に出遭えば慄(ふる)えるし、死の灰をふくんだ雨水が九天(きゅうてん)の高みから降って来ると聞かされれば、少なくとも一両日は気に病(や)まざることを得ない。私たちの恐怖の対象は太陽のような赫然(かくぜん)たる存在であって、どんな公式主義的歴史観の黒眼鏡をかけたところで、私たちの弱い視力をますます弱くすることにしかならないのである。

十九世紀のあいだ、サドの顔はいわば夜の太陽であった。リアリズム時代の想像力はサドの顔を注視することを避け、文字どおり恐怖した。ただサドが生きているということだけで、それがどんな嫌悪の渦を巻き起したかは、たとえばスタール夫人[★124]がバンジャマン・コンスタン[★125]へ宛てた手紙――「借金を返すのが嫌なばかりに艶書で女を脅迫するなんて、サド侯爵そこのけのやり方ですよ」（一八一五年五月二十八日付）――によっても容易に知られよう。しかるに、二十世紀にいたって、この夜の太陽が白昼に連れ出されるにおよび、批評家たちは公然と黒眼鏡を着用するか、さもなければ、この本物の太陽を単なる書割だとさえ信じるようになった。急速度に廻転する扇風器の羽根が見えなくとも、扇風器がそこにあると信じるのが現代人の習慣的思考であろう。はたして羽根はあるのか？　……なるほど、「十九世紀ぜんたいをおびやかしたサドが、次の世紀の不安を治療するために読まれはじめなければならぬ」というモーリス・エーヌ[★126]の立言は、その限りで正しいが、今世紀の支配的な道徳――かつて猖獗をきわめた西田哲学のパロディーをもってすれば相対矛盾的自己瞞着（！）とでも言おうか――を一歩離れない限り、サドへの讃辞は世紀の不安を治療するどころか、この既成道徳をますます強固にする以外には何の役にも立たないだろう。かかるとき、サドの神話は単なる傍若無人な冗談と解され、水爆実験とか、局地戦争とかいった馬鹿馬鹿しいお祭騒ぎに寧日ないひとたちの欺瞞的な精神の動きのなかに紛れ込んでしまう懼れをなしとしない。もしサドの思想の価値が理性の価値と相容れないものであるならば、それもよかろう。が、危険な作品は危険であるが故に、まず検証されねばならぬ。扇風器のなかへ手を突込む子供の精神が、サドの作品の理解には必要だと言うのである。

「諸君が非難する考え方こそ私の人生の唯一の慰めである」と言ったサドは、周知のごとく、承認されがたい価値の肯定のために全作品を賭けた。彼によれば、生命とは快楽の追求であり、快楽とはまた生命の破壊に比例したものでなければならなかった。つまり生命のエネルギーは、生命の原理の否定において最も高い熱度に達するという、まことに奇怪な肯定のための手続きがそこに踏まれたのである。当然のことながら、かような説を受け容れる余地は、当時の新興ブルジョワ社会にはなかった。

が、しかし、サドの説に嫌悪をおぼえるほどのひとにしてからが、この破壊の暴力と結びついた生命の原理とまったく同意義（エキヴァラン）なひとつの原理——すなわちサルトルのいわゆる「否定の否定」である聖性の原理——をも、同じようにたやすく却下し去ることは、おそらく出来なかったにちがいない。ひとりキリスト教ばかりでなく、あらゆる時代あらゆる場所を通じて、聖性の原理は人間を魅了し、人間を悩ませたのである。人間は聖性のイメージの裏に、一種の内的な昂揚、暗鬱な狂乱、火のように対象を燃やしつつ対象に襲いかかる暴力の幻影を、花火の残像のごとくに確認していたのである。この内的昂揚は伝染性を有し、一者から他者へひろがり、これを受け容れる者には甘美な死の瘴気（しようき）をもたらす。（ゴビノー★127の描いた狂信者サヴォナローラの例を見よ。）宗教は聖なる対象を讃美し、犠牲にし、この破壊の原理から、権力とあらゆる価値の本質を導き出すことをもって、その本来とする。とはいえ、このような本質をもつ聖性の原理が、ひとびとの目に真当（まつとう）なものとして受け容れられていたとすれば、それはひとえに宗教が限られた環境にその有効性を限定し、一般社会つまり俗世界とのあいだに明確な境界線を引いていたからに外なるまい。

一般に、聖性の兇暴な一面は犠牲の祭式においてあらわれる。古代史に明らかなごとく、ペルシアのミトラ[★128]、フェニキアのモロック[★129]、エジプトのイシス[★130]、アフリカのアスタルテ[★131]諸神はそれぞれ犠牲を要求した。しかし平穏な年代には、血を流し焼鏝を当てるたぐいの兇暴な犠牲は、ルキアノス[★132]の証言の通り、神聖な売淫という方法に替えることも許された。「ビブロスで私は、アドニスのための饗宴が行われているウェヌスの大寺院を見た。髪の毛を犠牲にすることを好まない女たちは、彼女らの肉体を一日売ることをもって成立する贖罪を果たした。外国人のみが彼女らの肉体を楽しむ権利をもち、犠牲の謝礼はウェヌスに捧げられた。」（全集より『犠牲について』）――「ヘリオガバルスは」とローラン・ヴィルヌーヴは書いている、「小児の肉の焼け焦げる臭いほど、己れの神（エメサのバール神）の鼻孔を悦ばすものはないという頑固な確信を抱いていた。かつてフェニキアの世界に覇を唱えていた最も偉大な神が、かくて最も大々的な犠牲を復活したのだった。……バール神のみが人間の犠牲に値し、ひとびとは怖るべき秘密の神殿でおびただしい数の人間を屠った。……最近にいたるまで、人肉嗜食が宗教的規律であったセム族の世界では、グレコ・ローマン世界[★133]における同様、かかる犠牲がしばしば行われていたことを知るべきである。」（『狂帝ヘリオガバルス』）――「ソロモンの寺院の有名な祭壇は」とハヴェロック・エリス[★134]は言う。「エホヴァ＝モロック神に捧げられた小児の生きた肉体を炙(あぶ)り、灰にするための、赤く焼けた青銅の、腕の形をした偶像以外のものではなかった。」（『性の心理学的研究』）――ギリシアにもサトゥルヌスを象(かたど)った青銅の像があって、像は手を伸ばし、犠牲の際、手の上に置かれた小児が転がって、聖火の燃えている穴の中に滑り落ちる仕掛になっていたらしい。『タウリケのイピゲネイア』において、エウリピデス[★135]がアルテミス神話にふれ、オレステスの口を借りて言わしめた次の質問――「で、僕が殺されると、どんな墓に埋められるのです」――およびそれに対するイピゲネイアの答――「奥にある聖い火と、闊(ひろ)やかな巌の裂目に」――は、この仕掛を暗示しているように思われる。

その他人類の棲息(せいそく)していたあらゆる風土において、犠牲の祭式はきわめて多岐にわたる形式の下に発見される。バーリズムのような神石の崇拝をあらゆる宗教の源と考えるメレジコフスキー[★136]は、「……しかし、やがてその大理石は砕け、その堅牢(けんろう)性は崩壊し、美学に、倫理学に、形而上学にと分解する。それで終りだ。無神論的ヒューマニティーは、それ自身偉大な物神(フエテイシユ)のごとく礼拝され、われわれが進歩と呼び文明と呼ぶ、あの新しい野蛮のなかに落ち込み、ついには人肉嗜食へと移行する」（『東洋の神秘』）と言っている。キリスト教とて例外ではなく、十字架の責苦が聖性の恐怖の反面に結びつけられていることは、意識的であると否とにかかわらず、異論のないところであろう。（グリューネヴァルトの凄惨なキリスト磔刑図を見よ。）ただキリスト教にあっては、聖性の原理は一度その破壊の必要を満足させたきりで、二度とこれを要請しないというだけの違いである。

古代人は犠牲の直接的な感覚を知っていた。私たちはすでにこの感覚から遠のいて久しい。ミサの聖体はいわば犠牲の無意識的なレミニッセンス（追憶）であるが、十字架のイメージの妄執がいかに激しかろうと、血なまぐさい犠牲のイメージと端正なミサのそれとは容易に重なり合わない。それはなぜかと言うと、キリスト教が最初の犠牲（イエスの磔刑）以来、戒律の侵犯を厳密に禁止したことに主な理由を見出し得る。十字架の犠牲という観念において、侵犯の性格は歪曲され、侵犯ということが本質的にもっている意味は失われるに至った。犠牲とはもともと殺戮であり、血なまぐさいものであるべきである。それは無辜の死刑が確実な罪であるという意味において、明らかにひとつの禁止に対する侵犯であり、すべてのなかで最も重い罪でさえある。それにしても、キリスト教において、イエスを十字架にかけた者たちが、識らないでこの罪をつくったのではなく、犠牲の熱望において、すなわち聖性の破壊という意識において、この侵犯行為を敢えて果たしたのだということが、ジョルジュ・バタイユ[★137]氏の指摘のごとく、はたして当を得たものとすれば、少なくともこれを認めぬカトリック的感情の論理には、ヒューマニティーに背反(はいはん)する重大な錯誤が存在しはしないか。侵犯の意味とその必要を誤解したキリスト教には、根柢(こんてい)にひとつのおそろしい矛盾があったのではないか。美術史的に見て、ゴシック中世が悪魔的自然の発見の時代であったように、そのゴシックの建物によって象徴される中世的精神の、地上への不吉な投影ともいうべき異端糾問(いたんきゅうもん)が、あれほどの残虐性を行使し得たのも、この犠牲に関する誤解から出発したキリスト教そのものの内部的矛盾と関係がなかったか。ユイスマンス[138]の言うように、「サディズムの力およびそれがあらわす魅力は、ひとが神に負っている敬心や祈りを悪魔(サタン)に引渡すという、あの禁断の享楽のうちにすべて存する」(『さかしま』)とすれば、悪魔とはすなわちこの論理の齟齬(そご)のあいだから遁(のが)れ出た、キリストそのひとの不幸な転身ではなかったか。……

いずれにせよキリスト教は、古代人が認めていた生命の原理と聖性の原理とのあいだの親密な絆から、その意味を奪い去る結果になった。妻帯と自殺の禁止が、端的にこの間の消息を語っている。つまり、セックスおよび死という神聖な領域には、ルター[139]が悪魔の頭にインク壺をぶつけたように、自然の侵犯を許すことを肯(がえ)んじなかったわけである。しかし、もし侵犯が基本的な要素でなかったら、犠牲と性行為とはいかなる共通点ももたないだろうということを私たちは虚心に認めねばならぬ。犠牲とはあくまで意識的な、自発的な行為であって、その窮極は対象の存在の突然の変化にあるであろう。生から死への対象の変化に、主体が手を下すことにあるであろう。この変化は激発的（サディック）でなければならない。死刑台に立たされた犠牲者は、いわば生の流れを中断された存在、普遍性から離れ、個物の特殊性のなかに閉じ込められた人間である。突然の死が、しかし、この人間に存在の普遍性を取りもどし、特殊性の被膜を打ち破ってくれる。すなわちこの暴力的な行為が犠牲者からその有限的性格を奪い去り、死という非有限性、神聖な領域に属する無限的性格を賦与することによって、犠牲の行為は完成されるのである。

　犠牲における暴力的行為は、対象を裸にし、対象の肉体を渇望し、対象の肉にペニス（兇器のアナロジーとしての）を突き刺す行為として欲求されれば、直ちに性行為と結びつく。犠牲執行者が動物あるいは人間を殺戮する流血の過程は、男が女を裸にし、不透明な不連続な存在の澱みのなかに彼女を投げ入れ、昼の世界では猥褻と呼ばれるある種の内密な行為によって、ふたつの肉体のあいだに断絶されたコミュニケーションを回復する手段を模索し、最後に、突然の死（スパスム）によって女を普遍性のなかへ解放するエロティックの過程と、完全な符合を見る。男の攻撃を受ける女は、みずからの存在を剝奪され、羞恥心とともに、彼女を他者から分かつ不可侵性の障壁をも失う。突然、彼女は生殖器官の内部で激昂するセックスの暴力に身を委ね、外部から彼女の内部に充溢する非個性的な暴力に翻弄される一個の物体になる。……

サドの破壊の原理がいかに承認されがたくあるにせよ、すべての理性的な存在が何らかの方法で、この人間存在の暴力的な面の要請にひとしく順応して来た事実を認めないわけには行くまい。過去に徴してみても、また人間内部のメカニズムに照らしても、この要請が普遍的・至上的性格のものであることを否定することは難しい。宗教の戒律は、この不安におびえる生命が激越な生命を圧殺する、もしくはこの二つの生命が完全に交叉しないための、論理の詐術をつくり出し、近代にいたって、却って世俗世界との境界線を希薄化する方向に進んだ。メレジコフスキーの指摘の通りである。神聖な世界は近代人にとって、一種あいまいな現実でしかない。この世界における本質的な行為の条件は、もはや私たちにとって手の届くものではなく、行為のメカニズムは私たちの意識から失われている。それがかつて至上的な意味をもったという事実、歴史的な真実性を、私たちはいささかも疑うことは出来ないが、その行為の動機を完全に喪失している現在、過去の宗教的恐怖の正確な意味を知ることもまた、私たちには不可能と言わざるを得ない。だからこそ同様にサドの悪夢からも私たちは容易に解放されない所以であって、暴力の欲求を飢えとか寒さとかいった、合理的（科学的）活動力に支配された欲求のプランに軽々に移行させることを不可能にする理由もまた、おそらくここに存するのである。

　実際ある意味では、古代の宗教の要求よりも、サドのエロティシズムの方がはるかに容易に人間の意識に定着されやすいことも現在では認めねばならず、心理学の発達した今日、悪や殺人の欲求に結びついた性欲の衝動が存在することを知らぬ者はあるまい。かくてサディズムと名づけられた性本能は、残虐性の動機を説明するひとつの有力な手がかりを一般の人間に提供する仕儀になった。サディックな本能の見事な描写を残したサドは、従って、人間が人間自身に対する意識の目覚めに少なからず貢献したはずであり、普遍的な言葉として用いられるようになったサディズムは、いわばこの貢献の紛うかたない証拠でもあろう。かつてジュール・ジャナン[★140]やシャルル・ヴィリエに代表される弱気な十九世紀の批評家によって吐かれた証言は、クラフト＝エビングやエリスの体系の出揃った今日、もはや修正されてしかるべき譫言であり、『ソドム百二十日』が描いたエロトロジーの百態は、今日ではどんな弱気な批評家でも認めざるを得ない一種の市民権を得ているはずである。とはいえ、彼らの認める市民権が、病理学という範疇のそれであって、それ以外の何ものでもない限り、恐怖と暴力に結びついた生命の原理は相変らず、人間の意識の裏に、倫理の夜をむさぼって眠りつづけることを止めないだろう。

　ここで二つの二律背反的な命題が提起される。すなわち、この暴力と破壊に結びついた否定の生命は、人間の本質と関係のない、外部から来るもの、治癒し得る個人的（あるいは集団的）症状であって、社会的視野からすれば禁圧すべきもの、また禁圧可能なものであるべきか。それとも、理性の名において、秩序や実利性の見地から人間存在の総体を築き上げて来た人間自身が、その存在自体を腐蝕する消去し得ない否定の生命を、みずからのうちに本来的に保っているのであるか。……否定は存在であると同時に、存在の原理の否定を必然的に胚胎しなければならないものであるか。……

この最も根本的な疑問について、ジョルジュ・バタイユ氏の見解を借用すれば――まず、あらゆる時代を通じて、人類の顔がヤヌスのごとき二様の相貌を帯びていることに私たちは気づかざるを得ない。そのひとつは、信頼と秩序に基礎を置いた存在形態であって、労働とか、育児とか、慈善とか、誠実とかが人間関係を規定している状態である。またもうひとつの形態は、前者とまったく逆の、暴力が仮借なき猖獗をきわめる事態で、条件がしかく与えられさえすれば、同じ人間が掠奪、放火、殺戮、強姦、拷問に易々として身を委ねることが出来るという成行である。すなわち、過激行為と理性とが永遠に対立しているのを私たちは知るのである。が、しかし、この極端な二つの事例に、文明および未開の二語を適用し、一方に文明あり、他方に未開ありといった言葉の用い方をするならば、むろんそれは誤りであろう。文明人は語り、野蛮人は沈黙する。語る者はつねに文明人である。より正確に言えば、言語が文明の表現である限りにおいて、暴力は沈黙的である。言語と文明が世界を構成するとすれば、暴力が文明からのみならず、人間自身からも（なぜなら人間と言語は同じものだから）追放されるのは必至であろう。文明はキリスト教の世界征服と歩調を合わせている。もとより語らない野蛮人はなく、文明生活の基礎をつくる労働や誠実と協調して行くことを知らない未開人はないのと同様、暴力を受け入れる素地をまったく持たない文明人などというものも、あり得ようはずはない。リンチの習慣は、文明の頂点において暴露された人間的真実ではないか。（あえて戦争の残虐は話題にしない。）そこで、もし人間が文明の陥っている袋小路から言語を解放しようとすれば、この紛れもない人間的現実である暴力は、主として沈黙の状態に打棄（うちす）てられているのを認めねばならず、その結果、言語が不完全な一方（文明の側）のみを代表するものとして、いわば虚偽の上に成り立ってさえいるのを認めねばならない、ということが当然言えるのである。

一般に言語は暴力の表現を拒否されている。これは言語自体の本質、ロゴスの本質からも自明のことではないか。言語は暴力のあらゆるレーゾン・デートルと自己弁明を奪い去って、その表現を禁止する傾向がある。また事実そのようにして言語は発達して来た。だがそれにもかかわらず、暴力が文明社会に発生するとすれば、どこかに間違いがあるということになろう。

ちょうど文明の遅れた社会が、死の到来を呪術その他による人間の穢れ（罪）として理解するのと、それは似ている。つまり、文明社会における暴力も、未開社会における死も、嵐とか洪水とかのような単なる与えられた偶然事ではなくて、必らずある間違いがその発生を促すという事情が存する、というのである。そういっても、沈黙は、言語がひとつの否定になり得るということを許さないものではない。暴力は死より以上に還元不可能な、孤独なものである。よしんば言語が普遍的な虚無（晴朗な時間の産物であるところの沈黙）を間接的な方法で手に入れるとしても、それによって苦しみ、それによって限定を受けるのはひとり言語の側のみであって、暴力や時間はこれとは無関係であり得る。すなわち、危険なものと見做された暴力の合理的な否定は、死の非合理的（宗教的・神秘主義的）な否定より以上に、暴力自身の否定の力を禁圧することは出来ない。暴力自身の否定の力には、孤独の強さ、無関係の強さ、野蛮の強さがある。逆に文明の肯定の力には、連帯の弱さ、不純の弱さ、表現そのものの陥る相対性の弱さがつきまとうであろう。しかしながら暴力の表現には、暴力を否定する理性と暴力それ自身の相互のアンタゴニズム（反目）が伴って、もしこれを表現しようとするならば、暴力は暴力に係わる言語（暴力を表現しようとする言葉）の冷たい軽蔑にみずから甘んじなければならぬであろう。——とこう、バタイユ氏は断定するのである。

たとえば、世間に特高刑事の告白だとか、ナチス将校の手記だとか、いわゆる刑執行者の側から書かれた記録がないこともないが、これらとサドの文学とのあいだに何か共通点でもあろうかと想像するひとがあるとしたら、それこそ飛んでもない見当ちがいである。刑執行者は原則として、確立された権力の名において行使される暴力というものの言語を知らず、却って権力そのものの言語を用いるのが通例である。権力の言葉は、常識の言葉と置きかえてもよろしい。それのみが恐らく刑執行者の口実であり、弁解の方途（ほうと）であり、不在証明（アリバイ）であり、あるいはまた、権力意志の安価なアナロジーでもある。暴力の行使者は沈黙の領土に運ばれ、瞞着（まんちゃく）手段に甘んじることを余儀なくされる。欺瞞の精神は、暴力の領土に通じる秘密の抜け道だ。拷問への欲求に飢えていさえすれば、ひとが法律上の刑吏（けいり）たることは容易であろう。すなわち刑吏は、国家の言葉をもって人類に臨むのである。かりに彼が情熱をもってこの仕事に没頭したとしても、唯一の快楽は、おそらく語られざる部分、狡猾（こうかつ）な沈黙の部分にしかないだろう。

ところでサドの作中人物たちは、こうした刑執行人の立場といちじるしく異った立場にある。このことは、ともするとサドの作品を読み違える重大な契機になり得るが、なによりも先ず、サドの作中人物たちは、世に行われている多くの残酷小説（M・G・ルイスからジェームス・ケイン[★141]まで）の普通の主人公のように、人間一般に語りかけるということをしないのである。『ソドム百二十日』における閉ざされた城館、あるいは『ジュリエット』における《犯罪友の会》といった、リベルタン同士の小さな集団が暗示するように、サドの拷問愛好家たちは、つねに自分たち権力者同士のあいだで語り合う。彼らは閉ざされた場所で長広舌に耽り、自分たちの行為を合理化しようと努める。自分たちが自然の衝動に従っていることを信じ、自分たちのみが自然の法則に合致していることを誇る。けれども彼らのひとつひとつの意見は、概括的にサドの思想に照応しているとはいえ、個々のあいだでは矛盾だらけである。時には自然への憎悪が彼らの議論を活気づけ、また時には自然の悪が彼らの行動の拠りどころとなる。つねに変らず彼らが肯定しているものは、暴力、過激行為、犯罪、拷問などの至上の価値のみである。「われわれが犯した罪を知って、世人は戦慄するにちがいない。人類をして、われわれと同じ種族であることを恥じ入らしめよ。おれは要求する、この罪を世界に証明するために記念碑の建設されんことを。われわれ自身の手によって、この記念碑にわれわれの名が刻まれんことを」（『ジュリエット』）とサン・フォンは言明する。この尊大な揚言には、しかし、暴力に特有なあの陰険な沈黙というものが影すらもない。もともと暴力というものは、自己の存在の権利を声高に主張したりなどせずに存在しつづけるものだからである。

つまり、ありていに言って、サドの残忍な物語の中にたえず挿入されるこの種の暴力や犯罪に関する議論は、作中人物の議論ではなく、作者自身の議論なのであって、作者が他人に語るためにこうした手続きを採らねばならなかったところに、この論の最初に私がふれたサドの文学の逆説があるのである。作中人物たちは、もしそのままの形で現実に生きるとすれば、必らず沈黙を強いられるであろう。（このことは、あくなき絶対否定の追求者であったサドが、実生活では共和主義思想の代弁者であったことと関係がありそうである。）かくてサドの立場は、刑執行人の立場とまったく逆である。それは単に作者と作中人物との関係といった、ありふれた文学上の一般的問題とは別個の問題である。サドは作中人物を創造したことが一度もなく、彼の作品に登場する人物はすべてことごとくサド的人物であった。サドは作家として、自己自身には瞞着を拒否しつつ、現実に生きれば沈黙するしかない作中人物たちに瞞着の手段を提供したが、しかし、それはもっぱら彼が作中人物たちを利用して（というより作中人物に化身して）、パラドクサルな議論を他者に語りかけるためでしかなかったのだ。

ではサドはいかなる他者に語りかける欲求をもっていたのだろうか。「自由の塔」（この名は象徴的である）と呼ばれたバスティユ★142の独房で、倨傲（きょごう）な孤独のうちに太りに太ったこの作家の内部にも、彼のいわゆる「弱さが取り結んだ人間の絆」を必要とする悪（?）がひそんでいたのだろうか。完璧な否定の円環がそれ自身で鎖（とざ）される孤独の論理にも、他者を必要とする穴隙（けつげき）があったのだろうか。しかし、そもそも人間一般を相手としない作中人物相互の議論にとって、他者とはいったい何のことか。……

サドの出発点はエゴイズムの原理による快楽の追求であった。エゴイズムを練磨して、他者に対する一種の苦行的な無感覚、世界に対する主体の完全な自治権を獲得する過程は、一種のビルドゥングス＝ロマン[★143]というべき『ジュリエット』において露わに示されるが、反ジュリエット、とも称されてしかるべきジュスティーヌの不幸な運命も、本質においては前者と変りなく、ただ姉娘は進んで快楽におもむき、困難な責苦をも幸福の契機となしおおせることが出来たのに、妹娘は無益な美徳を棄てることが出来なかったため、ついには雷による無残な死を遂げることになるので、要するに、美徳が人間を不幸な目に遭わせるのではなく、もしひとが美徳を放棄するならば、不幸な事件も快楽の機会となり、苦痛も逸楽になるということを、作者はこの二つの小説において示したのである。すなわち、完全な人間にとって不幸というものはあり得ない、他人が自分に与える害も、また自分が他人に与える悪も、ひとしく主体の幸福に寄与するのだから、というのである。「私はあなたの残忍性が好きなのよ」と、スウェーデンから陰謀家ボルシャンを慕って来たアメリーという女が言う、「約束してちょうだい、いつか私をあなたの犠牲者にしてくれるって。十五の時から、私は道楽者の残酷な情欲の犠牲となって死ぬことばっかり考えて夢中になっていたんです。もちろん私だって、明日死にたいとは思いません、それほど無鉄砲じゃありません。でも、今言ったやり方以外で死にたくはないの。息を引取りながら悪事のお相手が出来るなんて、思っただけでも頭がぼうとするほどよ。」（『ジュリエット』）

　おかしな女もあればあるものだと読者は思うだろう。だがしかし、破壊の意識のなかに破壊の必要のみが正当化する生命の完成、快楽の機縁（きえん）を見出すという、この一見奇異な思想は、かくべつ奇異なものでもなく、同時代の唯物論者ラ・メトリー[★144]（「死と愛とは同じ手段によって完成される」――著作集より）にも、さらに古くルクレティウスやエピクロス[★145]、あるいはエピクテートス[★146]のごときストア哲学者のいわゆる無感動（アパテイア）（サドはこの言葉を好んで使う）にも、かかる思想の系譜を発見するのは容易である。ただサドがこれらの先人と決定的に袂（たもと）を分かつのは、カミュの説の通り、悪意の創造神についてのグノーシス[★147]的理論と、性的本能の絶対的悪とを直結させたことによろう。かくて、他人の存在に動じることなく、隔絶（かくぜつ）した主体となった孤独者は、たとえ見かけにおいて彼が犠牲者あるいは奴隷となったとしても、どのような状態にも満足することの出来るその情欲の熾烈（しれつ）さが、彼に主権を確保し、生きていても死んでいても、依然として彼が全能者であることを、その主体に感ぜしめずには措かないのである。「おれの自尊心たるや、相手がおれに膝まずき服従しなければ気が済まぬ。人民と呼ばれるあの賤民どもとは、ひとを介さないでは話もしたくないね」と言うサン・フォンに向って、ジュリエットはこう質問する、「でも気紛れな道楽に耽るときは、あなただって、そんな増上慢はかなぐり棄てるではありませんか」「おれたちのような思慮ある人間にとっては」とサン・フォンは答える、「そうした卑下も楽しく自尊心の役に立つのだよ。」

サドの独自性のひとつは、サドでないひとにとっては決定的な問題——主人と奴隷とのあいだに導入される相互連帯関係——が、サド自身にとってはいかなる問題でもなく、問題とすることが不可能でさえある単純明快なからくりにすぎない、ということであろう。

こうしてサドはその怪物的論理により、まず他者の否定からはじまって、次には自己自身の否定に進み、このみずから惹き起した悪の反動に自滅した最終的否定において、いわば神聖化された罪悪が悪人自身の上にもたらす恩寵（死）を楽しむのである。暴力は、あらゆる議論の可能性に終止符を打つ、一切の拘束を絶たれたこの否定のエネルギーを、暴力自身のうちに最初からふくんでいたのであった。サドの饒舌は、それ自身否定の円環をめぐりめぐって、必ず沈黙に還帰する態の饒舌であった。前に私が、サドの作中人物が人間に語ることをせず、作中人物同士の果て知らぬディアレクティックに終始すると言ったのは、この理由からでもある。……ではサドの言語は、人間共通の言語ではないのか。もし彼がこの否定の情熱を、現代もしくは未来の人類に向けたのでないとすれば、結局のところ彼は、自分と同じ非人間的な孤独の免罪符を手に入れた、いわば人類の核ともいうべき堅固な部分にのみ、死の論理の刃先を突き入れたのであろうか。

そうだとも言えるし、またそうでないとも言える。なぜなら、語る者は、いかに獄舎の厚い壁のなかであろうと、他者の否定が陥らしめた孤独の無間地獄からすでに半身のり出しているのだ。言葉の原理は、ロジックであり、法則であり、他者への誠実をふくんだ相互の信頼であって、あの暴力とはあくまで反対概念なのだ。……これを要するにサドの言語は、語る者と語られる者とのあいだの関係を否認する言語、ともいうべきであろうか。「水気をふくみ、きりきり擦れる精神の薔薇園」（『主なき槌』）というルネ・シャール[★148]の表現は、このサドの言語の独得な痙攣的性格を言い得て妙である。真の孤独には、誠実の影はみじんもない。他者への信頼に裏づけられたいかなる言語も、そこには権利を主張する余地はない。逆説的にまれ相対的にまれ、サドの言語は少なくとも他者への訴えであるべきである。サドが利用するパラドクサルな孤独は、あらゆる退路を絶たれた絶対的孤独、真の理性の闇とはおのずから様相を異にする。この孤独は、人類と断絶しつつ、しかもなお否定の契機によって人類に結びつことを絶えず夢みている薄明の孤独である。かりに彼の駆使する否定の力が人類から借りたものでないとしても、少なくとも彼自身から借りたものであることが確かであるならば、この一点において、孤独者の欺瞞的なミクロコスモスは崩壊せざるを得ないのだ。水面に投ぜられた一点の小石は、水面の否定であるが、否定の力である波紋は、直ちに全水面を覆うまではその運動を止めないだろう。

この関係は、視点を移せば一目瞭然である。刑執行者の偽善的な言語から最も遠い地点にあるサドの言語は、つまるところ、犠牲者の言語でしかなかったのだ。忘れてならないことは、サドが永遠の囚人であるということだ。バスティユの独房で、「自由の塔」で、彼は『ソドム百二十日』を書きつつ、誰あって絶対に真似ることの出来ない犠牲者の言語を発明した。刑罰に苦しむ者と刑罰を与える者との関係が、獄中ではじめて彼の意識に浮かびあがったと想像するのは難くない。不正と信じられる理由によって罰を受けた人間が、沈黙することを肯(がえ)んじられなかったのは道理であろう。獄中の憤激をサドは語らねばならなかった。そして事実、サドは語ったのであるが、語ることはただちに暴力の立場と逆な立場に立つことを意味した。この反抗者が身を守るために攻撃をしかけた領域が、とりも直さず、言語の属している道徳的秩序の領域であったことは、偶然ではない。それ以外のどこに、作家が反逆の筆を進める余地があろう。言語は刑罰の基礎であるが、同時に言語のみが正当な無罪を主張することも出来るのだ。

「四角な壁のなかに私を閉じ込めるなどという考えが、どうして貴女に思いつかれたのです、どうしてそんな考えが実行に移せたのです？　今日国家を統治している賢明な司法官のお歴々が、いかなる宿命によって、ひとりの女の復讐心の満足のために、一家の利益に奉仕するという、あられもない考えを真に受けてしまったのです？　なぜ軽率と罪とが混同されたのです？　この二つの違いを裁判官の前で証明することが、なぜ私には許されないのです？　……貴女はこの質問にお答えにならないでしょうね、奥さん？　この部屋の閂（かんぬき）が、貴女の代りに答えているのですから。」（一七七七年三月十三日付、モントルイユ夫人宛）

「卑しい首斬役人の従卒よ、せいぜいおれを苦しめるために、拷問のあの手この手を考え出すがよい、それがお前たちにとって何かの利益になるならば。おれをこんな場所へ閉じ込めて、いったい何の役に立つのだ、お前たち精神的な目っかちよ、頼むから、卑劣にもおれをお前たちの手に売り渡した、あの汚（けが）らわしい女衒（ぜげん）を呪い殺させてくれ……」（一七八五年バスティユで書かれたと推定される断片。宛名は「余を苦しめる愚鈍な悪党どもへ」となっている。「汚らわしい女衒」とは義母モントルイユ夫人のことである。）

荒れ狂う心情の描出と暗鬱なユーモアの点綴とにおいて、ジャン・ジャックの『告白』よりもはるかに迫力のあるサドの書簡集からは、いかに彼が、この当面の敵モントルイユ夫人から出発して、あらゆる領域にその抗議の声を押しひろげて行ったかが仔細に看取される。彼自身の現実の不運はやがて単なる託言にすぎなくなった。自分自身が裁かれる身でありながら、サドは逆に自分を罰した者の裁判を主宰しようとたくらんだ。人間の裁判、自然の裁判、神の裁判、情欲の主権を認めないあらゆるものに対する裁判。……

「するとあなたは、人類を愛してはおられませんな、公爵さん？」というサン・フォンの質問に対して、「憎んでおりますよ」とある老遊蕩児は答える。「そう言えばわしも」とサン・フォンが続ける、「一刻だって、人類を傷つけてやろうという、激越な意図を忘れたことはありませんな。実際のはなし、人類ほど怖ろしい種族はない。……何たる低劣、何たる卑しさ、何たる不愉快な存在だろう！」「でもあなた」とジュリエットが口を挟む、「あなたは本当に御自分を人間だと思っていらっしゃいますの？　いえいえ飛んでもない、あなたみたいに精力的に人類を支配しておられる方が、人類と同じ種族だなんて」「ちがいない。わしらは神なのだよ」

とサン・フォンは答える。……しかし論理はなおも進展する。人類を裁判にかけて断罪し、人間に対する神の立場を狂おしく守るサドの人物は、この断罪の力がすべて否定の力であることを片時も忘れない。神であるということは、この場合、ひとつの意味しか持ち得ない、それは人間を踏みつぶすこと、創造物を絶滅することである。「わしはパンドラの匣でありたいな」とサン・フォンはさらに言う、「わしの肉体から飛び出したあらゆる不幸が全人類を破壊するように……」またヴェルヌイユという人物が言う、「もし神が存在しているとすれば、神が創ったものをこのように破壊しているわれわれは、神の競争者ではなかろうか」(『新ジュスティーヌ』)と。神のなかにみずからの全能を確認した人物が、ひるがえって神のなかに、神の貧困を憎み、神の奴隷となっている人間の虚無の反映を憎む理由を発見する成行は、何らあやしむに足りない。

サドの世界の中心は、先に引用した水面の波紋の例のように、無限の否定によって肯定される至上権の要求である。数多の段階を踏んで完成され、いかなる特殊な状況も満足させることの出来ないこの否定は、必然的に人間存在の領域を超えるべく運命づけられている。サドにおける罪悪の精神は、かくて明らかに超越のノスタルジックな夢に結びついていると見做さざるを得ない。惰弱な人間は、この夢を結実させることが出来ず、罪の遂行の途中で落伍する。修道士ジェロームのごとく、みずから犯した罪の凡庸さに慚愧し、この世で人間の犯し得るすべての罪よりも傑れた罪を求め、「……残念ながらおれにはそれが発見出来ない。おれたちが犯す一切の罪悪は、おれたちが犯したいと願う罪悪の幻影でしかない」（『新ジュスティーヌ』）と嗟嘆する人物が、サドの作品にはひとりならず登場する。「私が眠っている時ですら、何らかの混乱の原因でない時は一瞬もなく、この混乱が全人類の堕落と錯乱を惹き起すまでに拡がり、私が死んだ後も、ずっとその効果が消えずに残っているような、そんな怖ろしい永遠の効力をもった罪悪を見つけ出したいわ」と言うイギリス婦人クレアウィルに対して、ジュリエットは次のごとく明言する、「書くことによって達成される精神的殺人以外には、そんな途方もない願いを叶えてくれるものはありませんよ」

まさしくサドは作家であった。モーリス・ブランショの言う通り、一七九三年に革命や恐怖時代と完全に一体となった作家であった。文学が革命の鏡に自分を映し、そのなかで自分を証明するというブランショの説は、サドの場合にぴったり当てはまるのである。サドはその価値判断のなかに歴史的状況を持ち込むことを潔しとしなかった。自分が書いている時代においては、権力は社会的範疇であり、革命以前にも以後にも存続するように、社会組織のなかに記入された名であることを、活眼によって見抜いていた。しかも彼は、権力が孤独と同様、単に状態であるのみならず、選択であり獲得であり、こうして獲得された権力のみが自己のエネルギーによって強大になり得ることを信じていた。「われわれの行う革命は、ひとつの訴訟と言わんより、悪人どもの頭上に加える雷撃である」（シャルル・ヴェレー編『サン・ジュスト全集』）と、サドと同時代に生きた若きテロリストが言っている。サドの自由とは、奴隷が主人（権力者）となって新しい道徳を樹立する世界を創造する自由、社会契約を破棄する自由、すなわち恐怖時代の自由にほかならぬ。奇妙な自由であろうか。しかし、そもそもこれ以外にどんな具体的な自由が人間に考えられよう。

　サドが革命に一役買ったとすれば、それは一つの法律から他の法律への過渡期、法律なき制度の可能性をふくんでいた、ある一時期においてのみであろう。具体的には一七九二年から九四年テルミドール政変に至るまでの、憲法なき革命政府の期間である。「法律の支配は無政府状態に劣る」とサドは奇矯な言辞を弄する、「それが何よりの証拠には、あらゆる政府が憲法を修正するとき、おのずから無政府状態に陥ることを余儀なくされるからだ。古い法律を廃止するためには、法律なき革命制度を樹立せねばならぬ。この制度から最後には新しい法律が生れるのだが、この第二の状態は、最初の状態から派生したものであるが故に、どうしても最初の状態ほど純粋であるわけには行かない。」（『ジュリエット』）

サドの独自な点は、この無政府状態をつくり出す破壊という行為のうちに、いかなる固定した理想のイメージをも投影しない点である。「一点に集中されたおれの情欲は、天日取り眼鏡によって集められた太陽光線に似ている。爐の上にあるものをただちに焼くのだ」というサン・フォンの言葉は、破壊が力の同義語であることを示しているように思われる。サドは人間に未来を与える。しかしいかなる超越的な概念をも、この未来のイメージに結びつけることを敢てしない。なるほどサドは善のモラルの打倒を説いた。しかし、その煽動的なプロパガンダにもかかわらず、悪徳の福音をもって善のモラルの支配に代えようとは一度たりとも夢想しなかった。彼の破壊の原理、権力の原理からは、実に特権的ないかなる状態をも、具体的に導き出すことが出来ないのである。強者は一度でも自分を弱者と自覚したら、たちまち真の弱者の地位に転落するだろう。逆に孤独であることを自覚し、孤独であることを選んだ弱者は、すでに弱者ではない。あらゆる感覚を震撼せしめるような快楽を望む者は、無感動、すなわち感覚の量を極限まで滅却せねばならない。否定された無感動の感覚を楽しみ、否定された生命（死）において、生命の昂揚を確認するのがサド的人物である。まことに恐怖時代とは、実現された虚無、それ以外の何ものでもないのであって、それは死の特徴をもっている。サドが地球を粉微塵にする機械を発明する学者を考えるとき、「これほど自然に貢献するものは世にもあるまい」(『新ジュスティーヌ』)という告白が、この自然の敵たる学者の口から語られる。すべてを絶滅させることは、必ずしも世界を絶滅させることではないのである。世界は普遍的肯定であると同時に普遍的破壊である。存在の総体と虚無の総体とは、いずれもひとしく世界を反映することが出来るはずだ。人間は何事によらず行為することを選ぶことが出来る。要は行為する人間が、最も偉大な破壊と最も偉大な肯定とを一致させ得るような行為を選ぶことであろう。……無政府主義者サドはこの理窟を知悉していた。この理窟を知悉していたが故に、サドは単なる無政府主義者とはおのずから違っていた。かかる意味で、十八世紀において、世界の観念に超越の概念を導入した第一人者にサドを数えることは、彼に対する最大の讃辞でなければなるまい。サドのメタフィジックス(形而上学)の、その天文学的大きさ、あらゆる偶像の神殿の円天井を吹き飛ばす、その未来に向う否定のエネルギーの強烈さに比べたら、ヴォルテールもディドロもまるで矮人であろう。……

残酷な社会機構の犠牲者たる現実の身分が機縁となって、サドは厖大な狂気の体系をまとめ上げ、暴力に飛翔する言葉を与えた。ほとんど一生を獄中に過したが、自己の前に自己自身を正当化するには事欠かなかった。だからといって、この孤独の声が、暴力それ自身の要求に応える表現形式を採らねばならなかったということにはならない。ある面から見れば、語るという正にそのことによって、他人が課したというよりむしろ自分自身が課したこの孤独をすでに忘れていたサドという作家は、最も恵まれた環境をみずから選んだということになる。この逆説を現代詩人のジャン・フェリーが面白い散文詩風の文章に組み立てているから、次に引用する。——「独房の侯爵は、仕事を中断されたくなかったので、部屋の扉がぴったり閉まっているかどうか確かめに行った。扉は外部から二重の閂で閉ざされていた。侯はさらに内部から、典獄の好意で取りつけてもらった掛金を下ろすと、さて安心して机にもどり、ふたたび筆を取り出した。」（コント集『機械工』）

要するに彼は孤独を裏切ったのである。サドという作家は、誤解が唯一の尊敬に値する結果であるような思想家だ。この大多数の誤解には、軽々しい称讃よりも、少なくとも本質的なものが含まれている。サドへの誤解が一挙に氷解するような時代の到来を——そんな時代は当分来るはずもなかろうが——むしろ私は期待しつつ怖れるだろう。

サドは暴力に飛翔する言葉を与えたが、それはむしろ読者の参与に係わる事柄であって、まず彼は暴力を呪縛したのだ。サドによって呪縛され、表現の機会を与えられた暴力は、あたかもキルケーの鞭によるごとく、すでに暴力ではない暴力、反省され、理性化された暴力のひとつの意志ともいうべきものに変形した。ポール・ブールダン[★149]によれば、「サドは遊びということを知らない。彼の空想はいつしか永いしかめ面に変ってしまう。彼の詭弁はリューマチスによって結節した関節のように凝結してしまう。」(『書簡集』序)――この評言はたしかに暴力の理性化という一面の真実を突いている。しかし、理性化された暴力の言葉は、羽をむしられた猛禽であろうか。サドの物語のあいまに一再ならず挿入される長い哲学論は、読む者を退屈させずには措かない。読み通すには忍耐が、努力が必要である。それは多く罪の快楽こそ自然の意志であり、人間の本然の要求であるという、相も変らぬ論証の議論であるが、あの長々しい単調な分析と推論、あのペダンな古代風俗の博引旁証、あのポレミックな哲学の逆説、等々は、その執拗な熱と辻褄の合わないノンシャランな面白さにもかかわらず、読む者をして暴力から遠ざからしめる結果をもたらす。けだし暴力とは錯乱であり、錯乱は私たちを暴力の行使に誘う激情の発作とひとつのものだからである。もし暴力からロジックを汲み取ろうとすれば、私たちは肉体のなかに失墜すべき理性の睡りを呼び覚まされるだろう。暴力はエロティシズムの核心であって、最も重要な問題、形而上学的論争の前では萎縮する。行動の規則的論理的進展を追うことによって、私たちは意識的になる。暴力の行為者が意識から遠ざかるのと同様、暴力の運動の意味を明確にとらえようとする意識の操作が、私たちを暴力から、錯乱から、暴力そのものが支配するパッションの王国から、遠ざからしめる結果になるのは当然であろう。

サドの肉体の夜はさながら意識の白昼である。が、この言い方は比喩的にすぎよう。シモーヌ・ド・ボーヴォワール[★150]によれば、「とくに彼を特徴づけるものは、肉体のなかに失墜せずに肉体を実現しようと専念する意志の緊張」である。もし肉体によって私たちがエロティックの価値を荷ったイメージを理解するとすれば、それはその通りであろう。が、明らかにサドはこの目的のためにのみ意志を緊張させはしなかった。すなわち、エロティシズムは、動物的な性本能とは異なるからである。ロベール・デスノスはエロティシズムを「個人的な学（サイエンス）」と称した。刺戟を受けた人間にとって、エロティックなイメージが明晰判明にとらえられるほど肉体から分離し得るものとすれば、エロティシズムは意識的な人間の性的活動ということになる。サドは徹頭徹尾理性の信奉者であった。かりにサドによって捕えられた暴力の言語が、羽をむしられた猛禽であったとしても、もはやそれは問うところではなかろう。サドが欲望のイメージを確固たる《物》として摑むために、ほとんど絶望的な努力をした経緯は、モーリス・エーヌによって発表されたマルセイユ事件[★151]の訴訟記録に詳しいから、一部引用しよう。

「……陳情者が部屋に入ると、サド侯爵は彼女を裸にし……箒で彼女の尻を数回打った。次には彼女に自分を鞭打ってくれと要求し、先端に鉤針のついた血まみれの鞭を示したが、彼女は同じ箒で打った。何回も鞭打を受けると、彼は煖爐の煙突にナイフでその数を刻みつけた。……刻まれた数字は、二一五、一七六、二二五、二四〇と観察された。……」（一七七二年七月）

サド自身の作品中にも、数字的記述はおびただしい。『ソドム百二十日』最後の処刑が、三月一日から二十日まで、恐怖のクレシェンドとともに高潮し、「……三月一日以前の殺害十人、以後殺害二十人、残った十六人、計四十六人」という計算報告によって幕を閉じるのは、まことに驚嘆に値するが、そのほかにも、たとえばペニスの長さ、クリトリスの長さが何寸何分と記入される例は枚挙に遑がない。サン・フォンの陽物は「長さ七寸周囲六寸、それに中央部より少なくとも二寸は太い笠をかぶった」ものであり、アペニン山中に隠棲する巨人ミンスキーの陽物は「長さ十八寸周囲十六寸の片口鰯に帽子のごとく拡がった鮮紅色の茸をかぶせた巨大なもの」（『ジュリエット』、ちなみにフランス旧尺度の寸は約二・七センチ）である。時には大饗宴のさなかに、当事者が器官の長さを測定するといった、純粋に意識的な《道草》が採用される。むろんこうしたこともまた、長々しい哲学的議論と同様、表向きは欲望を挑発する手段と考えられているのに、その実はパラドクサルな性格のもので、自己弁明的な犠牲者の言語より発する以外のものではなく、暴力の本質的な性格をむしろそこから逸脱させている。しかしこの長さ、およびこの緩慢さによって、はじめてサドは暴力と意識とを結びつけることに成功し、あたかも暴力――すなわち彼の熱狂の直接の目的――のみがそこに係っているかのような、叙述の仕方を採ることが可能になったのである。さらにまた、運動を緩慢ならしめるこの《道草》は、快楽の意識の統御によって、快楽の所有に持続――よしそれが幻影のパースペクティヴにおける持続であろうと――、永遠の持続の感を与えることを可能ならしめた。

永遠はサドの固定観念である。作中人物の会話においても、「女を殺す快楽は直ちに過ぎ去る」とサン・フォンに言わせている、「死んでしまえば彼女はもはや何も感じない。彼女を苦しめる快楽は彼女の生命とともに消え去る。……焼鏝を当てよう、烙印を押そう、この屈辱を受けて女は最期の瞬間まで苦しむだろう、かくてわれわれの淫楽は無限に永びき、さらに快味を増すだろう。」――幻影のパースペクティヴにおいて快楽の持続をはかるという考えは、対象に一種の無限の死を与えるという幻想に至って完成される。サン・フォンは巧妙無類な方法によって地上に地獄を再現し、たえまない責苦の手段を意のままに用い得るようなシステムをつくる。ここにおいて、サドの作中の圧迫者と被圧迫者とがどのような関係にあるかが新しい様相の下に解明される。サドの刑執行者は、みずから与える死のなかから、自己の存在を引き出すのだ。ともすると、彼は永遠の生命を渇望しながら、みずから与え得る永遠の死を夢想する。あたかも永遠に相対し合った刑執行人と犠牲者とが、ひとしく同じ力、同じ神聖な永遠の属性を相手のなかに認め合いつつ、幻影のなかで馴れ合いの行為を演じているかのごとくである。そして、こうした相拮抗(あいきっこう)する力の均衡が、サドのエロティックな幻想世界の持続を辛(から)くも支えているといった感は覆いがたい。

しかし、エロティックの持続はふたたび量的関係に還元される。サン・フォンの所業を赦(ゆる)すべからざる愚行と難ずるクレアウィルは、次のような意見を発する、「あなたの熱中している淫らな考え(死を宣告された人間の苦痛を無限に長びかせるという考え)は、最大多数の殺戮という考えに代えるべきですわ。同じ人間を長いことかかって殺すなんて、出来やしませんもの。けれど沢山の人間を殺すことなら、造作もありませんわよ。」——ここに至って刑執行人対犠牲者の関係は、さらに新たな光の下に露呈される。人間を量的見地から見ることは、ひとりひとりの生命を奪う暴力よりも、さらに完璧な、いわば鳥瞰(ちょうかん)的な死のパースペクティヴを一望のもとに収める立場に立つことである。サドの作品におけるエロティックの見取図は、中世の宗教画のミニアチュールにも似て、中心に最高の権力者が立ちはだかり、その周囲に犯罪の熾(し)天使以下九階級の天使が居並び、犠牲にされる人間はまったくひとつの符号、エロティックの方程式のなかでどのようにも動かし得る符号にすぎない。刑執行者は目に見えぬ糸で、将棋の駒のような犠牲者のひとりひとりを動かし、この無記名の人間を殺して行くが、彼らは殺しつつも、さらに何千人もの犠牲者の必要をつねに感じているので、奇妙にも、彼らは犠牲者とのあいだのあらゆる相互関係を免れているようにさえ見える。すなわち彼の目には、人間は人間として存在しているのではなく、もし時代の趣向に投じた言葉を使うなら、平等（事実サドはこの観念的な言葉をしばしば援用した）の存在であり、また『アポカリプス論』におけるD・H・ロレンス★152に従えば、「思いのままなる物理的関係をなして配列された……意識のある状態を終局まで放射しつくそうという、従ってある状態における感情の知覚を満たそうという、古代特有の思考図式」の下に包括された、「気まぐれな、力の本能に左右される」がままなる一種の形象であって、平等といってもそれは無記名の同義語なのである。そもそもこれ以外に平等の概念があるだろうか。サドの作品世界の持続が、かような無限否定による円環の形式を執るにおよび、すでに刑執行者と犠牲者といった二元的な対立が、ひとつの汎神論的思考様式のうちに跡かたもなく解消されてしまうのは、くだくだしく論ずるに及ぶまい。前に私が、サドの独自性のひとつは、主人と奴隷とのあいだに導入される煩瑣な相互連帯関係が、サド自身にとっては何事でもなく、実に単純明快なからくりにすぎない、と言ったのは、この理由である。サドはある疥癬のような機械論の時代における、唯一の清冽にして矯激な形象思想家なのである。

この意味で、サドの労作は一面から見れば、一種の黙示文学であり、暴力と意識の自治権を啓示するものであるが、それこそ実に非凡の価値なのであって、サドは否定という、サド自身にとっては本質的な、しかし方法としては仮の手段、一種の抜け道を探すことによって、人間が当時まで（そしてその後も）ほとんど直面することを避けて来た暗黒の領域を、意識のなかに導き入れようと考えたのである。そしてそれは暴力についての思考に、意識そのものであるところの観察の精神と、緩慢さ、すなわち持続とを参与せしめることによって成立した。このアポカリプティクな時間持続は、一切の方法論的追求を無視するものであるとはいえ、表面的にはきわめてロジカルに発展し、作者の身に課された刑罰の代行人――モントルイユ夫人から神にまで至る――の逆裁判という形で次々に呈示された。《ジュスティーヌ》連作の最初の稿である一七八七年の『美徳の不幸』は、少なくとも作者のこうした精神の傾斜を説明する最初の徴候である。以後死ぬまで、彼の精神はこの傾斜を休みなく走った。この運動を、とくに私は倫理と呼んで差支えないと思う。

この運動を追跡することによって、私たちは、いわば理性の静謐をうちにふくんだ暴力とでもいうものの実体に触れることが出来る。暴力は、もしその要求があれば、完全な非論理の性格をあらわし、快楽の爆発的な衝動（サディズム）なしには済まない。しかしまた暴力は、場合によっては獄舎の不本意な無活動あるいは弛緩(これはサディズムの対極の周期として不可避である)において、あらゆる意識と認識活動の起原である、あの明晰な透視力と自由闊達な自主的決断力とを随時に私たちの前に提供してくれる。サドの精神は牢獄の扉を二つの可能性に向って開放したのであった。私たちの生きている時代を牢獄の時間でないと見るひとにとっては、だから、サドの文学は無縁である。

しかし、この思想的インポテンツの充満した獄舎の壁の隙間から、何らか精神の基盤に立つ透視的原理を望み見たいと思うひとは、サドを読むがいい。恐らくサド以外の誰も、これほど遠くに精神的航海譚の錨を投げた者はかつてあるまい。彼は当代にあって最も貪婪な知識の渉猟者であったばかりか、「恐怖の世界に陽物崇拝狂の巨大な標柱を打ち建て、エロティックの領土の地平線を限った」(オクターヴ・ユザンヌ)真に独創的な思想家でもあった。多くの角度から論議されるサドの証言の、その最高の価値をなすものは、たぶん、彼が私たち現代人を未だに不安にするということなのだ。

権力意志と悪　あるいは倫理の夜

しかり、人間は悪しき存在たるを避け得ぬ。

ジロラモ・カルダーノ[★153]

映画『真昼の暴動』[★154]（原題名『暴力』）のなかで、権力意志の幻影に飢えたナチス将校の再来を思わせる監守長マンジーが、脱獄計画の容疑者たる一囚人を自室に引き入れ、これに自白を強いるため、椅子に縛りつけ、鉄のパイプ状の器具で今や囚人を打ち据えんとするとき、周囲への配慮から、まず自室の窓にブラインドをおろし、次に、部屋の隅にどっしりと置かれた小牛のような、電蓄のスイッチを入れる、と、たちまち壮大なワーグナー[★155]の音楽が物質のように部屋を充たし、鉄と肉のぶつかる断続的なにぶい衝撃音と、人間の喉から洩れる呻（うめ）き声とを巧妙にカヴァーしてしまう——このシーンが、妙に私の印象に残った。それから、もうひとつ、映画『抵抗』[★156]のなかで、囚われのレジスタンたちが、めいめい自分の汚物を容れたバケツをぶらさげ、列をつくり、絶望的な足どりで監獄の中庭をよぎって行く、その忍従の行進のさなかで、バックに嫋々(じょうじょう)たるモーツァルト[★157]の『レクイエム』が流される——このシーンが、前の場合と対照的な意味で、やはりふしぎに私の心を打った。はたして、音楽は暴力の行使に奉仕するものであろうか。はたして、「神々を創造した」(セシル・グレイ)バイロイトの哲人も、「人間を創造した」ザルツブルクの詩人も、現代の政治機構のなかに踊る小マキアヴェリストたちの狡猾(こうかつ)な陰謀に手を汚すことを免れないのであろうか。

そういっても、根っからのドキュメンタリストであるジュールス・ダッシン[★158]の映画では、映画のなかの一人物が暴力を行使する際、ふとかたわらの音楽を道具のように利用するという、ただそれだけの純粋に客観的な描写であるのに対して、何やらん宗教家めくロベール・ブレッソンの映画では、一個のシーンがテーマとして音楽を要求するという、監督自身のいわば純粋に主観的な理念がかかる方法を採らしめているので、もちろん、この二つの場合を一緒くたに論ずるのは乱暴すぎるだろう。さしあたって、私にとって問題なのは前者である。はたして権力の下に行使される悪は、音楽を道具のように利用することが出来るものであろうか。……

しかしここまで書いて来てつくづく馬鹿馬鹿しいと思うのは、私が何か意味ありげに、音楽の暴力のと観念的にあげつらっているのが、その実、要するに『真昼の暴動』の場合、監守長マンジーはワーグナーの音楽を音楽としてその暴力行使に利用したのでも何でもなければ、せいぜい単なる音、雑音として利用したにすぎなかろうという、あまりにも分り切った事実から私が故意に目をそらしているためであった。実際、ヴォリュームさえ大きければ、それは必ずしも楽劇『マイスター・ジンガー』でなくともよかったのである。『世界は日の出を待っている』でもよかろうし、何もジャズまで飛躍しなくとも、『春の祭典』あたりなら一層効果的であったろう。もしこんなことで芸術家の手が汚されるとしたら、同じ偶然性の理由からして、美術館の天井から巨大なモビールが鑑賞者の頭上に落下した場合、かのアレクサンダー・カルダーは不本意ながら犯罪者となるであろうし、また、ゴシック教会のステンド・グラスが崩壊して参詣者を傷つけた場合——ああ、おそらく犯人はすでに永遠の相の下に時効であろう。しかし芸術品が石やガラスの塊（かたま）り、あるいは音のような物理的存在であればまだしもそれで済ませるが、精神の物理学に影響をおよぼすような危険な存在であったらどうか。

私が言おうとしているのは、むろん、文学作品のことである。一冊の書物で頭をなぐられても死ぬひとはあるまい。しかしある種の書物は人間精神のメカニックを狂わす、古代の呪術オカルト・サイエンスのごとき怖るべき魔力を活字のあいだに有っているのではなかろうか。もとより絵画や音楽にしてから、それがまったく精神のメカニックに影響をおよぼさないはずはなく、たとえば、ふたたび映画の場面にもどって、監守長マンジーの部屋に、なぜワーグナーのレコードが置いてあって、なぜモーツァルトがなかったか、というような初歩的な疑問を取りあげてみたとしても、それはそれで十分問題とするに足りよう。なにしろワーグナーは、殿様と喧嘩のあげく宮廷楽長の地位も棒にふった『魔笛』の作者とはちがって、かのニーチェの讃仰をすら買ったほど、血と槍と暗黒と光明の交錯する聖杯伝説の、ゲルマン民族的思念にどっぷり浸された詩人であるばかりか、バヴァリアの狂王ルドヴィヒ二世[★159]をたぶらかしてバイロイトに一大劇場を建設せしめるほどの、政治家的手腕をそなえた人間でもあったのだから。つまりワーグナーは、純然たる対位法家であると同時に、フリーメーソン[★160]的思想劇作家でもあり、十三世紀にキリスト教化されたオルフェウス派神秘哲学の、十九世紀末葉における熱狂的な帰依者でもあったわけだ。してみると、この場合、ワーグナーは一個の文学者と認めてしかるべく、問題は一層単純になろう。単純にしなければ話は進まない。すなわち、繰り返して言えば、ある種の思想家や文学者は、権力の悪に積極的な理論上の手助けを与えることが出来るものか。また出来るものとすれば、彼らに道徳上の懲罰をくだし、思想的汚辱の烙印を押すことこそ、私たちにとっての義務であろうか。——ざっとこういう問題に焦点がしぼられたわけである。……ここまで書いて、又してもつくづく感じることは、こうして苦労して引き出された命題の、何の奇もない平凡さである。のっけから一人の作家をとり上げて、権力意志と暴力の問題を俎上にのせても差支えはなかったのである。たとえば、好都合にもここにサドという作家がある。結論は先に延ばして、ひとまず、暴力というものの性格と、サドの文学との関係を述べてみるのが捷径だろう。

暴力とは何か。ひとはこの言葉をあまりにも軽々しく貶下的に用いすぎているようである。そもそも暴力自身に貶下的な意味が本来あるだろうか。あるとすれば、暴力についてのこれからの論述は、黒人は果して黒いか白いかという議論と同じくらい、ナンセンスだろう。しかし、もしそれが violence あるいは force に該当する概念だとすれば、理性的な存在であると同時に反理性の存在、法律や文明の側に与すると同時に自然やカルト(崇拝)の側に与する存在、言語や誠実を行為の機軸とすると同時に復讐や諦念といった感情にがんじがらめに縛られた存在……要するに合理と非合理の対極にアーク燈のごとく引き裂かれた存在である人間は、この非合理の衝動、暴力をどうしてその存在自体から追放し去ることが出来よう。いや、かりに追放することが出来たとしても、追放された暴力が何らかの形で人間に復讐をくわだてることは、ほとんど必至とは言えないか。私には、文明の歴史には自然の復讐が不可避であるとさえ思われる。もしも野蛮をひとつひとつ消して行くことが文明だとすれば、である。中世の異端糾問も、アメリカの赤狩りも、復讐された文明の滑稽な狂奔ではないか。

現在私たちが生きているこの「眩暈」と「嘔吐」の世界では、たしかに野蛮の影はうすく、暴力は直ちに絶対的な悪と見做されるほど、暴力自身のオルトドキシーが失われ、事実、結果として暴力は悪の上にしか行使されないものとなってしまったらしい。暴力は過激の同義語である。それは性行為と同じく、何らかの禁止に対する意識的な侵犯を意味する。衰弱した私たちの世界は、理性の枠を破って情熱の衝動につき従おうとする群衆の、盲目的な興奮に応える有効な一物をも有っていない。私たちが時にイラクの革命的民衆に言い知れぬ嫉ましさを覚えるのは、かような理由によろう。少なくとも集団暴行より、この方が魅力的である。実際、私はニュース映画で、彼らのセム族特有の彫りのふかい顔に、結んだ唇に、ぎろぎろした白眼の大きい瞳に、旧式な銃をもつ手に、はだしの足に、決断と昂揚のあとの晴朗無上な鎮静の周期のしるしを見るたびごとに、ぞくぞくするような共感と、省みて識る堪えがたい慚愧とを覚えずにはいられない。彼らのセレニテ、それは初めて快楽の夜を知った女の朝の表情だ。ところで、私自身は原稿書きと不眠症のため、ついぞ朝というものを知らない人間なのである。……

今日では私たちは、おのがじし自己の行為の帳尻を合わすことにのみ気をとられ、理性の法則から一歩も外れまいと、汲々として努めている。文明がこれを要求するのだから仕方がない。この法則から外れた者は、いわば文明の生存競争の敗退者となって滅び去る。文明の生存競争は力による自然の生存競争の逆である。ナチズムの敗退だって、これを純粋に生物学的（？）に眺めるならば、一種の文明的自然淘汰ではないか。世界中にはびこっているヤクザ者やギャングだって、文明が要求する法則の不適格者という見地に立てば、明らかに過剰な力ゆえの弱者なのであって、労働やスポーツその他健全娯楽（おお、虫酸の走るような言葉だ）によって吸収されない余剰のエネルギーが彼らを暴力行為に駆り立てるのは、それ自体何のふしぎもない。だから、彼らをおしなべて精神薄弱者と見る社会心理学者の意見には私は断乎として反対である。精神薄弱はむしろ文明の側にある。暴力それ自身には何の関係もないことである。クセルクセス[★161]がいかに荒れ狂う海を鞭打っても、海は決してその非情な運動を止めなかった。暴力とはギリシア以来の海のようなものだ。海を制し、海を自在に駈けまわるコロンブスやキャプテン・クック[★162]の叡知は美しいが（これこそ文明の理想像だ）、海を怖れ、海に無益な懲罰を課するクセルクセスの焦燥は永遠の喜劇であろう。

歴史はせいぜい教訓であって、法則ではないと考える力が、少なくとも私のような男の精神衛生上には便利であるように思われる。真偽は知らぬ。ただそう思ってみるだけだ。ということは、固定した理想を未来に投影するの危険を避けるということだ。おそらく本当は法則があるのだろう。原罪の観念がすでに現代人を悩まさないように、善悪の対立は矛盾という観念のなかに解消されるのだろう。……ともあれ、古代の世界では、理想のために暴力やエロティシズムを犠牲にし断念するというがごときことはあり得なかった。たぶん民衆の生きていた時代があったにちがいないのである。民衆が生きるということは、神とか至上者とかの裡に完全な人間のイメージが生きるということで、たとえばヘルダーリン[★163]の讃美する古代汎神論の世界がそれである。そこでは、ルキアノスの証言によれば、愛児を袋に入れて犠牲の祭祀におもむくことさえが、官能の陶酔であり、同時に最も道徳的な行為であった。

大きな組織をもつアメリカ暗黒街のギャングや、ラテン・アメリカの革命家たちは、おそらくこの古代の情熱の何万分の一かに関与する機会をもち得るかもしれない。しかしそれとて、高の知れた卑小な陶酔にすぎないことは、彼らが結局は理性に馴致され、文明に飼い馴らされた存在、つまり簡単に言ってしまえば、高度資本主義制度の奴隷であるということによって、容易に想像し得るところだろう。至上な権力者というものを有つことの出来ない今日の私たちは、古代の民衆がみずから無力な平等の存在と感じることによって抱き得た完全な人間のイメージを、すでに有つことが出来ないからこそ、そういう権力者をいただくことを欲しないのである。また有つことが出来ないのである。かつての王や皇帝の権力のいかに絶大であったかに比べたら、現在のアメリカのギャングやヨーロッパの富豪のそれは、たかだか三面記事の興味以上のものではない卑小さである。女優と結婚したり、金塊を盗んだりすることが、ネブカドネザルやサルダナパロスのペルシア風三重王冠の一個の宝石、あるいは鹿革サンダルに刺繡した一本の金の縒糸に、はるかにはるかに及ばないのである。要求された平等とは、実に悲惨な観念である。それは観念以外の何ものでもないからこそ、かくは悲惨なのである。至上者の死とともに、平等もまた死んだ。

古代劇の要求は、王の特権を民衆の目に分かち与え、不平等を回復する一種のカタルシスであった。同様に、ディオニュソス神の受難に源を発する悲劇には、たぶん満足した生活を相殺するはたらきがあったにちがいない。しかし、人間の生活が共通の陶酔を要求しない近代にいたって、この演劇が民衆の関心を離れたのは、あたかも民衆のあいだから一頭抜きん出て王者の特権を簒奪しようと企らんだ時代の児たる小説が、徐々にその勢いを伸ばして行った成行と軌を一にする。小説は本来、巧智にたけた卑賤なピカーロ（悪漢）の成り上りの記録であり、その出発から演劇への嘲笑をふくんでいたのであった。すでに三千年前のエジプトにおいて、民衆は当時までファラオ[164]のみの手にあった特権、すなわち不死の特権をわが手にも占有しようと欲し、反逆をくわだてたということが知られている。死者になる準備にのみ性急だったエジプト人にとっては、ピラミッドの豪奢、その不動性が、とりも直さず不死のしるしであったが、神聖な怪物の像や、香料や松脂で固められたミイラや、玄武岩に彫られた巨神やのかげに、機敏な民衆の手が、青い陶製の河馬神だの、悪意のない金狼神だの、鷹神だのを配して置いた事実を忘れてはならない、と、こう言っているのは左翼詩人のクロード・ロワ[165]である。有名な『死者の書』[166]を開けば、たとえ四十二人の裁判官が死者の供述を信用せず、ひとりの神が死者の美徳を嘉賞しなかったとしても、この死んだ魂は呪法による脅迫を用いて、勝利をつかむことが出来る、という記述に私たちはぶつかる。呪術はつねにこうした善悪に関する卑俗な価値判断への疑問と、そこから生ずる反逆の要求から生れたと見るべきであろう。

一七八九年のフランスの民衆も、そのひとりひとりが心中に魔術師カリオストロ[167]を棲まわせていたと考えるのは、はたして奇矯な革命論であろうか。しかし、カリオストロがこの場合唐突だとしても、フィガロなら、唐突でも何でもあるまい。神への奉献ないし権力者の栄光の見世物として発展した演劇が、民衆を満足させるどころか、民衆の忿懣を大きくし、ついには逆に権力者を手玉にとるがごとき機略縦横な主人公を生むに至って、革命に道をひらいた成行は周知の事実である。

孤独者サドの立場は、しかしフィガロでなく、むしろカリオストロであった。一七八九年の革命と切っても切れない立場にあるのが、サドの文学である。それがなぜこの悪名高いパレルモ生れの錬金術師と近い立場にあるのかと言えば、サドは民衆の忿懣を利用して、その哲学上のシステムを発展させたばかりか、破壊を口実として、このシステムを破壊の結果の極点にまで押し進めたからである。すなわち、全的否定から全的肯定を導き出すという、一種のアナロジー、コレスポンデンス★168による自然法則の認識の仕方が、当時支配的であった一般の十八世紀理神論者の共和思想と甚だしく異なって、むしろオカルト(魔術)による自然の発見と近い立場にサドを立たしめる、というわけである。

ちょっと脇道に外れるが、ここでオカルト思想の大略を述べておくのが好便(こうびん)だろう。そうでなければ、なぜシュルレアリストがあのようにサドを神格にまで祭り上げたかの根本的な理由が、一向に解明されない。単なる反逆思想への親近というだけでは、さらに割り切れない。このことは、私の見た限り、フランスにおいてもその他の国においても、まだ一度も触れられていない問題なので、ぜひともここでその端緒(たんしょ)をつかんでおきたいし、そうなれば、ひいてはそれが彼の悪の理論へいかに係わるかも、新たな光の下に露呈されるはずであろう。

オカルト思想は最初の人間と同様に古い、と言われている。むろん、それならば宗教も同様に古く、オカルトと宗教はつねに夜と昼のごとく共存していたわけであろう。洞窟の人間は狩猟に出かける前に、獣の絵を壁に刻んで、やがて出遭うべき獲物を事前に呪い、帰ってから、その屍体の上で埋葬の儀式を行うのを常とした。芸術の起原において、原始人の心理はすでに世界の象徴的・社会有機体論的概念を生んでいたのである。

科学が分散的であるのに対して、オカルトは求心的・遠心的である。科学がその研究対象のあいだから、それらを時間空間のなかに位置づける抽象的関係を発見するのに対して、オカルトは、より具体的で精緻な万物の類縁の存在をあばき出そうとする。「場所という感覚は」とエディントン★169が言う、「相互関係にある宇宙のなかで、ひとつの人工的概念にすぎない。」つまりオカルトは、万物が互いに結びついていることを肯定するのである。科学の世界では、存在が至上のものであるが、オカルトの宇宙は所有の王国である。係り合いのないところに存在はないと、伝説が言う。とすると、純粋客体とか純粋主体とかいうものを想像し得るだろうか。しかしオカルトによれば、客体は主体のなかにあらかじめ作られているのである。要するにオカルトの世界は主体客体の対立がもはや意味をもたない領土であって、オカルトの知識とは、基本的な要素の係り合いを究明することであり、この係り合いの知識を取得することなのである。観察ということに絶大の信を置く科学の神話は、オカルティズムの領域に割り込む余地がない。オカルトの武器は観察ではなく、事物の本質を直観的に知覚すること、アナロジーの方法によって、普遍的生命に関するベルクソン的直観の内容を発展させることである。あらゆる知識は体験されねばならぬ。芸術家にとってと同様オカルティストにとっても、知識はよしんば確立された技術をもつとしても、つねに錬金術やプロソディの場合のように、内的経験の素朴な結果でなければならぬ。

かくて、世界に対するこの個人的知識に達するために、オカルトはさまざまな方法を暗示するが、その方法たるや、最も純粋な神知的苦行から始まって、最も醜劣淫靡(しゅうれついんび)な神秘主義の諸形式——生理的昂奮とか、毒物の使用とか、狂躁的な舞踊とか、悪魔礼拝とかの類(たぐい)——に至るまでの方法を大幅にふくむのである。しかし、かように方法は違っても、意図するところはつねに同じく、いずれも現実という名の仮象(シャイン)から逃れることであって、たとえばプラトン[★170]のアトランティス大陸も、ピュタゴラス[★171]の黄金詩も、ウェルギリウス[★172]の処女も、パラケルスス[★173]の水銀も、ダンテの地獄も、ラブレーの瓶(びん)の託宣(たくせん)も、ヤコーブ・ベーメの無底も、ミルトン[★174]の天国も、シラノの月世界も、ゲーテのファウスト博士も、ブレイクの天地の結婚も、スウェーデンボルクの天使も、ノヴァーリスの青い花も、ネルヴァルの黒い太陽も、エドガー・ポオのユリイカも、ワーグナーのラインの黄金も、ボードレールの万物照応(しょうおう)も、マラルメのイペルボール[★175]も、ユイスマンスの黒ミサも、ランボオの言葉の錬金術も、カフカの城も、ブルトンの連通管も、ヘンリー・ミラー[★176]の回帰線も、みなそれぞれこの要求に係わるものであった。そこでは、私たちに一種の綜合的な交感のパースペクティヴを与え、感覚や理性の世界でない別の世界に私たちを導いてくれるものでありさえすれば、あらゆるアレゴリーが価値ありとされたのである。「想像力は最も科学的な能力である。それのみが普遍的なアナロジーをふくんでいるから」とボードレールは言った。科学と芸術のあらゆる対立を超えて、アナロジーは、オカルト的方法と詩的方法とが一致するような唯一の内部的視点に、私たちを導いてくれる。アナロジーによる直観は、現象の確立された秩序を転覆せしめる。というよりむしろ、この秩序の価値を限定し、その普遍的特権を破壊せしめる。詩人やオカルティストは、社会的合理的現実の彼方に、コレスポンデンスによって支配された別個のコスモスを求めているので、だからオカルトも詩も、結局のところ一つの遊びであり、霊感とか、自動記述とか、呪法とかいった無償の運動なのである。ただオカルト学者の意志のみが、よかれあしかれ、現実への働きかけを決定するので、古来妖術や黒ミサを用いて犯罪的行為をなす者も数多くあらわれた。デュルケーム★177がいみじくも言ったように、魔術の教会は絶対に存在し得ない。というのは、オカルトはその性質上、社会的現実を忌避し、俗世間と対立するが、しかし一方、俗世間の基礎をなす聖性の上に安住していることもまた真実なので、一種のパラドックスがここに実現され、そこで、詩人もオカルティストも、ともにユートピア趣味、革命的傾向を帯びやすいということが言えるからである。このことは、先に私が漫然と書き並べた魔術的文学者の名前を一瞥しただけでも明瞭であろう。さらに、この社会へのパラドクサルな還帰運動が、韜晦とか、スキャンダル癖とか、笑いによって表示される敵意とか、苛烈な諷刺精神とか、怪奇趣味とか、傲岸な美意識とかの形であらわれる過程も自明のことで、たとえば空想的社会主義者として知られるフーリエの辛辣無比な文明批評などは、これの一典型であろう。「詩的アナロジーは不在の生を垣間見せ、形而上学的夢想のなかにその本質を汲むと同時に、その征服をたえず何らか彼方の栄光に向けようと努力するものである」とアンドレ・ブルトンの言うように、オカルトの冒険は、最も広範な自由の享受と、理性の羈束を一切脱した経験の領域へ人間を誘うのである。

さて、ここでふたたびサドに視点をもどす。マルキ・ド・サドのシステムは、まず第一に、一七八九年の民衆の蜂起を利用して、個人の絶対的権威を回復しようとした危険な投機であった。先ず彼は自己の快楽のために、自己の属する階級の封建的特権を利用しようと考えたのである。しかし封建制は当時すでに、サドのような大貴族さえこの特権を濫用するのに不都合を招かざるを得ないほど、封建制そのものの圧制的性格を失っていた。サドの乱暴を受けた乞食女や娼婦は、いずれも裁判所や憲兵隊に訴え出るという市民の権利を知っていた。もちろんサド以外にも当時放蕩貴族は無数におり、とりわけ大コンデ公の孫にあたるシャロレー伯爵[179]などは、殺人と淫楽の限りをつくして、最後にルイ十五世[180]によって死罪を与えられたものであるが、こういう本格的な犯罪者を別にしても、サドがとくにその方法に慎重を欠き、その実践に不手際であったことは、義母に封建的秩序の代表者たるモントルイユ家の女をもったことの不運とも合わせて、見逃すわけに行かない点であろう。多くの資料から、サドの犯罪がほとんど取るに足らないものであることは、今日確証されている。特権的身分から彼は一挙に囚人、時代の専制主義の犠牲者たる地位に転落した。やがてアンシャン・レジームのみならず、一七九三年の恐怖政治が、ジャコバン党であり、しかもピック地区の書記である市民サドを、穏健主義の名の下に圧迫したのは、主として彼が死刑廃止論を起草したことと、亡命貴族の逃亡を黙許したためであった。

ところでサドのシステムだが、ここにそれぞれ独立した二本の枝が、彼の旧制度批判の根から早くも分化しているのを私たちは知る。それは、ひとつは革命への積極的参加と王制弾劾（だんがい）であり、他は文学という非限定的性格のものを有効に利用しようという、その固い決意である。奇妙なことに、サドは文学において一種の至上的特権的人間を示すことによって、民衆への繋がりをみずから一切断ち切ったのである。彼が描き出したむしろ本来貴族の所有というべき絶大な特権の数々は、ほかならぬ彼自身が攻撃した旧制度の悪を一手に引き受ける底の特権であって、サドのロマネスクな虚構は、これに全能と正当化を与えることを少しも憚（はばか）らなかった。くだいて言えば、現実の革命と文学の革命の交わる地点で、サドの思想は陽電子と陰電子のごとく、それぞれ逆方向をめざして劃然（かくぜん）と分離したのである。創造の無償性とその投機的価値は、限界を設けぬ人間の欲望にはむしろ徒（いたずら）な望みしか抱かせてくれぬ社会的制度の価値よりも、はるかにもっと優れた可能性を彼の目に示すかのようであった。文学の優位はサドにとって自明のようであった。

私はこれを直ちにサドの直観と呼び、現実忌避の証左（しょうさ）とする浅慮は慎しもうと思う。かつてヘリオガバルス★[181]は、ジル・ド・レー★[182]は、シジスモンド・マラテスタは、それぞれ魔術的ないしオカルト的信仰によって、エロティックな空想のほとんど無限の満足に、欲望を開放したかに見えた。しかしサドのアナロジックな想像力は（サドはエロティックの作家であり実践者ではない）はるかにこの限度を超えているのである。といって、サドの人物は、革命の渦中に民心の昂揚を利用して、その破壊的欲望を遂げようとした、コロー・デルボワ★183とかジョゼフ・ル・ボン★184とかいった煽動政治家の類（たぐい）とは完全に無縁である。第一、万人の欲望に符合するセックスの満足は、サドがその夢想の人物の身に与えようとした満足とはまったく別のものである。彼が夢みたセックスの原理は、ほとんどすべての他人の欲望と矛盾するものであり、相手は欲望の共犯者とならず、むしろ犠牲者となった。その意味でサドの人物は孤絶的な状況を強いられ、欲望のシステムの基本的な部分は、対象の否定ということにならざるを得ず、もし何らかの和解が対象とのあいだに認められるなら、エロティシズムはエロティシズムの原理である暴力と死の運動を裏切ることになる。そこで結局、エロティシズムが暴力をあらわすということは、エロティシズムを限定する主体と客体の性的な結合、生と死を連絡するあいまいな半陰影の結合を、断ち切るという条件を直ちに意味することになるのであって、ただこの運動の完成のみが至上的人間のイメージに適合する、ただこの兇暴な獣的欲望のみが、一切の限界を設けぬ至上者の激昂を解放し、主体と客体（つまり男と女、あるいは権力者と奴隷）の無益な意識の対立を解消する、という結果を導くのである。

サドの現実生活には、しかし、この他者の否定に同化された至上権の肯定という、自信にみちたオカルト的信念を疑わせるものがあった。弱者が無意識の底で純粋な魂の道徳的練磨を心がけるのに、大言壮語はおそらく必要だったのかもしれない。サドは実生活では終始他人への気兼を免れることが出来ず、どちらかと言えば臆病で、「つい目の前の断頭台がありとあらゆる想像裡のバスティユより百倍も」怖ろしかったのであるが、一方文学において彼が実現したイメージ、獄舎の孤独のなかで彼が濾過したイメージは、この他者への配慮と完全に断絶していた。彼にとってバスティユは無人の沙漠であり（ダリの世界を想起せよ）、文学は情欲の唯一の突破口なのであって、人間という存在が決して棲み得ない非合理の夢想の地平線まで、可能性の限界を後退させることが彼の安心を保証するものであった。いわば獄舎のなかに凝縮された文学のコスモスが、他者への配慮を完全に免れた人間のイメージを与えることを可能たらしめたので、この非現実な人工の世界は、ゆくりなくもオカルティストのいわゆる《逆ユートピア》と本質的に異なるものではなくなる。「いかなる草も燃えない夜の果てまで」（コクトー『カフカ讃』[185]）無限の歩みを続けるカフカのユダヤ神秘教的灰色の世界が、このサドの目くるめく沙漠と驚くべき類似を見せるのは、この理由によるのである。

サドの思想は、他者との相互連帯を予想しなければ考えることの出来ない現実の人間機構をまったく無視して、独自の至上者を設定するところから始まる。しかし、人間の相互関係は必らず何らかの限界を予想し、それなくしてはすべての人間生活が起り得ないのであるから、この人間からの完全独立は、それ自身意味をなさない狂気の体系ではないか。とはいえ、サドの思想はそれほど狂ってはいない。一見それは思想の基盤をつくる現実の否定を思わせるが、その実、否定は人間の裡にあって暴力のモメントなのである。そしてこのモメントが、私たちの生命のまどろんでいる土台を揺り動かすのである。いかなる文学といえども言葉の芸術である以上、絶対否定という真の闇は考えられない。ともあれ私たちにとって不可避である暴力の裡にこそ、私たちは人間存在の基盤を動かす力を認めるのであるし、このような契機を否定することが却って人間存在を軽視することになりかねない所以のものを、私たちはサドの文学によって知るのである。総じてサドの文学は、この理性のあずかり知らぬ暴力のモメントの結果とも言えるからだ。

　暴力とは、言うまでもなく理性の反対物である。理性は理性の法則の表現である労働と結びつくのに、肉欲は労働を軽蔑し、私たちは労働力の規則的な行使が、肉欲の生命の一時的な激しさには及ばないのを知る。かりにエネルギーの効用と消費とが斟酌(しんしゃく)され計量されて、肉欲の活動力が有用の範囲に止まるとしても、肉欲はその本質において過激なものであることを否定しがたい。それは一般に結果を考慮せず、それ自身を目的として要求されるものだけに、ますますこの傾向を強くする。サドが着目したのは、先ずこの点であって、彼は従来の快楽説の一切をしりぞけて、快楽は罪悪のなかにあってこそ激しく、罪悪が世人に支持されなければそれだけ快楽は大きくなる、という説を大胆に肯定したのである。こうして、サドにおいて本質的に過激な肉欲の衝動は、人間の生命の眠っている原理の過激な否定である他者の破壊という行為に、いきおい、おもむかざるを得なかった。

サドは価値の世界における一つのコペルニクス的転回を行ったという、絶対の確信を抱くに至った。人間を最大の肉欲的満足と、最大の欲望充足とに達せしめる罪悪の前に、この罪悪の享受をさまたげる相互連帯性は、当然否定さるべきではないか。けだし、この激越な真理は、牢獄の孤独の裡に啓示されたオカルト的真理でもあったろう。ひとたび真理を得るや、彼はこのシステムの覆いがたい空虚を反映する一切のイメージを頑強に無視し通した。牢獄がそのためにまことに恰好な環境であったことは、先に述べた通りである。もとよりこの真理を肯定するために彼が選んだ暴力の原理は、一般には容易に承認されにくい。しかし、彼が私たちに提出するさまざまな肯定的原理から、次のことだけは、先ず何を措いても容認しないわけには行くまい、すなわちそれは、エロティシズムと死とを結びつける運動に、日常的な意味での愛という概念は（もしそれが暴力のパラドックスでないならば）何ものをも付け加えはしないだろう、ということである。

消費が取得の反対概念であるように、エロティックは日常性の反対概念でなければならぬ。私たちは理性に従って行為するとき、あらゆる種類の利益の獲得に努め、知識や富の増大をつねに心がける。私たちが社会生活の上に基礎を置いている立場というのは、かような行為を律する原理とひとつのものだからである。しかるにセックスの刺戟を受けた際、私たちが行為するのはまるで反対の仕方においてではなかろうか。私たちは過度に力を消費することをほとんど意に介さない。肉欲がいかに破滅的な生命の衰亡と酷似した形式を帯びるかは、その極期がしばしば当事者に死のイメージを喚起することによっても容易に窺い知り得る。従って、エロティックな激情を喚起するのは、必らず秩序を覆すもの、現実解体のイメージであろう。裸体は私たちが衣服の裡に保持している秩序、節度を破滅に瀕せしめる。しかし一度肉欲の解体作用に巻き込まれた私たちは、些少の破壊で満足することは出来ない。自己欺瞞あるいは加虐といったテクニックが、ともすると色情の昂奮のために、ごく普通に援用される。たとえば半裸の肉体は、全裸よりももっと肉体の秩序の解体を強調するが故に、全裸よりももっと有効な秩序破壊の手段である。精神的虐待（たとえば焦燥感を与えること）や肉体的毀損（愛咬など）が、この破壊の運動をさらに永びかせる。同様に売淫とか、卑猥な言葉とか、イメージとか、あらゆる下劣とエロティシズムとの結合が、肉欲の世界から一つの輝やかしい失墜と失権の暗黒世界（日常的世界から最も遠い世界）を引き出すのに貢献する。あたかも私たちの内部に血のしたたる一つの傷口がひらくかのように、無駄な消耗という宿命的な事実によってのみ、私たちは真の快楽を得るのである。私たちは人間の非有効性、衰滅の破壊的性格をつねに確信していなければ、決して肉の快楽に与ることが出来ない。富の増殖を唯一の原則とする日常的秩序の世界から最も遠い世界において、私たちは初めて色情的美の無秩序を経験するのである。最も遠い世界というよりむしろ、転覆させられた世界、裏返しにされた世界と言う方が正しいだろう。エロティシズムの真実は倒錯なのである。

サドのシステムは、従って、エロティシズムの破壊の形式である。精神的孤立は制度の撤廃を意味し、消費ということの深い意義を啓示するものであった。他者の価値を認める者は、必然的に自己を制限しなければならない。他者への配慮は主体の意志をあいまいにし、精神的物質的資源を殖やすことを欲求しない唯一の人間的願望、すなわち性的願望の意志の射程を測ることを不可能にする。他者というものがあるために私たちの精神の明澄が保てないとすれば、他者の存在は否定されねばならぬ。あらゆる他者への連帯意識が、人間をして至上者の立場に立たしめることを妨げるのである。人間の人間に対する尊敬は、それ故、隷属という一個の悪循環のなかへ私たちを引き入れる以外には何事をもなし得ない。この悪循環のなかで、私たちはもはや従属のモメントしか有ち得ないばかりか、結局は私たちの立場の拠りどころである尊敬という観念をも全面的に喪失するに至る。なぜなら至上者のモメントを、ほかならぬ私たちが最初に奪っていたからである。つまり人間が人間に対して至上者でない世界は、必然的に無倫理の泥沼に陥るということになる。

たしかに、こういう世界では、存在は一個の衰弱とならざるを得ない。存在が存在に対して敬意を欠き、無関心になれば、すでに無意味に移行しつつあることなのだから。存在があいまいな時を瞬時も有たず、つねに存在であり続けるためには、存在は存在の過剰でなければならず、不可能への絶えざるシーシュポス的登攀(とうはん)[★186]でなければなるまい。過剰は、無限に追求された快楽がもはや感覚的所与に還元されない瞬間——感覚的所与が無視され、快楽に命令を下す精神のメカニズムが存在全体を覆いつくす瞬間——に私たちを導いて行く。これが謂うところの《アパテイア》(無感覚)である。モーリス・ブランショによれば「至上者であることを選んだ人間が自己に課した否定の精神」である。「今日の人間は、力の一定量をもっている。多くの場合、彼は他者とか、神とか、理想とか呼ばれるあの幻影のために、その力を割譲(かつじょう)して、分散させている。この分散によって、彼は自己の可能性を濫費(らんぴ)し、焼尽(しょうじん)するという過誤を犯す。いや、そればかりか、自己の行為を弱さの上に基礎づけるという過誤をさえも犯す。宿命的な衰亡である。自己の力を無駄に消費して衰える人間は、自己を弱者と信じているからなのである。真の人間はしかし、自己が孤独であることを知っており、孤独であることを承認する。自己のなかにある懦弱な十七世紀のすべての遺産、彼自身以外の他人と関係のあるすべてのものを、この人間は否定する。そしてそれらを破壊しながら、この懦弱な衝動に取って代わるべきあらゆる力を回復する。……この力は、やがて彼が準備する総体的破壊の運動と完全に同化するであろう。快楽のためにのみ生きるこれらすべての偉大なリベルタンは、彼らが自己のなかの快楽の全量を無にしたという点でのみ、偉大なのである。……残虐とは、破壊的激発に変形するまで極端に推し進められた、自己否定でしかない。」

実際、この過激な否定なしには、快楽は卑小な、束の間の偸安にすぎず、何倍にも拡大された意識の運動のなかで、その現実的な至上の地位を保つことが困難だろう。サドという作家は、「その怖ろしい体系を印刷して、罪悪の総量を死後にまで及ぼすことを唯一の目的とするほど、危険かつ行動的な堕落」作家であり、「たとえ自分が出来ないとしても、自分の呪われた著述が罪悪を犯すであろうという、甘美な想像を墓のなかまで持って行って、よし現世のすべてを断念せざるを得ぬとしても、この想像によってみずから慰める」ことの出来る、まさしく彼がその作中に描いた通りの作家であった。この意味で、彼の作品は、たとえ孤独と否定の産物であるとしても、明らかに後世の人間への積極的な訴えをふくんでいる。たとえこの怪物作家の死が、その作中人物に言わせたごとく、狂気と汚辱（おじょく）より以外の何ものをも私たちに遺（のこ）さなかったとしても、少なくとも彼のオカルト的無償の反抗が、切実な人間の至上権への欲求から出ているものとすれば、私たちは、この無償の反抗が識らずに示した最も真実なもので、いまここに、倫理と呼ぶことも出来よう。残る問題は、だから、この小論の最初に約束したように、この作家の現代におよぶ道徳的責任の真の意味を追跡することである。

　最も重大な錯誤は、権力意志の芸術家と現実の権力者とを混同することであろう。現実の権力者は、「なぜならば山（権力）がそこにあるから」という信仰告白にしがみついている登山家[★187]に似ている。ところが権力意志の芸術家にとっては、山の存在は一向に問題ではなく、ひたすら自己の存在のみが関心事なのである。なるほど、エネルギーの法外な緊張なしには何ぴとも登攀できないエベレスト山頂への接近は、サドの試みた不可能の山巓（さんてん）への接近とひとしく、いかにも困難を要する努力ではあろう。しかしエベレスト登頂に伴なうエネルギーの緊張には、地上の人間に抜きんでて立つという願望の、限定された充足があるのみである。しかるにサドが導入した他者の否定の原理からは、奇妙にも、無限の他者否定が反転して自己自身の否定におよぶ、かのアパテイアの原理がその窮極に見出されるのを私たちは知った。サドの原理は当初においては、たしかに他者の否定がそのまま自己の肯定を意味していたけれども、やがて可能性の極端にまで、個人的快楽の彼方にまで推し進められたこの無限の性格は、あらゆる衰弱から解き放たれた至上権の探索に接近しないでは決して止まない。現実の権力は、決してこのような無限の運動をとるものではない。それは至上権を運動方向から屈折させる。現実の（歴史的）権力は、権力自身があろうと欲するものの影でしかなく、せいぜい必要の満足から人間存在を解放することを目的とする努力より以上のものでは決してないのである。現実の至上者は、必要の至上命令を逃れることの出来ない人間一般のあいだにあって、ただひとり、これを逃れることの出来る者ではある。忠実な臣下が進んで彼に提供してくれる権力の助けを借りて、彼はこの人間存在の宿命を最大限に逃れるのである。だから、至上者と臣下のあいだの相互信頼は、臣下の従属および臣下の至上権への参与という二つの形の上に成り立っている。そして現実の主従関係は、多かれ少なかれ、これ以外の形をとることが出来ないだろう。

サドの場合は、大いにこれと異なる。サドの至上的人間は現実の至上権をもたぬ、フィクションの人物であり、その権力はいかなる負目(おいめ)によっても限定を受けていない。自分に権力を提供してくれる臣下との、相互の（欺瞞的な）信頼関係において初めて成り立つ、あの現実の至上者とは、いかなる精神的な類縁もない。サドの至上者は、他者の前に自由ではあるが、自己の至上権の犠牲者となることを避けるわけには行かないのだ。すなわち、現実の君主は臣下の隷属ということに卑小な快楽を見出すが、サドの至上者にとっては、そもそもかかる隷属を受諾する自由、あえて言えば、かかる隷属の受諾にまで身を落す自由がないのである。注目すべきことは、完全な相互不信頼の原理から出発したサドの人物が、それでもなお一つの厳密な道徳性に到達したということだ。彼は最大の享楽に達することのみを念願としたが、この享楽には一つの価値があった。すなわちそれは、小さな享楽に従属することの拒否、身を落すことの拒否を意味していたのである。あらゆる人間的身分は（王者の身分といえども）エネルギーの停滞した状態を意味するから、サド的人物にとっては落着くことの出来ない場所なのである。限りない階段をのぼるように、ジュリエットが次々と自分の身分を棄てては、より高い地位を望むのは、この至上者の力の停滞性嫌悪に由来する。

サドはサド以外の人間、つまり読者のために、至上者のみが到達し得る一つの極北を描いて見せた。この極北は、否定の極北に達するまでは決して止まない無限否定の運動の場であった。サドはこの運動を避けることを潔しとせず、極点まで追いつめ、ついに他者の否定と自己の肯定という、この最初の原理を超えるところまで進んだ。それは一つのまったく新しい境地であり、そこでは、他者の否定がそのまま自己自身の否定になった。この激しい運動においては、個体の享楽はもはや何ほどの意味もなさず、ただ普遍的な罪悪のみが問題であり、たとえ主体が惹起（じやっき）せしめた罪悪によって自己自身を滅ぼすことになろうと、悪が悪の極北に達しさえすれば、すべてが許された。そしてこの要求は、個人の外にあり、運動そのものを個人の上位に置くもので、運動は運動を発せしめた個人から出て、個人を離れ、ついに個人を超えるのである。サドは個人的なエゴイズムの彼方に、いわば非個性的なエゴイズムの運動を見なければならなかった。それはあえて名づければ、ヘーゲルの絶対精神に似た、絶対悪とでもいうべき普遍的意志であろう。私たちは、フィクションのみが彼に許したこの不可能への運動を、可能の世界の上になぞって見るには及ばない。そんなことの出来る場所が現実にどこにもありはしないことは、何よりもサドを読んだ者がよく知っているはずであろう。すなわち知る、権力意志の芸術家は決して悪の福音を説く者ではないことを。

ただ、ぜひとも認めねばならないことは、サドが個人の超越を罪悪に、否定の精神に、直結したということである。エゴイズムがエゴイズムを超えて、みずから点じた悪の火の中に焼かれる熾烈な意志にまで高まって行く推移ほど、一見不可解なものはない。これをいかに解するか。しかし、問題は、すべて否定ということの意味にあるように思われる。否定とは悪そのものであり、言葉の機能でさえある。「アダムが動物どもを支配した最初の行為は、彼らに名前をつけること、すなわち彼らをその存在（存在している限りは）のままで滅すことであった。」（ヘーゲル『精神現象学』）したがって言葉の意味は、神の創造に逆らって、あらかじめの大殺戮を要求することである。そしてまた、言葉とは、世界の普遍的な大殺戮が同時に世界の普遍的な肯定でもあり得るような、パラドクサルな真理を必然的にふくんでいるものである。さらに、否定の力はそれが持続する限り、ひとつの特権たることを免れないが、この特権が行使する否定の運動こそ、世界の普遍的な否定の激流に抗してみずからを守ることの出来る、唯一の力であることを、要するにサドの文学は身をもって教えるのである。

とすれば、サドの文学は人間の虚無に対する一つの救いであると言えないだろうか。そしてこのことは、サドがオカルト的アナロジーによって暴力の本質をとらえつつ、しかも強靭（きょうじん）な理性の縄（なわ）でこれを縛り上げたということ、つまり、彼があくまで言葉の芸術家であり、それ以外の何者でもなかったということと原理的には同じなのだ。私たちはチェザレ・ボルジア[★188]を歴史上の人物としてしか見ることが出来ないが、サドははっきり現代人と見なすことが出来る。なぜなら、彼は暴力とエロティシズムとに表現を与えたから、フィクションにしか生きなかったからである。

薔薇の帝国　あるいはユートピア

燃える精神の薔薇園から
盗みとられた純潔な血
裸にされた薔薇たちの帝国

ルネ・シャール

「性」という漢字に微妙な恥じらいのニュアンスがつきまといはじめたのは、いつ頃からか、詳(つまび)らかにしないが、近頃ではこれをセクスなぞと翻訳する風変りな新進作家が日本にあらわれた。この促音(そくおん)の省略というやつが大へん物珍らしいらしく、私のおふくろなぞは「ミスター・セクス」という渾名(あだな)をこの新進作家にたてまつったものであるが、それはよいとして彼女、この面白くもおかしくもない渾名を息子の面前で発表する段におよび、なんと、処女のごとくぽうと顔をあからめたのには、かえってこちらが驚いた。なにが恥ずかしいのであるか。単にセックス（あるいはセクス）という言葉を発音するのに羞恥をおぼえる必要がどこにあろう。いったい、セックスと羞恥心とが羽織のヒモのごとく結びついたのは人類史のいつ頃からであろうか——とこう、私は考えざるを得なかった。

アダムとイヴが林檎を食って勃然と羞恥した、というヘブライの神話は、終末観的思想のみごとな通俗化であって、たしかに羞恥は歴史とともに古いのだろう。そう言えばトロヤ戦争[★189]の発端も一個の林檎からであったことを思うと、どうやら林檎とは、文明の悪の萌芽を果肉のうちに秘めているので、それであのようにつやつやと毒々しく赤いのかもしれない。しかし、いったいに私は、今をはやりの人工衛星とか火星探検とかいった空想に魂を遊ばせるよりも、たとえば将来すべての人間が裸で生活するようになったらどうだろう——後楽園四万の観衆もすべて裸、満員電車やオフィスのなかもすべて裸、大劇場にぎっしりつまった観客もすべて裸——といった、はなはだ古風な空想をめぐらす方に、はるかに大きな興味をもつもので、これなんかもあるいは原型善を追慕する私の歴史感覚に、世のサイエンス・フィクション愛好者の歴史感覚といくぶん違った点があるためかもしれない。カンパネッラにもシラノにも、またデイドロの『ブーガンヴィル航海補遺』★190にも、裸体で生活する男女が出てくるところをみると、どうやら古きユートピアの理想とは裸になることのようでもある。

法律はなるべく少なく、自由はなるべく多く、という共和主義的原則を承認するならば、銀座の街頭で裸になる自由だって、それがどんなにバカバカしい自由であるにせよ、ないよりはあった方がいいと思うのは、はたして奇嬌（ききょう）な思想であろうか。ともあれ、月世界旅行が近々数年のうちに実現されそうな形勢にあるのに、この裸の自由の方は、当分ちょっと実現の見込みが薄い。あえて言うなら、文明史の無限のかなた、すなわちユートピアにおいてしか、それは実現の可能性がないだろう。この点における私の予想は絶対にペシミスティックである。復讐という観念が人間の精神から払拭し得ないかぎり、殺人は永遠に行われるだろうし、死刑を主張するひとびとは永遠に有力な論拠をもちつづけるだろう。同様に、羞恥心の抵触（ていしょく）があるかぎり、公然ワイセツ罪はなんらかの形で永遠に残るだろう。だからこそ公然ワイセツ罪も死刑も廃止せよと主張するのは、はたして奇嬌な思想であろうか。サン・ジュストによれば「恐怖は両刃の剣であって、一方は人民の復讐のために用いられ、他方は圧制に奉仕する」ものだそうだが、しかし、聖パウロによれば、罪をつくるのはあくまでも法律なのだ。

頃日（けいじつ）、十七世紀デンマークの作家ホルベルクの書いた『ニルス・クリムの地下旅行』という、すてきに面白い空想小説に私は読みふけったものだが、そのなかに主人公のニルス青年が植物の国におもむき、牛に追いつめられて思わず傍らの樹木によじのぼったところ、その樹がこの植物国の知事夫人で、ニルスは暴行未遂罪で訴えられ、法廷に立たされる破目にいたるというエピソードがあった。（ちなみに、この小説は、ポオの『アッシャー家の崩壊』のロデリック・アッシャーが愛読したという物語である。）しかし、これを読んで、たとえばサドのような作家は植物の国におり立った無心な大学生ニルスのような存在ではなかろうか、などと想像なさる方があるとしたら、かかる臆測は断乎として間違いであることを先ず私はここに明言しておかねばならぬ。

奇妙な話であるが、サドは法律に触れるため、禁止のために書いたのだ。彼があれほど厖大な著作を生涯にわたって営々と書きあげたパッションは、自作に危険文書の烙印を押し、自作を永遠の闇にほうむらんがためのパッションであった。この点、サドはつねに蛍光灯のごとき明識の持主であり、自分の死後自作のたどる運命に決して無知ではなかったのである。だから、サド自身とその作品の幽閉を主張した百年にわたる政治体制や司法権力は、後世のシュルレアリストのごとき一部の熱狂的サド礼讃者たちよりも、却ってサド自身の意志を忠実に守ったのではないか、というような逆説さえ成り立つのである。作家を闇にほうむることによって、その最も不逞な悖徳の共犯者となったのが道徳の守護神だった、という意味だ。しかし、およそ作家の文筆活動というものが無際限な自我拡張の熱望であるとすれば、自作を闇にほうむることによって成り立つ作家のパッションとは、そもそも何だろう。

サドという作家の在りようそのものが逆説なのだ、と言っても説明にはなるまい。サドは世の良識から否定され、文学史から追放されることによって、みずからの作家としての存在を強引に肯定しようとしたのだろうか。しかし、そのような存在を容れるべき余地はこの地上にはない。「重要なのは、その表現の仕方であって、それによって表現されたものではない。もしそれで人間を解放することが出来るものならば、私は獣姦でも、公衆の面前の交接でも、近親相姦さえも、すべて奨励していいと思う。殺人も含めて、それ自体が間違っているとか、悪いとかいうものは何もないので、間違っているのは、悪いことをする、人殺しをするということ、またひいては、行為すること、自己表現を恐れることなのである」とヘンリー・ミラーがいかほど力説しても、公衆の面前での交接が許されるようにならないかぎり、サドの作品が公然と読まれる日はついに来ないだろう。「いずれ星移り月変れば、どの町にもサドの彫像が建てられ、どの基石(きせき)の下にも彼のために供物(くもつ)が捧げられるような、そんな時代が来るだろう」とスウィンバーン★191がいかほど叫んでも、この『アタランタ』の詩人の願いが実現されるのは、文明の歴史の無限のかなた、すなわち「政治的な島」であるところのユートピア以外にはあるまい。

だからこそ彼らは叫ぶのであると言ったら、これもまた逆説になるだろうか。

いま、私の目の前には一九五三年ポーヴェル版『ソドム百二十日』（四七五部限定のうちの二〇六番）が置かれてある。この版は一九五六年ワイセツ文書として起訴され、ジャン・ポーラン氏[★192]やジョルジュ・バタイユ氏の大熱弁にもかかわらず、発禁処分を受けて没収焼却されたはずだから、日本へ流れ込んだ部数もそう多くはないと思われる。しかし、いずれにせよこの奇怪なフィクションが、幾多の異例な運命の変遷をたどった末に、二十世紀後半にいたって「はるかな国のサディスト」（ポーヴェル氏はそう私を呼んだ）の目に直接ふれることが出来るまでになった経緯は、本題に入る前に一言しておく必要があろう。

サドが『ソドム百二十日』の最初の草稿を浄書しはじめたのは一七八五年十月二十二日、革命勃発の約四年前である。自作の絶対的なオリジナリテと、それに伴なう押収の危険を明らかに意識していた彼は、何よりも隠すのに最も都合のよい形でコピーをつくることを考えた。まず二十日間にわたって、夜七時から十時まで、このバスティユの囚人は、幅十二センチの小さな紙を貼り合わせてつくった全長十二メートル十センチにおよぶ巻紙の片面に、蟻のようなこまかな文字をびっしりと書き込んだ。二十日間で片面がいっぱいになると、次いで裏面に移った。こうして十一月二十八日に完成したコピーが、百二十五年後にはじめてドイツの一医学者の手に入った原稿である。それまでどうしていたのかというと、フランス革命のごたごたがそこに関係している。バスティユの占領後、この最初の草稿もコピーも、ふたつながら作者の手には二度と戻らなかった。逆に作者は自由を得た。かくして一七九〇年、サドはこの失われた原稿の上に毎日「血の涙」を流していると、ある手紙のなかで告白している。

しかし巻紙は、侯爵が収監されていたバスティユの一室で、つとにアルヌー・ド・サン＝マクシマンという男によって発見され、ヴィルヌーヴ＝トラン家の所蔵となって、三代のあいだ門外不出の保護を受けることになったのである。歴史の女神クリオの布石の妙であろう。それが今世紀初頭になって、ドイツのある愛書家に売られ、ベルリンの精神病医イワン・ブロッホ[★193]筆名オイゲン・デューレンによって初めて印刷に付されたのは、一九〇四年であった。かりにこの書の重要性が、サドとクラフト＝エビングとの「驚くべき類似」を随所に指摘した刊行者デューレン博士によって正しく認識されていたとしても、この第一回の刊行が、侯爵の真のテキストをひどくゆがめる底の、誤解にみちた、かなり杜撰（ずさん）なものであったことは否めない。だから、第一次大戦前のドイツ語版（フォン・ハーベルラント訳）によって研究の端緒をつかんだ式（しき）場隆三郎（ばりゅうざぶろう）[★194]氏や木々高太郎（きぎたかたろう）[★195]氏の仕事は、無意味であったとはいわないまでも、すでに現代的意義を大半失っているだろう。デューレン博士は「医学者・法律家・人類学者に対する『ソドム』の科学的重要性」を云々しているが、これは問題を拡散させるだけのことだろう。

イワン・ブロッホの死後、原稿は一九二九年一月までドイツにあった。そしてこの年、シャルル・ド・某子爵の委任を受けたモーリス・エーヌがベルリンにおもむき、はじめてこのシュルレアリスト・グループ第一の碩学が『ソドム』を手にする機会に恵まれたのである。故モーリス・エーヌの監修になる『ソドム百二十日』の決定版三巻が上梓されたのは、かくて一九三一年より三五年までの期間にわたった。出資者はスタンダール商会で、三九六部の限定版、監修者エーヌ自身のエディション・クリティクであったが、どうしたわけか、第一巻の序文で予告されたエーヌの論文が第三巻にふくまれなかったのは惜しい。ともあれ、このような手続をへてわれわれは完全な正しい『ソドム』のテキストを現在自由に享受することが出来るようになったのである。

では、この怖るべきエロトロジーの画廊をくぐり、奇怪なフィクションの構築される舞台と、そこにあらわれる登場人物とに、ひとわたり観察の目を向けてみよう。——

ルイ十四世[★196]治下の末期に、殺人と汚職によって莫大な私財を築きあげたブランジ公爵、その弟の司教、キュルヴァル法院長、および徴税官デュルセの四人の老遊蕩児（というよりむしろ神経症者）が「黒い森」の人里はなれた城館で、彼らの絶対的権力に隷従した四十二人の男女とともに、十一月一日から二月二十八日におよぶ百二十日間ぶっ通しの大饗宴をもよおす——というのがほぼ大体の骨子である。四十二人の玩弄物の内訳は、デュルセの娘でブランジ公の妻となるコンスタンス（ブランジ公は三人の前妻を殺した後の四度目の結婚）、キュルヴァルの娘でデュルセの妻となるアデライド、ブランジ公の最初の妻の娘でキュルヴァルの妻となるジュリー、司教とブランジ公の二度目の妻とのあいだの姦通の子であるアリーヌ、それから誘拐された八人の美少年と八人の美少女、巨大な男根の所有者であるために選ばれた八人の能動的男色者、下疳で腐った不具の肉体をもつ四人の老女、六人の料理女と小間使、最後に私娼窟で経験をつんだ四人の女衒ラ・デュクロ、ラ・シャンヴィル、ラ・マルテーヌ、ラ・デグランジュの各々である。

小説の筋は、この最後の四人の女衒たちが百二十日間つぎつぎにおのおの百五十合計六百の異常な性欲の物語を語り、そのあいまに話を聞いて興奮した城館の主人たちが、物語を実行に移すという仕組みになっている。大饗宴は終りに近づくにつれて、恐怖のクレシェンドのうちに二十日間延長されるが、その期間はさらに三十人の新たな犠牲者が、指を切られたり眼球を抜かれたりする、むごたらしい拷問の苦痛にあって虐殺される。乱痴気騒ぎが幕をとじて、パリに帰ることが出来た者は、主人たちを別にして、わずかに十二人であった。……
『ソドム百二十日』の構成は明らかに『デカメロン』[197]あるいはマルグリット・ド・ナヴァール[198]の『エプタメロン』に由来する。作品は大部なイントロダクションと、日記形式の四部に分かれ、十一月が「単純な情欲」、十二月が「複雑な情欲」、一月が「罪の情欲」、二月が「危険な情欲」にそれぞれ充てられており、その叙述のあいまにしばしば「城中の破廉恥な出来事」というのが挿入される。イントロダクションは四人の遊蕩児に関する詳細な分析と、四人の女性、およびその他犠牲者となるすべての人物の、めんみつな肖像を描くのに費される。しかし物語が肉づけされ展開されるのはイントロダクションと第一部のみで、他の三部は細分され番号を付された見取図、一種の素描におわっている。おそらく紙の不足が原因でもあろうか。しかしこの丹念に番号を付された系統的な性病理学的事実の簡潔な並列的記述が、序言における作者の誇らかな宣言をいささかも裏切らない、一種の性病理学試論の性格をこの書に付加するのに却って大いに貢献していることは誰も否定できないだろう。

このように、かりにサドの作品が科学的と文学的の二面から考察されるとすれば、『ソドム』における哲学的な議論の文章はきわめて稀であって、後年作者が生涯にわたって飽くことを知らず追求し、あれほど精緻に組み立てた道徳原理や形而上学説は、ここではまだ萌芽としてしかあらわれていないことを認めねばなるまい。これらの哲学的な論究は、一七八八年に書かれた『美徳の不幸』にいたって初めて完全な発展をみるのである。『ソドム』では、哲学の輪廓はわずかにブランジ公の語る言葉の端々にあらわれているのみである。すなわち、公は美徳をにくみ、若年から美徳の「むなしさ空虚さ」を認識していた。公によれば「最も美妙な快楽の源であるあの精神と肉体の震動」を人間に感ぜしめることが出来るのは、悪徳のみの行為による。

「おれは若い頃から、創造主の存在が不愉快な迷妄にすぎないことを完全に知っていたので、宗教の幻影を足下に見くだしてきた。……だからこの創造主の気に入られるために、おれの嗜好を拘束する必要なんぞ、一切これを認めない。おれがこの嗜好を享けたのは自然からなので、もしそれに反するような行為をすれば、おれは自然を怒らせることにもなりかねまい。かりに自然がわるい嗜好を与えたのだとしても、それは自然の目的に悪が必要だったからにちがいない。いわばおれは、自然が勝手に動かす機械のようなもので、おれの罪悪はひとつとして自然に奉仕していないものはなかろう。自然が奨めれば奨めるほど、罪悪は自然にとって必要なものなのだ」とこう、ブランジ公は語る。

一方サディックな快楽については、『ソドム』における奇妙に病理学的な説明よりも、後年のサドの述作中に多くあらわれる議論から、よりよくその輪廓が推測されるはずで、それはほぼ次のような設問の形に要約される底のものであった、すなわち、もしわれわれが相手の感じる衝撃のうちにわれわれ自身の享楽を汲みとるものとすれば、苦痛の動機ほど、この衝撃、ひいてはわれわれ自身の享楽を最も高度に保ち得るものはないのではなかろうか、という設問である。

後にサドが『アリーヌとヴァルクール』（一七九三年刊）のなかで次のように書いたとき、彼が失われた『ソドム』の主題を想起していたことは明らかである。すなわち「私は人間が心の中に、たったひとつの思想すら生まないあの空想的な財産を所有するよりも、浮彫りになった一種の樹木を心の中にもち、その枝の一本一本に悪徳の名が記入され、いちばん小さな奇癖からいちばん大事な義務の忘却にもとづく大罪までが、そこに段階的に眺められるようになっていたら、どんなによかろうかと思うものだ。このような道徳の一覧表こそ役に立ちはしないだろうか。それこそ一個のテニエルス[199]やルーベンス[200]に匹敵するものではなかろうか。……」

そういっても、すでに『ソドム』の巻頭には、自作の古今無比な新しさが無理解の壁につき当るだろうことに対する作者の皮肉な諦念と、同時にこの壁をとり払おうとする、教化的意図とが次のようにはっきりあらわれていた、「天地開びゃく以来たえて作られたことのない極悪の物語がはじまるにあたって、読者よ、今こそ諸君は心と頭に十分な装備をするがよい。かかる書物は古代にも近代にも類例のないものである。この本からは、諸君がその実体を知りもしないでたえず口にしている、自然と呼ばれるあの野獣によって調整されたあらゆる美徳の楽しみは、きっぱりと締め出されている。たまたま諸君がそれに遭遇する場合も、何らかの罪悪がそれに伴なうか、あるいは何らかの醜行(しゅうこう)がそれに色どりを添えていないことは決してない。……多様性については、はばかりながら絶対に正確であることを保証しよう。一見したところ諸君には何ら差異の認められない情欲も、よく研究すれば実に多様であり、明らかに差異のあることが認められよう。どんなに微々たる差異であろうとも、かならずあの洗練、あの敏感性をもっているのであって、それがこの書物で取りあげられている道楽の種類をいちいち特徴づけ、識別することを得さしめるのである。」

モーリス・エーヌがその序文に書いているように、「これは性的異常の分類からみた特異な価値の資料であるとともに、この分野における最初の実証的な試みでもある。クラフト＝エビングやフロイトの一世紀も前に、系統的な観察や組織的な記述のイニシアチヴをとった人間が、これらの性的異常のなかの最も重要なものに冠せられたサディズムという名称によって、その名を不朽に輝かせているのは、賢明な世界の周到な配慮でもあろうか。……」

しかしこの感覚的錯乱のエンサイクロペディアのごとき『ソドム』において、いかに作者がその先駆者的天才の証拠を示し、純粋な文芸的価値とは独立に、このジャンルの傑作と見なさるべき豊富な性病理学的観察を残したとしても、ひとつの決定的な弱点が随所にこの作品の科学的真実性を危うくしていることは、正当に評価しておかなければならない後世の研究者の義務だろう。それは何かというと、作者が異常な執着をもって描き出したコプロラグニア（糞便嗜好）の、このジャンルにおけるあまりにも拡大された権威である。実際、四人の女たちによって物語られる異常症例六百件のうち、厳密な意味でのフィクションを別にして、半数以上が排泄物を嚥下（えんか）するイメージと結びついた性欲であるのは、読む者にふしぎな感を与えずにはおかない。そもそもコプロラグニアは、視覚的・嗅覚的（放屁もふくまれる）また触覚的（これはフェティシズムおよびサド＝マゾヒズムに依存する）たるを問わず、かなり頻繁な異常症例であるとはいえ、その極期の症状であるコプロファギア（糞便嗜食）にいたっては、最も稀有な性倒錯のひとつに数えられるものであって、クラフト＝エビング教授の著書でも、このテーマにふれているのはただの一回にすぎない。また何よりそれは、サドが試みているような神経症の領域からは独立したジャンル、すなわち精神衰弱の領域に本来属すべき症例である。だから『ソドム』においては、しばしば最もみにくい錯乱に作者が根拠なく与えた優越権によって、エロトロジーの真実性がゆがめられており、むしろ本質的にエロトロジックなニュアンスは犠牲にされている傾きがなくもない。たとえば、処刑され殺害された女としか関係しようとしないネクロフィリア（屍体嗜好）的傾向のある法院長キュルヴァルの例などは、作者の偏執的な好みがこれに付加させたコプロファギア的要素との結合によって、却ってその一般的な妥当性を失う結果になっているのである。

その他の倒錯症としてはベスチアリテ（獣姦）およびアントロポファギア（人肉嗜食）に、とくにサドは強い関心を見せているが、ここでは名称をあげるだけにとどめておく。なお、コプロラグニイの見本として私がいつも思い浮かべざるを得ないのは、あのヒエロニムス・ボッシュの「悦楽の園」の右側の部分、すなわち地獄の図のなかの魔王のすがたである。この魔王は人間をまるごと呑み込み、シャボン玉のように膨れあがった巨大な糞をたれる。魔王の玉座の下はつい糞溜めの穴になっていて、透明な魔王の糞のなかに封じ込められた裸の男女は、そのまま穴の底に落下する仕掛になっている。……

「特に少し糞で汚れた卵は素敵です。あのノートルダムの四隅に坐っている怪獣が鳩の糞だらけになっている事には素晴らしいと思われるものがあります。もし私たちがルクサンブールを歩いていて頭上に牡蠣色の糞を受けたとしたら……東洋の客人の、いまは単に考えつつある質量に外ならぬ塑像性への恰好の贈物だとは言えないでしょうか？」——これはわがA感覚の詩人形而上学者イナガキ・タルホ氏[201]の文章である。

さて、われわれは『ソドム』の科学的記述にひとつの弱点を見たが、しかし依然としてこの作品が、サドの書いた最も精彩ある幾つかのページをふくんだものであることに変りはない。密度といい、呼吸といい、文章のうねりといい、すべての特徴がその他のサドの小説作品のスタイルよりも、むしろ一層主観的な彼の書簡のスタイルに酷似していて、まさしくこれは作者の肉声の吹き込まれたテープ・レコーダーであろう。なかんずくイントロダクションは、最も新鮮で自然発生的な形における彼の芸術のあらゆる源泉をふくんだもので、疑いもなくアルフォンス・ドナチアン・フランソワ・ド・サド侯爵の傑作たるを失わない。女たちの輝かしい裸体に取り巻かれ暗黒の光彩を放つブランジ公は、鎖につながれた聖処女たちに説教をたれる地獄の司祭の肖像であり、十七世紀の戯作者ジャック・カロのエッチングやマックス・エルンスト[202]のコラージュのみがよく表現し得る幻覚ではないか。またセックスをむき出しにした娼婦や、老女や、不具者や、小娘たちの輪舞は、フランシスコ・ゴヤの『カプリチョス』のアルバムや、現代の女魔術師レオノール・フィニー[203]のタブローのみがよく再現し得る恐怖ではないか。さらにまた、『ソドム』第一部におけるあの絢爛たる風俗描写の手腕によく比較し得る名前を他に求むるならば、われわれはどうしても古代におもむき、ペトロニウス[★204]の『サテュリコン』の猥雑な極彩色、洗練されたラテン的技巧を思い起さないではいられない。もうひとつ、ラ・デュクロがその妹を堕落の道に引きずり込もうとして、自分の体験談を語る熱弁のエピソードが、レティフ・ド・ラ・ブルトンヌ顔負けのリアリズムに貫かれていると言ったら、これは少々ひいきの引き倒しにすぎようか。

アンドレ・ルッソーはサドにおける詩的天才の欠如を認め、この作家の「リュシフェル的偉大さ」を拒否したが、しかし、ルネ・シャールもエリュアール[★205]もつとにサドの魅惑にとらわれた詩人であった。お望みならサドの全作品からページをすぐって、一巻の散文詩集をつくることだって出来る、と言ったのはサドの評伝家であるジルベール・レリー[★206]である。論理的なコンテキストから分れた素晴らしい悲劇の格調が、おそらくこの『マルドロール』の双生児の全篇にただようにちがいない。むろん多くのページは『ソドム』から抜かれるべきである。セックスと汚物の大饗宴は人間の理想主義の痙攣的な変身譚であって、愛の詩のパラドックス以外の何ものでもないからだ。狂気と孤独の黒い結晶体であるサドの詩は、もとより無意識の産物であるとはいえ、なおかつ近代的感受性と無縁ではない。それに、この永遠の囚人は、おそらく詩的夢想の態度そのものによって、みずからそれと知ることなく、自己自身を描いたのではなかったか。「私は自分の悲惨な立場から気を外らそうとするときはいつも、こうしたことども、に助けを求めたものだ。私が空想をさまよわせさえすれば、それらは私の不幸を小気味よく慰撫してくれることが出来た」とサドは一七八二年八月、妻への手紙のなかで告白している。

たしかに「こうしたことども」は、オナニスト・サドを恍惚たらしめるに十分だった！ジャン・カスウ★207も言っている通り、負わされた孤独のなかで、彼は「人間の本源的情念のシンフォニー」を聞いていたからである。人間の情念はヒドラの頭のように、たくさんの頭で、おのおのその歌を歌い、その夢を夢みていた。——「ふたりの美少女がその母の腕のなかで暴行され、虐殺された。そのほか数限りない怖ろしいことがこれに付け加えられた。」「彼は馬車の鞭でもって彼女をおびやかし、庭のなかを走らせた。疲れて倒れるまで走らねばならないのである。彼女が倒れるやいなや、彼は彼女に飛びかかった。」——『ソドム』のどのページをひらいても、こうした記述が、結晶体の稜角に乱反射するきらめきのように、ついわれわれの目のなかに飛び込んで来るのを防ぎようもない。カリプコス（美しい尻）のヴィナスに似たコンスタンスも、アデライドも、死ぬまでありとあらゆる拷問によく堪えた、自然よりももっと強い肉体、殉教者よりももっと崇高な精神の化身なのであった。

よしんば囚人サドが世間に受け容れられなかったとしても、サド自身受け容れられることを少しも望んでいなかったのだから、この間の事情は簡単というほかない。暗い独房のなかで、自分を虜囚の身とした明るい世界に復讐するために、サドが選んだ唯一の武器は——さよう、あらゆる道徳的価値と感覚的規範の転覆であった。一般に、あらゆる価値の体系をエロティックという液体のなかに流し込んで、たがいに転換可能な力のみによる二つの相関関係をつくり出すのが、簡単に言えば、サディズムの原理である。しかしサドの絶望が、なぜ人間の心情の奥底に彼自身をふかく入り込ませたかと言えば、それは悪の美学的機能が悪の完成を必然的に排除したからにほかなるまい。フロイト的に言えば昇華(しょうか)という現象であろう。サドはあくまでも文学者であった。美徳の信奉者ロベスピエールは同時に殺戮者であったが、何千人という婦女子を想像裡に殺戮したサドは、あえて言うなら、美しい無力な駄弁家(だべんか)でしかなかった。

しかし、はたして無力であろうか。サドがすべての犠牲者を殺害しつくし、すべての駄弁を種切れにしたとき、ひとつの奇蹟が起るのではなかろうか。奇蹟といえば、昔からその最高の形式はたったひとつしかない。それは復活——さよう、かつてアダムとイヴの神話をつくり出した狡猾きわまるヘブライ民族が、悠久(ゆうきゅう)二千年の歴史を呪縛したところの——復活以外にはない。かくて、ソドムの百二十一日目によみがえった美少女たちの裸の肉体を、サドの言葉の翼が絹のようにやさしく包むのである。この蜜の流れる約束の地、この「裸にされた薔薇たちの帝国」で、羞恥心という感情がもはや何の意味をも持たないものであることは、あらためて申すまでもなかろう。これはユートピアであろうか。いや、文学の効果とは元来こんなものである。

母性憎悪

あるいは思想の牢獄

もしカトリック教会に天来の妙想ともいうべきものがあったとすれば、それはキリストの母親の処女性に関するドグマを創始したことであろう。母親の純潔こそ、すべての人間が信じたい一つの嘘なのだから。

モーリス・サックス★208

精神分析が確認済みの事実として認めているところによれば、人間の幼年期における精神的軋轢(あつれき)の基底をなすものは、一般に父親に対する憎悪、すなわちエディプス・コンプレックスである。ところがサドの許(もと)においては、それが逆のあらわれ方をしている珍らしいケースとして、心理学者のあいだでもしばしば問題にされている。サドの母親は、伝記的資料からはまったく空白の部分しか引き出すことができないので、いかにサドの幼年期にさかのぼってみても、いわゆる外傷(トラウマ)というものをそこに発見することはむずかしい。

かようにサドの許には、いわばネガティヴなエディプス・コンプレックスが認められるわけだが、しかしそれとて、ふつうの大多数の場合のように、去勢に対する恐怖から、近親相姦への欲望を自己の裡に禁圧しようとする、単純な神経症患者の症例とはちがって、母親、つまり虚偽の偶像へ父親を犠牲として捧げたことに対する、やみがたい恨みの感情に由来するものであったらしい。ある種の神経症患者が、父親に対する恐怖から母親を犯す欲望を断念し、父親の立場に取って代ろうとするより、むしろ父親に対して女性的な態度をとることで満足する――あるいは本来父親に向けられるべき憎悪を自己自身に反転させ、苛酷な超自我の監視の下にみずからを置こうとする――のに対し、サドはまったく逆に、父親の権力と手をむすび、反社会的な超自我をいよいよ強固にして、待命中の憎悪のすべてを母親に向けようとするのである。

いったい、青年サドが心底で母親に対して抱いていた感情とは、どんなものだったろう。それは必らずや、後にサドがさいなみ抜いた妻に対する感情と軌(き)を一(いつ)にしていたにちがいない。つまり、「ふてぶてしい淫売」である。女性のエゴイズムを憎んだ彼が後年アナーキスティックな哲学を説いたのは、偶然ではない。心理的発展の過程において、母性憎悪の動機はすべて、父親の権力の属性として彼が称揚したものと、完全な一致を見たのである。息子の目に母親の偽善は、見棄てられた父親のあらゆる罪を正当化するものとしてはたらいた。かくて罪悪は、この自我に目覚めた息子にとって、父親に対する負債をつぐなう唯一の手段となった。殺人、不倫、男色は正当化された。

サドにおける《サディズム》という思想は、従って、幼年期の憎悪のファクターそのものの表現だといって差支えなかろう。母性的な権力、あるいは母性的な制度をくつがえすという、その使命を完全に実行しおおせるために、彼は憎悪のリビドーをいわば選んだのである。あたかも青年期を脱するにあたって、義母モントルイユ夫人が母性的特権の代表者として、その嫉妬ぶかい猜疑の眼ざしを投げかけるのを見たとき、つまりこの第二の母親との接触によって、彼の憎悪は無意識から意識のプランに躍り出る。憐憫、慈愛、犠牲、貞淑といった女性的美徳の系列は、この時から彼の憎悪の的となり、エゴイズム、恐怖といった無価値なものにすり替えられる。

妻ルネとの関係も、この憎悪を強固にする機縁としかならなかった。愛されていないことを意識したルネは、おそらく献身的な服従を自己に強いたろうと思われる。だがサドはこの献身の目的をさえ、愛情のかわりにせめて感謝を要求する愛されない女の術策と見た。だから後年、サドはこの感謝の感情を攻撃するのに異常なまでの執念を見せたのである。ミオランの監獄を脱出したのもルネひとりの助力であったし、ヴァンセンヌ、バスティユの長期にわたる怖ろしい幽囚のあいだ、彼に唯一の希望をもたらしたのも、このルネ夫人の足まめな日参であったのに、実はこうした妻への依存関係こそ、彼にとって最も堪えがたい屈辱であった。そしてこの依存の感情は次第に一般化され、根ぶかいものとなって、ついに人類の根源的な欠陥と映ずるまでに敷衍（ふえん）された。「女とは……自然がその本来の能力によって行動することを妨げる、第二の能力でしかない。……もしすべての女を絶滅せしめるか、あるいは決して女を享楽の具に供しないようにするかして、種族を不滅にするため自然がその本来の能力にのみ頼らねばならぬようにするならば、これほど自然にとって有益なことはなかろう」——女性の胎内から生を享けた男が女性に対して払わねばならない根源的な負目ともいうべき感情に、これは公然と背を向けた宣言である。

シャトーブリアン★209をはじめとする前期ロマン派の多くの作家たちが、黄金時代とか来世とかいった観念の裡に、なつかしい母胎の故郷にもどるという、ノスタルジックな夢を託していたのに、ひとりサドのみは、陰惨な母胎のなかで窒息する強迫観念にとらわれていたわけである。

彼の現世的な行動も、彼の思想も、つまりは母胎という袋のような闇のなかから、みずからの存在を解放せんとする闘いの意識的な宣言より以外のものではなかった。さらに言えば、彼の長い幽囚生活が、この母胎の闇の強迫観念に現実的な形を与えるものとしてはたらき、反社会的な姿勢をとらせるのに貢献したという成行も、われわれとしては当然考えたくなるのである。

母胎の牢獄は思想の牢獄、病理学の囚人は形而上学の囚人であった。

『閨房哲学』における女陰憎悪の執念は、ついに実の娘をして母親の膣を針で縫い合わせしめるという、一種カリカチュアめいたグロテスクな結末にいたる。第七の対話の中で、ユージェニーの悪徳の指南役であるサン・タンジュ夫人はこう言う、「さあ今度は、奥さんの体の中を流れている毒液が、洩れ出ないようにしてしまわなければいけないわ。ユージェニーに、あなたの con と cul を縫ってもらいましょう。そうすれば、あの有毒な汁は凝まってしまって、容易に発散しにくくなり、早速あなたの骨をぼろぼろにしてしまうでしょうからね」「まあ素敵」とユージェニーは言う。「では早く、針と糸をちょうだい。さあ、お母さま、股をひらいて。あたしが縫ってあげますからね、もうあたしに弟も妹も生れてこられないように……」

『ジュスティーヌ』においても『ジュリエット』においても、母親はつねに、その祭壇から遅かれ早かれ蹴り落されるべき暴君的な偶像として描かれる。母親の祭壇とは、社会制度と宗教とが築きあげ維持しているもので、サディックな意味では、それは男性の快楽に予定されたものでなければならない。『美徳の不幸』のなかのブルサック侯爵は、純粋な男色家で、母親への根源的な憎悪を抱いている。彼の目には、男性こそ人類の完全な見本であって、女性はその不完全な形態でしかない。「僕が殺そうと思っているのは、腹のなかに僕を抱えていたこともある、僕自身の母なのだ。ちぇ、それがどうした、そんなくだらない理由で僕が思いとどまるものかね。ぜんたい母というのは何様のことだろう、そいつが淫らな思いに燃えて、僕という人間の元である胎児をはらんだとき、そいつは僕のことを考えていてくれたのかね。そいつが快楽に耽ったというので、僕はそいつに感謝しなければならないのかね……」

サドはかかる見解に頑固な確信をもっていたので、他の著作でも到るところに、このブルサックの議論を繰返させている。その上、母権制度擁護論者の反駁にそなえて、用心ぶかく次のように言わせることも忘れなかった、「もし僕らが生れ落ちて以来母親のいつくしみを享けてさえいれば、僕らは母親を愛することもできようし、愛すべきでもあろう。だがもし彼女にむごい扱いしか受けていないなら、いかなる自然の法則による係累もないこの女に、僕らは何もお世話を蒙っていないばかりか、すべては挙げてこの女を葬り去れと命ずる、そしてその呼び声こそ、人間をして邪魔になるもの一切を追い払わないではいられなくさせる、あのエゴイズムの本然の力なのだよ」――サドの批判的な冷静な目の前には、母親の犠牲的ないつくしみも、妻の献身的な服従も、すべて彼女たちが自分のためにする深い満足の感情に裏打されたエゴイズムのあらわれでしかなかったのである。徹底的にあばかれた女性本能の怪物的なエゴイズム。

子供の目の前で、あるいは子供自身の手で、辱しめられ苛まれた母親のすがたを、サドほど兇暴な歓びをもって克明に描写した作家はいない。サドは義母のモントルイユ夫人を革命当時断頭台から救うために奔走しはしたが、この専制主義思想の染み込んだ女を、もっと普遍的な形で、つまり女一般として、作品のなかで手を変え品を変えして冒瀆し復讐することを決してやめなかった。すでにジュリエットという女主人公の裡に、サドは同性愛の女（つまり社会的拘束のない女）を描いて、母親という社会的理想像に対抗せしめたが、さらに、「馬鹿者どもが罪と呼んでいるもののなかでその身が十分に汚れていなければ、いっかな枕を高くして眠れない」という『閨房哲学』のドルマンセに、サドは自然の概念を分析させて、自然の基本的な法則が破壊と創造の二面をもっていることを明らかにする。こうして、最後に「殺人は物質の形態の変化にすぎない」という結論に到達すると、女の同性愛も、男色も、ソドミーも、すべては反社会の視点から称揚されるにいたり、ドルマンセは道徳的な意味における生殖と、父親の原理すなわち種族保存の原理とを、公然と攻撃する端緒をつかむのである。

それにしても、サドが自分の不幸な結婚をととのえた父親に対しては、とくに憎悪らしい感情を抱いていないことに、不審の念を起こすひとがあるかもしれぬ。『アリーヌとヴァルクール』におけるブラモン法院長やその友人ドルブールの裡に、政略的な息子の結婚を画策する父親サド伯爵の戯画化された肖像を発見するのは難くないとしても、作者がこうした父親の肖像をひとしく暗黒な筆致で描いたことは、伝記作者の証言がどうあろうとも、復讐のためという以外に考えられない。何のための復讐か。母権家族制度に対する復讐である。復讐は共犯と両立しないものではない。たとえば『悲惨物語』におけるフランヴァルを見よ。この父親もまた、サドの多くの長篇小説にあらわれる典型的人物の一ヴァリアントであって、作者が賦与(ふよ)した破壊の使命を一身に負った人物である。つまり、家庭を破壊する父親という役割がそれだ。サドはこれらの登場人物に暗黒な英雄としての役割を与えることによって、自己自身の性格と父親の性格とのあいだに完全な同一化を企図(きと)したわけである。母親に捧げられた憎悪の対蹠点(たいせきてん)として、父親には尊敬すべき悪人の地位が約束される。さらに父親の共犯者として、本来母親の庇護の下にあるべき娘ユージェニーまでが、反家庭の側に左袒(さたん)してしまえば、この図式はいよいよ完璧となろうはずではないか。

「子供をつくるのは母親の血ではない、父親のみの血だよ」と母殺しのブルサック侯爵は言う、

「雌の腹はただ結実し、保存し、細工をするだけで、何ものも供給しはしない。だから、僕は父親の生命に危害を加えようなんて考えたこともないが、母親の生命なら、糸をぷつんと切るのと同じくらい簡単に断てると思っている」——これはおそらく解剖学的観念を作者みずから故意に曲解した議論であろうが、サドにとって人間が女から生れねばならないという事実が、いかに堪えがたい汚辱であったかを余すところなく示している。前にも述べたように、この宿命的な真実こそ、彼にとっては自然と人類の堕落のように見えたのである。こうしてサドは、母親に対し妻に対し（この両者は結局は同じものだが）永遠に反逆的な姿勢をとり続ける父親をわれわれに描いて見せてくれるのであるが、ここから当然帰結されるのは、父親と子供との関係、およびその関係を阻止しようとする妻の立場、といった図式であろう。

ソドミーと近親相姦は、サドが父親の属性として称揚したものであった。父親は子供との肉体関係を妨げようとする婚姻の絆を断ち切らねばならない。自然の法則はさような障害を設けないとしても、社会の法則、すなわち法律には、自然法則のなかのあるものだけを是認し、他のものは絶対に合法化しないという不都合がある。そこでサディスト的性格をおびた父親は、奸策(かんさく)を弄(ろう)し、その娘に父たる者の社会的意味を隠蔽(いんぺい)するような教育をほどこし、やがて彼女が長ずるにおよび、これと契(ちぎ)ることを容易ならしめようと腐心(ふしん)する。これが『悲惨物語』の骨子であって、サドの作品中これほど露骨に、かつ論理的に、作者が家庭というものの裡に適用したサディズムの原理を、白日の下にあばき出した作品はない。「ここでは父と娘の不倫が相互の立場から情熱的に承認されている。すべての登場人物に対する入念な吟味、風景の与える力強い暗示、論理的な筋の展開、それらのものがこの小さな小説を傑作たらしめるに役立っている」とサド研究の先駆者であったシュルレアリストのモーリス・エーヌが言明している通りである。

以上の小論を書くにあたっては、カトリックの批評家ピエール・クロソウスキー氏[★210]の『わが隣人サド』を参考とした。

Ⅱ

サド復活──デッサン・ビオグラフィック

一個の太陽から徐々に生れた数多の黒い太陽たち

オーディベルティ『石の血』

十九世紀の開幕とほとんど同時に、サドはあたかも陥穽に落ちたかのように忽如として歴史の舞台から消えた。約四十年来、時代の最もスキャンダラスな役割を一身に負ってきた侯爵が、最後に官憲の手に逮捕されたのは一八〇一年三月六日である。この日、総裁政府の警視総監デュボワは、たまたま出版主マッセの家にいたサドを逮捕せしめ、次いで、サン・トゥアンの自宅にあった侯爵の自筆原稿を残らず押収せしめた。ちょうど開幕したばかりの十九世紀が、前世紀の遺産を受け継ぐことを好まず、サドという一作家に具現された前世紀の抵当権を消却することを何よりも早急に欲したかのごとくであった。

かくてサドは新しい世界から決定的に抹殺され、サント・ペラジーの監獄へ、次いでビセートルへ、そして最後にシャラントンの精神病院へ転々と送られたが、なお死ぬまでに十三年半、苦悩の晩年に耐えねばならなかった。シャラントンにおける彼の死は孤絶的であり、埋葬は秘密裡に行われた。しかし、そもそも一八一四年に、まだサド侯爵がパリの近郊に余命を保っていたことを、この時代の誰が想像し得たろう。彼の名はすでに一つの伝説であり、何ごとにつけ想起される一つの概念にさえなっていたのだ。

「怪物作家。生体解剖家」と言ったのは、サドと犬猿の仲にあったレティフ・ド・ラ・ブルトンヌである。「借金を返すのが嫌なばかりに艶書で女を脅迫するなんて、サド侯爵そこのけのやり方ですよ」とバンジャマン・コンスタンへの手紙（一八一五年五月二十八日）に書いたのは、スタール夫人である。そして一八三四年『パリ評論』誌上に、四十頁にわたる駄文を書き並べたのは、十九世紀前半の代表的批評家ジュール・ジャナンである。それは次のごとき調子ではじまる——

「誰もが知っていて誰もが口に出さない一つの名前がある。それは文字に書けば手が震え、口に出せば諸君の耳に、ある不吉な響きを伝えずにはおかない名前である……マルキ・ド・サドの書物は、二十人のジル・ド・レーが殺したよりも、さらに多くの数の子供を殺した……この青年の周囲には、何かしらすべての者に嫌悪の情を呼び起す有毒な空気が漂っていた……生きていた頃は、それでも彼はまだ獄中にあって尊敬されてもいた人物であった。彼は獄中の神であり、王者であり、詩人であり、希望であり誇りであった。飛んでもない話だ！　だが、われわれはこの怪物のどこから手をつけ、どの面から検討を加えて行ったらよいのだ？　すでに時代の隔たりを置いた現在でさえ、この怪物に近づけば、何か気味の悪い飛ばっちりで身体が汚れるかもしれないではないか？……彼が中学（ルイ・ル・グラン校）を卒業すると同時に、ロベスピエールがそこに入学している。おお、似合いの二人、サドとロベスピエール！　バスティユがまだ建っているというのに、みずからの破滅をつゆ知らぬ憐れなフランス国民！」

この正統王朝派的傾向をもった批評家の悪意は、問題が政治的な面に移ると、たちまち露骨になり、現実味を欠く。その点では、亡命貴族もジャコビニズムの代弁者も、ひとしくサドを誹謗することにおいて同じ愚をおかしていた。

「一説によると、ロベスピエールやクートンや、サン・ジュストや、それからその手先といった連中は、たび重なる処刑や殺戮に疲れたり、冷酷な心にふと後悔の気持が湧いたりすると、その都度『ジュスティーヌ』の幾ページかを読みに行って勇気を鼓舞したということだ」（シ

ャルル・ド・ヴィレイユ[★211]『スペクタトゥル・デュ・ノール』一七九七年、第四巻)
「城館に住み、馬車を乗り廻し、赤靴をはき、青い綬章をぶらさげる、あの悪党どもの仲間に、サド侯爵を加えねばならぬ。その憎むべき大罪は、おそらく当代の貴族のすべての罪に勝るだろう」(J・A・デュロール[★212]『貴族人名録』自由の第二年)

見られる通り、左右両翼からの発言が、いずれもサドを悪魔のごとくにあげつらっている。右から見れば《冷血漢》であり、左から見れば《悪党貴族》である。これを要するに、サドおよびサドの問題は、地上的生態の平面図形内にあるのではないことを、われわれはついに認めなければならない。《悪魔》の旗幟を鮮明ならしめることは、いずれにせよ、容易なことではないはずである。

慥かにそこには誤解があった。われわれは今日モーリス・エーヌやジルベール・レリーの労作によって、サドの人間を知る幾多の資料を有しているが、そのいずれの資料もが、これら曖昧な記述と符合しない。すでにわれわれには確信があるのだが、サドはその偉大さを生活のなかの多かれ少なかれ凡庸な事件から汲んでいるのではないのである。なるほど、二十七年間にわたって十指にあまる牢獄を経巡ったという事実は感動的であり、驚異に値する。しかし、サドとジル・ド・レー、サドとロベスピエールを比較することは、そのどちらに対しても礼を失することになりかねまい。「私はこうした種類のことで考えられることはすべて考えた。しかし私は考えたことのすべてを実行に移したわけでは決してなかったし、これからも実行しないだろうことは勿論だ。要するに私は犯罪者でもなければ人殺しでもなく、一個の我儘者(わがままもの) libertin にすぎない」(一七八〇年九月十七日)とサドは自分自身を明快に割り切っている。
サドの伝記を素描するに当って、まずわれわれはこの言を心に留めておけば足りよう。

*

一七六三年にサドは結婚しているが、結婚以前のサドの生活について、われわれは多くを知らない。父サド伯爵は有能な外交官であり、母は大コンデ家と血縁のあるマイエ・ド・カルマン家の出身である。母伯爵夫人がルイ十四世の娘コンチ公女の侍女を勤めたのも、また一七四〇年六月二日、一人息子ドナチアン・ド・サドの誕生を迎えたのも、このパリにある宏壮(こうそう)なコンデ館の一室であった。ドナチアンはそこで四歳まで育てられ、次いで父方の郷里であるプロヴァンス地方に送られた。父の官職が相継ぐ転任を余儀なくしたからで、ドナチアンが生れた当時父はケルンの選挙侯の宮廷にあり、後にはロンドンやセント・ペテルスブルグにも赴任した。母も時には夫に随行したであろう。しかし、夫妻が彼らの一人息子の教育を他人に任せた何より大きな理由は、夫婦間の不和にあったにちがいない。

父伯爵の肖像は画家ナティエ★213によって描かれ、現在サド家の末裔であるグザヴィエ・ド・サド侯爵★214の手許に所蔵されているが、このいかにもルイ十五世時代の典型的な武官は「几帳面な、やや陰気くさい男で、非情なまでに冷たい大貴族であり、態度や言葉遣いまで仰々しく、召使に対するように家族に対しても尊大で、己れの権利をあくまで大事にし、狭量なまでに厳格で、しかも甚だしい浪費家である。何の道楽があったわけでもないのに、つつましやかに、ひっそりと、身代をつぶして行った」（ポール・ブールダン『サド侯爵の未発表書簡』の序）

一方伯爵夫人については、息子の結婚費用さえ物惜しみするような吝嗇家だったという以外、その肖像を窺い知るべきどんな些細な資料も残されていない。夫の手紙のなかに、「恐ろしい女だ」という表白が見られる。一七四五年から五〇年までの間に、アンフェル街のカルメル派★215修道院に引き籠ったきり、その後一七七七年に他界するまで、一度もそこを出なかった。息子ドナチアンの宗教に対する反感が、そのあたりから胚胎しているらしいことは、カトリック批評家ピエール・クロソウスキーならずとも容易に想像されるところである。

四歳から十歳までの間、幼児サドはパリを離れて叔父や叔母の手で育てられたが、なかんずくエブルイユの僧院長であった父伯爵の弟ジャック・フランソワ・ポール・アルドンスの影響をかなり受けた。このいかにも十八世紀人らしい文人気質の聖職者は、ヴォルテールの友人で、プロヴァンス地方に散在するサド家の所有地や城館を管理しつつ、文学上の著述や気ままな情事に日を送っていた。とくにリシュリュー元帥[★216]の情人ラ・ポプリニエール夫人との関係が知られている。その著述には『フランチェスコ・ペトラルカの生涯』というのがあり、今日でも面白く読めると言われる。

サドの直系の先祖のひとりにユーグ・ド・サドという人がいて、この人は、ペトラルカ[★217]の絶唱『カンツォニエーレ』のなかに歌われた名花ラウラの夫であり、このイタリアの桂冠(けいかん)詩人のプラトニックな愛人との間に十一人の子供をもうけた父親であった。ユーグという名はサドの家系に何人もいるので、彼は老ユーグと呼ばれる。そんな関係で、ペトラルカとラウラの恋は、アヴィニョンからマルセイユまで拡がったサド一族の誇りであった。サド家は古く、ノストラダムスの『プロヴァンス史』にもその名が出てくるほどである。古記録によると、Sado あるいは Sazo とも呼ばれていたというから、イタリア系と推定される。ともあれ父伯爵の結婚によって、サド家は単なる地方貴族からブルボン王家[★218]につながる堂上(どうじょう)貴族に昇格したわけで、幼児ドナチアンの将来の輝かしい社会的な栄光はここにそっくり約束されていた。哲学小説『アリーヌとヴァルクール』の中から自伝的要素の色濃い章を抜き出してみると——

「母方の縁から偉大な王家と血続きになり、父方からはラングドック地方の名流の血を享けて、私はパリに生まれ、何不自由なく、ありあまる豪奢（ごうしゃ）のうちに育てられたので、物心つく頃からすでに、自然も富もすべて自分のためにあるものだと信じるようになった。それというのも、愚かな人たちがそういう風に私に教えたからである。この笑止な特権意識が私を傲慢に、横暴に、怒りっぽくした。すべての者が私に服従し、全宇宙が私の気紛れに奉仕しなければならぬと思った……母方の関係から、私はさる高貴な王子の館で育てられたものだが、その王子というのが私とほぼ同年輩だったので、人々は何とかして私を彼と友達にさせようとした。子供の頃から知り合っておけば、一生涯何かにつけて王子を頼りにすることが出来ようというわけである。ところが私はまだそんな計算のできる年頃ではなく、己惚（うぬぼ）れだけは人一倍強かったから、ある日、子供らしい遊びから言い争いになり、とりわけ相手が身分を笠に着て横柄な態度に出るというと、つい嚇（かっ）となって、相手をさんざん撲（なぐ）りつけ、仕返しをしなければおさまらなかった」

ちなみに、この高貴な王子というのは、サドより四つ歳上のブルボン王子ルイ・ジョゼフのことである。アヴィニョンの生活も、この甘やかされた子供の性格を矯正(きょうせい)するに至らなかった。叔父の僧院長は極端な放任主義で、ただ幼い甥に人文主義的な文学精神を吹き込むことしかしなかった。むしろ不道徳な手本を示しさえしたであろう。ソーマーヌの暗い城館や、エブルイユの頽廃的な僧院に、ようやく物心のつきはじめる数年間を過したことが、サドの想像力の自覚に力を与えなかったはずはない。

十歳になると少年ドナチアンはパリに呼び戻され、ジェスイット派[★219]の中学ルイ・ル・グラン校の寄宿舎に預けられ、かたわら家庭教師アンブレ師に就いた。そして四年間ここに在籍したが、記録保管所にある学年末受賞者名簿には一度もその名が見えていない。われわれがサドの学校生活について知り得ることのすべてが、これで尽きる。

ヴォルテールや、カミーユ・デムーラン[★220]や、ドラクロワ[★221]や、ユゴーなど幾多の時代の俊秀(しゅんしゅう)を輩出せしめた、この厳格をもって鳴った貴族学校ルイ・ル・グランには、年代記作者ポール・ラクロワによれば「怖ろしい懲戒の部屋があって、犯した悪戯(いたずら)の性質によっていろいろな罰を生徒に課する。パンと水で監禁したり、非公開の場所で鞭打を加えたりする」(『十八世紀の制度・習慣・服装について』一八七五年)ことさえあったそうである。

一七五四年、サドは当時著名な貴族の子弟のみ入学を許された近衛軽騎兵学校に入った。有名な系図学者クレランボー★222に身分証明書を作製してもらって、一七五四年六月、初めて士官候補生に任官したのである。翌々年には七年戦役に参加し、戦争の終った一七六三年には、ブルゴーニュ騎兵連隊大尉として退役し、ふたたびパリに帰った。時に二十三歳。金髪、碧眼(へきがん)、豊頰(ほうきょう)の青年貴族である。容姿すぐれ、物腰にやや懦弱(だじゃく)なふぜいがある。その他、背丈が一メートル六十八あったことや、器用にマドリガル(叙情短詩)の韻(いん)を合せたことや、美声をもって唄ったことなど、記録によって知られている。要するに当時のいわゆる洒落者(プチ・メートル)を想像すれば足りよう。

(ここで序(つい)でに触れておくが、サドの真正な肖像画がわれわれの手に一つも残されていないのである。サルバドール・ダリ★223によって天使のような女性的な貌に描かれたロートレアモン伯とともに、サドは近代三百年のフランス文学史上に、《肖像画を有たぬ作家》としての特異な地位を占めている。もっとも、ナチス・ドイツの侵入以前までは、グザヴィエ・ド・サド氏がコンデ・アン・ブリの自宅に、この先祖のミニアチュールを所蔵していたそうだが、掠奪(りゃくだつ)にあって紛失したと言われる。その画像は、小さな唇をした碧眼(へきがん)の美青年だったそうだ。)

さて、軍隊から帰った青年サドと父親との間には、どんな関係があったか。妻がカルメル会修道院に引き籠って暮らしていたのに、伯爵は当時ひとり外国伝道会館で孤独の生活を送っていた。財産はすでに息子がルイ・ル・グラン校にいた当時から、凋落の一途をたどっていた。永年の王家への臣事も、多くは酬いられなかった。そこへ、第三次シレジア戦争★224の終結に伴って、柔弱な青年士官が家内に舞い戻って来たのである。ストイックな日常を守っていた父親にとって、息子は見馴れぬ若者であり、まことに苦々しい極楽蜻蛉であり、家常茶飯を紊す者であった。果して、すでに軍隊にいた当時から、サドが父親の不興を買っていたことを明白に証拠立てる手紙がある――

「私の心はいま、すべての父親のうちで最もやさしい父親の機嫌を損ねてしまったという、限りなく悲しい苦しみの裡にあります。かつては私の毎朝の起床は、新たな快楽を求めるためでありました。快楽への期待が、すべての憂さを忘れさせてくれました。快楽を見つけたと思った瞬間、もう私は幸福を感じておりました。けれども私の欲望が悔恨しかもたらさなくなってからというものは、このいわゆる幸福は、たちどころに雲散霧消してしまいました。夜になると、私は絶望してしまいます。自分が間違っていたことに気がつきます。しかし、それは夜だけなのです。朝になると、私の欲望はふたたび目を覚まします……いま、私は父上から手紙をいただいたところです。父上は私にすっかり告白してしまえと命令します。私はそうするつもりでいます。でも誓って申しますが、私は真剣なのです。あんな優しい父上を、もうごまかす気にはなれません。父上は私が過ちを告白しさえすれば、もう一度許して下さるおつもりなのですからね」（一七五九年四月二十五日、叔父ジャック・フランソワへの手紙）

この文章の軽薄さは、打ち見たところ、精神の軽薄さから由来している。この若い侯爵が、明日にも同じ過ちを繰り返すだろうことを知りつつ、誇張にみちた懺悔の定まり文句を書き並べているのは、容易に察せられる。言葉はサドにとって何ものでもない。事実、その一生を通じて、サドは言葉で他人をたぶらかすことを孜々として試みつづけたのだ。「彼がいちばん真面目なのは、ふざけている時であり、主の不誠実がありありと目につく時は、彼がいちばん誠実な時なのである」（『サドは有罪か』）とボーヴォワール夫人も書いている。

父伯爵が一七六三年五月十七日、終身税裁判所名誉長官ド・モントルイユの長女ルネ・ペラジー・コルディエ・ド・ローネーと息子とを結婚させたのも、この息子の放蕩に困じ果てての処置にちがいない。

ドナチアン・ド・サドの生活は、しかし、この時期までは、かくべつ常軌を逸したものではなかった。父の非難にしても、この当時の貴族階級の子弟なら誰でも、同じ非難を受けるような行動をしていたのであって、娼家へ通ったり、女優を追い廻したり、賭事に興じたりするのは、ごく普通の青年の気晴らしだった。むしろ「几帳面で、やや陰気くさい」性格の父親が、息子の罪を不当に重大視していると見られないこともない。息子が「舞踏会にも芝居にも欠かさず出かけるのが忿懣（ふんまん）に耐えない」と、一七六三年初頭の手紙に父は書いている。この忿懣の原因は何か。おそらく放蕩よりも、浪費であった。父が息子を極道者あつかいしたのは、賭事の負債のためであった。

とはいえ、これらはすべて推測の域を出ない。サドの異常性はこの頃にはまだ何の徴候をも見せていないからである。実際、異常性がどの程度すでに形成されていたか――より正確に言えば、どの程度形成されるべき萌芽を見せていたか――は、誰あって断言できない性質のものなのだ。著名な筆相学者クレピュウ・ジャマンのごときは、サドの筆蹟に「少年期の情愛の外傷（トラウマ）」を発見しているが、この発見とて一個の仮説にとどまる。たしかに、サドの母親には情愛が欠けていたようであり、サドの作品ではつねに母親が残酷なあつかいを受けるというのも、本当である。だがそれ以上われわれは何も言うことが出来ない。やがて結婚から五箇月後に、サドは今なお不可解な一事件によって、最初の入獄を経験することになるのだが、この明らかに性病理学的素質の最初の発現と思われる事件さえ、われわれはその主要な原因をブランクに残したまま、ただその事実を記録に留めることしか出来ないのである。

結婚を機としてサドの生活に侵入して来た人物は多々あるが、その中で妻以上に重要な人物が、義母モントルイユ夫人であった。モントルイユ氏の方は、有名無実な存在だったと思われる。家庭を支配していたのは夫人であり、縁談の交渉がなされたのも、彼女とサド伯爵との間であった。本来が打算ずくの政略結婚で、愛情の問題は介入する余地がなかった。約束が決まる前にサドが一度でも婚約者と会っていたかどうかさえ、はなはだ疑わしい。というのが、サドはその時分アヴィニョン近在に住む一女性と恋愛関係にあり、この女性ロール・ヴィクトワル・アドリーヌ・ド・ロリスと結婚する気にまでなっていたからである。

ド・ロリス嬢はアヴィニョン近在の古い家柄の娘で、一七四一年生れであるから、青年サドと交渉をもった当時二十二歳であったはずである。サドはモントルイユ家の娘との婚礼のつい半月ばかり前まで、アヴィニョンに滞在していて、破談になったロリス嬢との仲——すでに父親ロリス氏から謝絶の手紙を受けていた——を回復しようと懸命になっていた。「嘘つき！ 情知らず！ 一生私を愛すると誓ったあなたの心は、どうなってしまったのです、誰があなたを心変りさせたのです？」という激烈な調子ではじまる求愛の手紙は、「愛する君よ、棄てないでくれ、お願いだ……」という弱々しい訴えの文句に終る。だが、このプロヴァンスの神秘的な女性、おそらくサドの恋愛生活中の最も光彩陸離(こうさいりくり)たる女性であるべき、このロリス嬢は、ついにサドの訴えに答えなかった。そして多分その理由は、父伯爵の手紙に見られるごとく、息子がロリス嬢を「病気にした」ということにあるらしい。病気はトリッペル（淋病）にちがいない。そう考えれば、この関係が娘の両親の側から破棄されたことも納得がいく。

結婚は奇妙な空気のうちに準備された。アヴィニョンから呼び戻されたばかりのサドには、まだ失恋の痛手が生ま生ましく残っていた。有名な女優ボーヴォワザンをはじめとする何人かの情婦との関係も、そのまま続いていた模様である。彼が婚約者の顔を見たことがあったかどうかさえ疑わしいのは、前述の通りである。父親は息子のための出費に苦り切っていた。その上驚くべきことは、父親が弟の僧院長に宛てて、自分は息子を「厄介払いするために、心から愛している息子にならば決してしないようなことまでした」と書き送っている事実である。

一方、モントルイユ夫人はこの結婚のために八面六臂のはたらきをした。この縁組を彼女は甚だしく固執していたと思われる節がある。親たちの吝嗇ぶりも、息子の香ばしくない評判も、さらに彼女を躊躇させはしなかった。婚礼のためにサド家が必要としていた借金を、進んで提供したのも彼女である。修道院にいたサドの母親は、息子の結婚資金に自分のダイアモンドを売ることさえ承知しなかったそうである。かくて結婚式は一七六三年五月十七日、王家の認可を得て、パリのサン・ロック教会において華々しく挙行された。

両家はこの縁組に共通の利益を見出していた。サド家は資産家ではなかったが、プロヴァンス地方の代々の領地と、国王代理官としての父伯爵の顕職と、王家につながる門閥とがあった。これに対してモントルイユ家は、門地の低い法服貴族ながら、かなりの資産と、法曹界における隠然たる勢力とがあった。この縁組はモントルイユ家にとって、王家のそばに近づくために是非とも必要な家名を血で購うことにほかならなかった。

結婚後間もなく、若夫婦はモントルイユ家の所有地であるノルマンディーの小都会エショフールに出立した。

ありていに言って、サドが気の進まぬ結婚を承諾したのは、それによって自己の独立を得るためだったと思われるが、この予想は見事にくつがえされて、ふたたびモントルイユ夫人の専制主義に翻弄される身となった。夫人の方はこの取引に不満はなかった。婿の悪評などは眼中になかった。当時の一般的風潮として青年の放蕩は当然であり、それらとドナチアンのそれとが本質的に違っているとは、この頃の彼女に理解し得べくもなかったからである。また、周囲の者すべてを懐柔していたように、青年サドをも懐柔し得ないはずはないと確信していたからである。結婚式の前日、彼女がドナチアンの叔父に宛てた手紙には、「甥御さんは打ち見たところ、思慮あり見識あり、聟殿としてこの上なく好ましい方に思われます。あなたさまの御教育の賜物と拝察致します」とある。

モントルイユ夫人の風貌は、サド家と親しい一女性の筆によれば、「魅力的な美人で、まだ大そう若々しく、どちらかと言えば小柄で、愛嬌のある顔と、華やかな笑いと、婀娜っぽい目つきと、妖精のような精神と、天使のような才気と無邪気さにあふれており、また狐のようにしたたか者でしたが、それはそれなりに愛すべき女でした」（『サド侯およびその近親者の未発表書簡』一七七八年十一月二十七日付）

モントルイユ夫人の行動はつねに野心に導かれていたので、このサド家との縁組も、いわば彼女の畢生の事業の一環を飾るものであった。だから、夫人がその女婿に要望したことは、彼が王家との親密な関係を今後とも大事にしてくれること、それから侯爵夫人との間に幾人かの子供――少なくとも一人は男の児――を生んでくれること、それだけであった。それさえ守ってくれれば、たとえ何人の女優と放恣な関係を続けようと、夫人にはまったくどうでもよいことだったのである。

ドナチアンにしてみれば、しかし、この彼女の専制主義は我慢のならないものだった。後年、自分は「悪魔の手中に陥っていた」と怒りをこめて語っている。そういっても、結婚した当座は、おそらく若い妻に対するよりもむしろ義母に対し一層の慇懃をつくしていた。妻に対しては、最初からそんな必要がなかったのだ。彼女は一目見た時からドナチアンに眩惑され、後には彼のあらゆる横暴を許し、進んでその共犯者になったほどの女性である。ボーヴォワール夫人によれば、「ルネ・ペラジーがサドの最も得意満面の成功だとすれば、モントルイユ夫人は彼の失敗のすがたである。彼女は抽象的・普遍的正義の化身であって、これに対しては個人は歯が立たない。サドが最もはげしく妻との同盟を求めたのも、この彼女に対抗してであった」

最初の新婚生活が営まれたエショフールの城館で、サドは己れの才能を見せびらかすためのように、自作の芝居を演出し、モントルイユ夫人にまで役を振り当てている。こうして義母の家で気ままな暮らしが出来るようになると、サドはしばしばパリに赴き、ヴェルサイユやアルクイユに別宅を構えるようになった。

その頃、モントルイユ夫人がエブルイユ在住の僧院長に宛てた手紙の一節を、次に掲げてみよう――

「まあ何て面白い子なんでしょう、あなたの甥御さんは！　ときどき、ずけずけと小言を言ってやりますの。で、あたしたちは喧嘩をしますが、またすぐ仲よくなってしまいます。喧嘩といったって、ごく些細（ささい）な、短かい喧嘩ですけれど……あなたの姪について申せば、彼女は永久にお婿さんに不平なんか言うことはないでしょう。心ゆくまで愛して行くでしょう。それも当然、なぜって、お婿さんは今のところ親切だし、彼女を大そう愛してもいるし、下にも置かない扱いぶりなんですから……」

やがて一七六三年十月二十九日、「妾宅における度外れた乱行」の廉で、サドがヴァンセンヌの塔に収監されるのは、この手紙からほぼ一月半の後である。ここで初めて、サドが曲りなりにも社会というものに対立する契機が生じる。

しかし、「度外れた乱行」とは具体的にどういうことを指すのか。国務大臣サン・フロランタンが警視総監サルティヌに送った文書には、「特別な処置をとらねばならないほど重大な理由」と書いてあるのみである。サド伯爵が弟の僧院長に宛てた手紙の断片が、やや具体的に事件の内容を明かしてくれる。すなわち、「家具付の別邸を借りて、たったひとりで、平然として、神をも怖れぬ忌まわしい乱行に耽っていたので、娼婦たちも供述しないわけには行きかねた……」

この「神をも怖れぬ忌まわしい乱行」が、おそらく事件の核心だろう。殺人よりも神に対する不敬罪がはるかに重大視された時代である。ディドロの『百科全書』にさえ、「たとえそれ以外に社会を救う道がないとしても、最も寛大な人は、無神論を公言する人物を死罪に処する権利を司法官に求めたりはしないだろう」(一七五七年版第一巻)と書かれている。

獄中のサドは悲歎に打ちのめされた。おびただしく手紙を書いた。手紙の内容は、出来るだけ早く事件の真相を義母に知らせてほしいというのが大部分である。ここでもまた、彼は誇張したレトリックの使用を吝しまなかった。「たとえ獄中の身のいかに辛かろうと、己れの運命に不平を言う気は毛頭ありませぬ。私は神の懲罰に値する身でありました。己れの過誤を嘆き、己れの罪を憎むことが、ここでの私の唯一の関心事です。ああ、神は悔悟の時を与えずに私の身を滅ぼすことも出来たのでした。本心に立ち返り得たことを、神に対していかに感謝したらよいでしょう。その方法をお教えくださいお願いです」（一七六三年十一月二日付の手紙、チャールス・ヘンリー★225『サド侯爵の真実』より）

十一月十三日、新たな命令が発せられて、サドは拘留期間十五日の末ふたたび自由の身となる。ただし、エショフールの城館を離れないことを条件とされた。モントルイユ夫人が僧院長に宛てた手紙によれば――

「あなたの甥御さんは将来における申し分ない行為によって、過去の罪をそそぐ以外に道はありますまい。彼が家に戻って以来、あたしたちは彼に満足しております。けれども今は悔悟の時ではありません。どんな態度、どんな反省の色が見えたにせよ、あたしを納得させるのは実績だけです。あたしとモントルイユ氏とは、あたしたちの息子のために出来るだけのことをし、彼の名誉を傷つける虞れのあるすべての噂を揉み消すために、適当と思われる処置をすべて講じました。こうした処置が、育ちのよい魂に深い感銘を与えないはずはないと、心ひそかに期待しております。あたしの娘について申せば、彼女の苦しみのいかばかりであったか、十分御推察のことでございましょう。淑徳(しゅくとく)高い妻としての覚悟はとうに決まっていた彼女でした……」(一七六四年一月二十一日)

*

ドナチアン・ド・サドは今や《注意人物》となった。警察はこの事件以後監視の目を放さず、忌まわしい評判が彼のまわりに立ちはじめた。彼の特異性は明白な事実となり、同時に彼の孤独が確認された。彼の放蕩には、下等な娼婦すら二の足を踏まずにはいられないような、およそいかなる享楽とも無縁なある種の悪徳があった。「たったひとりで、平然として」と父親が嫌悪の情をこめて先ず語れば、それに続いて他のあらゆる同時代者が同じ調子で唱和する事実……しかし、いったい誰が孤独であり得よう。女を鞭打ち鞭打たれる行為が、異常だというのか。苦痛の裡に快楽を汲む行為は(自己の苦痛であれ他者の苦痛であれ)人類とともに古い病理学の一症例ではないか。なるほど無神論は当時にあって禁止されていた、しかしそれとて、先例がないわけでは決してなかった。ガッサンディーやピエール・ベールの流れを汲む当時の自由思想家的大貴族たちは、自己の心底をほとんど隠し切れなかった。慰みに殺人を犯したという、シャロレー伯のごとき大貴族さえいたではないか。貴族の生れにもかかわらず、サドはこの輝かしい社会におよそ場ちがいな人間であったように思われる。虚飾や偽善ほど彼にとって無縁な美徳はなかった。彼の精神はすでに成熟していた。異常なことがあるとすれば、義母モントルイユ夫人が期待したように、この精神の成熟が彼をコモン・センスの領域へ連れて行かず、却ってこの領域から彼を無限に遠ざからせてしまったという事実だろう。ということは、サドが実際は道楽者では少しもなく、知識人だったというだけのことなのだ。

たしかにサドは性的に異常者である。しかし彼が獄中に二十七年間過さねばならなかった所以(ゆえん)のものは、彼が性的異常者だったという所与(しょよ)の事実ではなく、なぜ自分が性的異常者であるかを理解しようとした、その弛(ゆる)まぬ意志である。結婚からバスティユまでの彼の精神の歩みをたどってみると、いかにそれが徐々に恣意的・快楽的性格を失なって、統一的・研究的性格を増してくるか、如実に見て取ることが出来る。モントルイユ夫人をあれほど狼狽させた《手帖》が発見されたのも、この時期の中頃である。それは有り合せの紙片を集めた仮綴(かりとじ)のノートで、性的倒錯のさまざまな症例に関する観察がびっしり書き込まれた、いわば彼の創作覚え書だ。サドは自己の本能にみずから屈服しなければならない不如意を感じれば感じるほど、この手帖のなかで、それに対する正当化を試みずにはいられなかった。そして自分の快楽のいずれもが、世間によって非難される悪徳よりさらに甚だしく変則的なものであることを理解した。世間が社会・道徳・宗教の名によって非難するものの最も特質的な代表者を、彼は最も卑しむべきセックスの姿態のうちに見出したと信じた。そしてサドは、日々の乱行を通じて、己れを圧迫する社会に対して控訴すべき一連の陳述書を記録した。自室にしりぞいては、厖大な量の読書の裡に、己れの意図を強固にするための哲学的論拠を探し求めた。「サドはマルクスに匹敵する読書家である」とはジャン・ポーランの証言である。やがてみずから打ち建てた理論の度重なる厳密な修正と完成への意志が、彼の全人間的存在を独占するに至って、ここに初めて、作家としてのサドが誕生するのである。

むろん、こうしたことは一朝一夕に為し遂げられたのではない。サドが個性のない放蕩の泥沼にはまり込んで身動きならなかった時期は、かなり永かったように思われる。しかし警察当局に、このことが理解されようはずはない。司法警察官マレーの報告書によれば――

「一年前国王の命により本官がヴァンセンヌ監獄に連行した侯爵サド氏は、この夏ふたたびパリに行く許可を得て、現在なお同地に滞在中であるが、彼はその余暇を費すため、イタリア座の女優コレット嬢に一箇月二十五ルイ与えて楽しんでいる模様である。コレット嬢はリニュレ侯爵なる男と一緒に暮らしているが、同氏は彼女が好機に恵まれると、進んでみずから先取権を譲るほどの好意を示した。しかしサド氏は同嬢に瞞(だま)されていることを知るや、今週に至って娼家主ラ・ブリソの家に劣情(れつじょう)を行使しに行き、同娼家主に向って、本官の名を知っているか否か再三しつこく訊(き)いた。同娼家主は否と答えた。本官はこの女に事情を説明せず、ただサド氏には絶対に女を取り持たないようにと強く勧告しておいたのである」（一七六四年十二月七日）

　パリにおける最も有名な娼家の女主人が、その頃風紀監視員兼司法警察官として辣腕をふるったマレーの名を知らないわけはない。それを迂闊(うかつ)に質問するサドの軽率ぶりは、注目に値する。

　一七六三年から六八年までの間にサドがかかずらった情事は、この他にも数件あるが、それらの関係はいずれもボーヴォワザンと縒(より)をもどすことによって断ち切られた。ボーヴォワザンとの関係こそ、当時のサドにとってほとんど必要不可欠な関係だったように思われる。この名代の莫連女(ばくれんおんな)を彼はラ・コストの城館に連れて来て、妻と称し、芝居を打ったり宴席を設けたりした。たちまちスキャンダルの種になった。親族の非難に答えて、サドは次のごとき手紙を書いているが、憤激に駆られた力強い筆勢が小気味よいユーモアの調子を生んでいる――

「あなたの非難はあまり筋が通りませんね、叔母さん。正直な話、私は神聖な修道女の口から、そんな強い言葉が飛び出すものとは思いもよりませんでした。私は自分の家にいる女を妻だと思ってくれと誰に頼んだわけでもないし、妻だと思うことを許可したわけでもありません。私は誰に向っても、その反対のことを言ったはずです。妻のように見せてはいけない、と叔父さんも確かそう仰言(おっしゃ)いました。でもまあ、そう言いたい人には言わせておけばいいでしょう。あなたはまさかそんなことは仰言いますまいが。私は叔父さんの意見に従ったまでなのです。あなたは、私と同じく結婚しているあなたの御姉妹のひとりが、ラ・コストで恋人と一緒に公然と暮らしているのを常々ごらんになっているので、この町を何か呪われた場所のようにお考えになっていらっしゃるのではありませんか？　私は彼女ほど悪いことはしていないつもりです。あなたに私のことを告げ口した人物（註・叔父僧院長）について申せば、その人物は聖職者でありながら、いつも自宅にやくざ女を二人も置いています。失礼、私はあなたが使った言葉をそのまま使わせていただいたのです。いったい聖職者の家は淫売宿なのでしょうか？……私の悪癖をお赦(ゆる)し下さい。もともとサド家にはそういう精神があるようです。もし私が自責の念に駆られるとしたら、自分がサド家に生れた不幸を咎(とが)めるよりほかありますまい。神はサド家にみちみちた悪徳やら奇癖やらを、まだすべて私のために授けては下さらないようです。もしついに神がその一部分しか私のために与えて下さらないなら、仕方ありません。私は自分を有徳者と信じましょう」(一七六五年六月あるいは七月)

パリにあって、モントルイユ夫人の不安は極度に達した。次に引用する叔父僧院長への手紙は、われわれに多くの点を明らかにしてくれる——

「彼から目を放さないで下さい、一瞬間も放さないようにしなければ、とても成功は期待し得ません。去年コレットと手を切らせることに成功したのも、あたしがそんな風にしたからでした。女に瞞されていることを説き聞かせて、あの子の目をひらいてやったのはあたしです……どうか強い言葉であの子を叱ってやって下さい。そしてあなたに対する尊敬の気持から、あの子がもう少し身を慎むよう、無駄な金を遣わないよう、どこか人目に立たない場所でひっそりと暮らす気になるよう、導いてやって下さい。あの子が馬鹿な真似をしている以上、パリよりもプロヴァンスにいる方がまだしも幸いです。その方が人目に立たないで済むでしょうからね。パリに来られた日にゃ、あたしは心配でたまりません。あの子は少なくとも体面上、妻と一緒に暮らそうとするでしょう、そして債権者に悩まされるでしょう……情婦に愛想をつかされれば、またぞろ新しい女を手に入れるでしょう。プロヴァンスであの女と一緒にいる方がまだしも幸いです。あの子は女のそばで結構楽しい思いをしているのでしょうし、それに、ああいう女は囲い者になる娘ほど危険ではありませんからね……あたしの娘については、何も申しあげることはありません。彼女は何にも知らないのです、うすうす感づいてはいるようですが……」(一七六五年八月八日)

これに対する僧院長の返事は、なかなか意味深長である——

「彼に対して多少とも信用があるのは、奥さま、私と貴女だけです。しかし私たちにどうすることが出来ましょう? 現在の状態では、多くを期待することは出来ません。若気の過ちは誰にもあることです。正道に連れもどすには、優しい思いやり、寛大な精神、理性が必要です。この点で、貴女は実に立派に振舞われた。彼は貴女に多大の尊敬と信頼を寄せております。晩かれ早かれ、貴女の望む通りに事が運ぶでしょう……私は彼に若奥さまの話をどっさり聞かせてやりました。彼女のすぐれた美質を彼は十分承知しております。言葉をきわめて讃めちぎるのでした。彼女に対して友情と敬意を抱いておるそうです。もし彼女に嫌われたら、彼は絶望してしまうことでしょう。けれども彼女はあまりに冷たく、あまりに信心ぶかいと彼は申します。だから彼は他処に楽しみを求めに行くのでしょう。血気さかんな年齢を過ぎたとき、はじめて若奥さまの真価を知るでしょう。けれどもこの年齢は、私どもが考えているよりはるかに

永く続くもののようです」（一七六六年六月一日）

一七六七年一月二十四日、わずかな遺産を息子に残して、ヴェルサイユ近傍にて父伯爵が死んだ。享年六十五歳。

かかる間にも、モントルイユ夫人は女婿サドのために仕官の途（みち）を探していた。本人はもとより気乗薄だった。しかし一七六七年四月に至って、サドはついに騎兵連隊第一中隊長の地位に昇進し、しばらく軍職につくことになった。「これで当分安心できるでしょう」と夫人が書いている、「全く残念なことです！　まわりの人たちを幸福にしてくれれば、自分も幸福になれるだけのものを、彼はすべて有（も）っているのですからね。ただ道理をわきまえ、身を慎んでくれさえすれば……」（四月二十日）

同年八月二十七日、ゆくりなくも義母を喜ばせる事件が起った。サド夫人ルネ・ペラジーが後嗣（こうし）の長子ルイ・マリーを生んだのである。しかしサドの運命は思慮ぶかい家庭の父親のそれではなかった。監視員マレーの報告書によれば――

「やがて侯爵サド氏の忌まわしい噂が巷に流れるだろう。彼はオペラ座の女優リヴィエール嬢を強引に同棲させようとし、月々二十五ルイの報酬で、芝居のない時はアルクイユの別宅に来ることを提案した。同嬢はオカール・クーブロン氏から扶助を受けているという理由で、この申し出を拒絶したが、サド氏はなおも彼女を追いまわし、差しあたって彼女が折れる日まで、出来れば今週からでも、アルクイユの別宅で夕食するため何人かの娘を差し向けてほしいと、娼家主ラ・ブリソに頼んだ。同女は例によって拒否したが、おそらく彼は、別のさらに厚かましい娼家に頼みに行くことと思われる。日ならずして、確実に噂が流れるだろう」（一七六七年十月十六日）

サドの放埒は次第に鬱勃たる狂躁、いらいらした絶望のテンポに変る。夜となく昼となく、別宅に男や女を連れ込んでは、鞭打ったり鞭打たれたりする乱行が続く。下僕は街々をうろついて、行きずりの乞食女や醜業婦を主人のために伴なってくる。しかし金で買う快楽の限界は、日毎に彼を少しずつ失望させて行かずにはおかない。そして幻滅にあえばあうほど、サドの想像力は滾り立つのだ。「鞭で打つなら、あなたは残酷なひとよ」とジュリエットは言う、「鞭打は道楽者にとって、その残虐性の爆発でしかないわ。だから道楽者がそういう行為に耽るのは、その残虐性に何らかの出口を与えてやるためよ。もし彼がもっと勇気のある人だったら、きっとさらに別のことをするでしょうね」（『悪徳の栄え』）

サドには勇気があったろうか。有名なアルクイユ事件★[226]の顚末が、この実験の解答だ。

*

一七六八年復活祭後の一週間、奇怪な風聞がパリの市中に流れた。悪名高い道楽者《サド侯爵とかいう男》が、キリスト受難の日曜日に悪魔のような犯罪行為を犯したというのである。その噂によれば、サドは若い女乞食を瞞してアルクイユの別宅に連れて来ると、一室に監禁して言語に絶する蛮行を加えた。先ず脅迫して衣服を脱がせ、縛りあげ、革の笞や棒で血が出るまで打擲した末、最後にはナイフで体をめった斬りにして、その傷口に熱い蠟を流し込んで楽しんだ。――風評はざっと以上のごとくである。

パリ市中の動揺はかなり大きかった。高等法院は事件の調査に乗り出した。訴訟手続は着々と進行した。が、二箇月後に国王の命令による免刑状が容疑者に与えられて、事件はうやむやに葬り去られてしまった。これは国家権力による司法上の至高命令で、進行中の訴訟をすべて中断させてしまう力があった。かくてアルクイユ事件の真相は湮滅されたが、なお世人の記憶には永く残り、やがて二十年後の革命とともに再審理されねばならない特権階級の数多の犯罪のひとつとして、記録保管所にふしぎな位置を占めることになった。

ところでわれわれは後世人がこの事件の真相を正確に知り得るようになったのは、ようやく最近二十年のことである。熱心な資料蒐集家モーリス・エーヌによって再発見された完全な訴訟記録の転写を、現在われわれは自由に読むことが出来る。果してそこには血なまぐさいグラン・ギニョール的な陰惨劇があったかどうか。ここに、記録によってもう一度事件を再構成してみよう——

復活祭の日曜、午前九時ヴィクトワル広場で、サド侯爵は灰色のフロックコートと、白いマフと、狩猟用山刀と、ステッキとを身につけて、ルイ十四世の銅像の前の柵にもたれて立っていた。遠からぬ場所に、三十六歳の女乞食ローズ・ケレルが、通行人に物乞いをしていた。彼女はドイツ風なアクセントで、フランス語がうまく喋れない。菓子屋の店員の未亡人で、紡績女工だったが、一月ほど前から失業中であった。侯爵は合図をして彼女に近づくと、自分について来れば一エキュの金をやると言った。女は躊躇した。が、紳士が女中として傭いたいと言うので、ようやく安心して同行することに決めた。……サドは女を辻馬車に乗せると、自分も隣りに坐り、窓のカーテンを閉め切った。市中を走っている間は一言も話しかけなかったが、アンフェル門にさしかかる頃、女を安心させるためか、家ではたっぷり食事をとらせ、寛大な扱いをしてやると約束した。それから再び黙りこくって、眠ってしまった。あるいは眠った振りをしたのか。……アルクイユに着いたのは十二時頃だった。通用門をくぐり、小さな中庭を通って、女は二階の一室に案内された。男は食物をもって来るからと言って、二重鍵を閉めて出て行ったきり、一時間も戻らず、再びあらわれた時は手に蠟燭(ろうそく)をもっていた。女に向って、「いい子だから、下へおいで」と言って、階下の暗い小部屋へ連れて行った。

小部屋に着くとすぐ、男は衣服を脱げと命令した。女が理由を問うと、遊ぶためだと答える。それでは約束が違うと抗議すると、男は言うことを肯(き)かなければ、殺して庭に埋めてしまうぞと脅迫し、部屋を出て行った。女は怖くなって衣服を脱いだが、最後のシュミーズだけは脱がなかったので、ふたたび男が戻って来たとき、無理に剝がされねばならなかった。隣室に連れて行き、寝椅子の上に女を腹這いに押し倒すと、男は麻縄で彼女の手脚をそこに縛りつけた。——男もまた衣服を脱いで裸体になると、その上に袖なしのチョッキを引っかけ、頭にハンカチを巻きつけた。それから鞭をとって烈しく女を打ちはじめた。女が叫ぶと、男は山刀を見せて、声を出せば殺してしまうと脅した。二三回鞭打をやめて、擦り傷に軟膏(なんこう)を塗ったかと思うと、すぐまた力いっぱい打ち続ける。女が復活祭の聖体も受けずに死にたくないと哀訴すると、男はおれが告白を聴いてやろうと答える。その間にも、鞭はだんだん烈しく、だんだん速くなり、突然、男は《甲高い絶叫》とともにオルガスムスに達した。

かくして拷問がおわると、男は縄を解き、犠牲者を小部屋に連れて行って、水で身体を洗わせ、衣服を着せ、食事を出してやった。やがて女は一人になると、窓からシーツを垂らして脱走し、その日の夜アルクイユの村人に救われた。四日後に、彼女は二千四百リーヴル（時価約百万フラン）の賠償金で出訴を取り下げた。

しかしサドは高等法院の追及を逃れるために、旧師アンブレ司祭たった一人に付き添われて、ソーミュール監獄に自首して出た。

つまるところ、かりにサドがこの十倍もの暴行を犯したとしても、あるいは十分の一の微罪でしかなかったとしても、結果は同じだったろう。なぜなら多くの歴史的状況がそうであるように、サドの場合も偶然の左右するところがきわめて大きかったからだ。サドの不運は、何よりも先ず、彼が借りたアルクイユの別宅のすぐ近くに、図らずも当時の高等法院評議官ピノンが住んでいたということだ。注意すべきは、この事件に大いに憤慨した同評議官が、二度にわたって審議を主宰し、判決文に署名している事実である。その上、最終判決の記録に署名のある主席裁判長モープー氏は、モントルイユ家の年来の政敵だった。当時としては驚くに足りないこの事件が、なぜあれほど誇大に喧伝（けんでん）されたかは、以上の諸理由から簡単に理解されよう。

当時、世論は裁判所の手ぬるい政策に反感を有っていた。大貴族や国王自身の頽廃が、すでに世論を極端に走らせる下地をつくっていた。高等法院は王を取り巻く宮廷人の司法上の特権に対して、徐々に露骨になって行く闘争をリードしていた。さらにアルクイユ事件の場合は、パリ高等法院と王家の権力、およびモントルイユ家に与する司法官と反モントルイユ側たるモープーの支持者とが、大小二つの権力争いをそこに展開することになった。その結果、当然この事件は、実際それが値いする以上の重要性をおびた。評議官ピノンによって発議された最初の決定は、地方裁判所から訴訟を取り下げて、ラ・トゥールネル重罪部に一切書類を移すことだったが、後にモントルイユ家の反論によって、勅命拘引状が下りることになった。そのため自由意志でソーミュールへ収監されに行ったサドは、もはや王家の権力に完全に従属しなければならなくなった。しかしこれには抜け道がなくもなかった。王家に直接勅命拘引状の解除を求めに行けばよいのである。そんなわけで、ようやく最後に免刑状が認可される運びになったのは、前述の通りである。

サドがこの事件から解放された時は、すでに拭っても消えない汚辱の烙印が押されていた。サドの伝説が弘まりはじめたのも、この頃からである。アルクイユの鞭打事件は、フランス中に不吉な名声を高めた。「居酒屋や兵営で幾度となく語られ、年鑑や新聞にこまごまと寄せ集められた、私に対するすべての中傷」(一七九〇年五月)とサド自身が言っている。なお悪いことには、故意か偶然かサドの選んだ事件の日取りが、最も神聖な宗教的祭礼の日に当っていたので、あたかもそれが黒ミサででもあるかのような印象を世人の目に与えた。「民衆の憎悪は言葉にあまるほど昂まっています。彼らはあの狂気の鞭打をキリスト受難の愚弄と解しているようです」(ポール・ブールダン『サド近親者の書簡集』)

いずれにせよ、世論はこの日サドが犯した醜行を、かのジル・ド・レーの醜行に比すべき異端的瀆神行為と永く解するようになった。そう解さなければ、免刑状によってついに決着のついたあの勢力争いは、民衆にとって解する術がなかったのである。

一七六八年九月十六日、プロヴァンスの領土を離れないことを条件として、ふたたびサドに自由が返還された。

＊

自由になったサドは単身ラ・コストへ向かった。パリではモントルイユ夫人が事件の後始末と、債権者をなだめるのに忙殺されていた。母親のそばで若いサド侯爵夫人は、三箇月の身重であった。
実際、ルネ・ペラジーは母親とともに、この事件のためにあらゆる献身を惜しまなかった。夫がピエール＝アンシーズに収監されていた時は、彼女は進んでリヨンに赴いた。（彼女の妊娠は夫の下獄中に宿した種である。おそらく面会が許されたにちがいない。）だから、夫をひとりでラ・コストへ立たせるのには、モントルイユ夫人の強制があったと思われる。ルネ・ペラジーは夫の事件のためにパリにいる必要があった。モントルイユ夫人もそれを望んだ。なぜなら彼女は「あんな男と一緒に淋しい城館に閉じ籠めておいたら、娘の身が心配で」たまらなかったからである。（一七六九年三月四日、僧院長への手紙）
一方、ラ・コストで、サドは独り暮らしをよいことに遊び呆けていた。しかし時たまパリが懐しくなると、謹慎中の身にもかかわらず、無断で帰って来ては人々を懸念させた。サドの性格はようやく周囲の制約を意識的に破ろうとする方向にはたらきはじめたのである。
とはいえ、それはまだ爆発的な信仰宣言の段階ではなかった。せいぜい間歇的な示威運動、服従の拒否でしかなかった。義母との関係は急速に尖鋭化した。サドはしばらく世間から忘れられ、しずかに身を持していることを要求した権威に対して、束の間の反抗を試みたのである。だから赦免状が出て、パリに戻ることが公然と許されるようになると、この示威運動は自然に消滅した。パリに戻ると間もなく、一七六九年六月二十七日、次子ドナチアン・クロード・アルマンが誕生した。サドはよき家庭の父となり、ほとんど親しく接することのなかった長男の世話をやくのが楽しい風にさえ見えた。時を移さず、モントルイユ夫人がふたたび軍職につく途を彼のために開いてやる。しかし、彼女の思惑は外れた。そしてサド自身も、世人の記憶力について甘い幻想を抱いていたことが判明した。当時フォントネ・ル・コントにあった騎兵連隊に配属されるや、サドはただちに悪罵と嘲笑の渦中に身を置かねばならなかった。上官は彼の指揮権を認めず、下士官に服従拒否を命じたばかりか、サド大尉の抗議を黙殺するために禁足を命じさえした。この不当な禁足事件は、おそらくサドのために一時的には有利な結果を招いたであろう。彼は連隊長に直訴したのである。とはいえ、彼の名に染みついた汚辱は、今後たとえ彼がいかなる社会に身を置きに行こうと、ぶつからないわけにはいかない困難を暗示していた。

安定した社会的地位にサドを就かせようとする試みは、かくて一切の見通しを失った。刑余者が負わねばならない債務はあまりにも大きく、かつ時効期間が永かった。

一七七一年の終り頃、サドは夫人ルネ・ペラジーと、夫人の妹アンヌ・プロスペル・ド・ローネーとともに、ふたたびラ・コストに生活を移した。その動機は今もって不明である。

アンヌ・プロスペル・ド・ローネーはルネより三つか四つ歳下の妹である。正確な出生年は解らない。母親モントルイユ夫人は彼女を修道院に入れた。大部分の記録には、だから《修道女》という肩書がついている。当時の修道院が多くの上流家庭の娘を擁していたのは、入院のために持参財産をとくに必要としなかったからで、院内における規律も極度に弛緩していた。ディドロの『尼僧物語』（一七六〇年）の時代とはおのずから違っていたようである。そこにおける生活も、ほとんど俗世間と変りなく、唯一の禁止は院外へ出ることであった。これらの修道院のなかには、かなり風紀の悪いのもあって、たとえばサドが『ジュリエット物語』の中で言及しているパンテモン修道院のごときは、悪名高い実在の修道院であり、ゴンクール★227の『十八世紀女性史』にもその名が見えている。ともあれ、アンヌ・プロスペル・ド・ローネーが一七七一年の十月には少なくとも修道院を出てラ・コストに来ていることを、われわれは記録によって知り得る。

サドと義妹との関係を暗示する手紙があるが、残念なことに日付がない。しかしサドは大胆にもこの妻への手紙で、彼女を不倫な私通の共犯者のごとくに扱っている――

「この手紙を受け取り次第すぐ帰っておいで、愛する友よ、私たちのなかにお前がいないと、周囲から妙な目で見られて困る。どんな口実でもいいから、何とか人々をうまく納得させて帰っておいで。お前の妹は十月一日以前に修道院へ帰ることなんか出来やしないよ。そんなに早く帰ったって、不愉快な目にしか会うはずがないんだから。ここでゆっくり気分を休めたがいいのだ。それに、あの意地わる尼僧院長がくれるというのは、ただ形式的な綬章だけじゃないか。あんなものは三箇月もたてば、結婚と同時に送り返してしまうものなんだ。そのために二万四千フラン捨てたって、安いものだ。……お前に手紙を書いてから、私の気持は変っていない。だから、このことをよく頭に刻み込んで、この手紙を受け取り次第、すぐに帰って来ておくれ」

ド・ローネー嬢がいつからサドの情人になったかを正確に知ることは不可能である。しかし、少なくともこの手紙が書かれた頃は、ルネ夫人は彼らの関係を知っており、そしてサド自身も、あえてそれを隠そうとはしていなかったようだ。

侯爵が一七六九年以前に義妹のすがたに接しているとは、ほとんど考えられない。伝説によれば、サドは最初この妹に恋着(れんちゃく)し、無理に姉と結婚させられたということになっているが、この説には全く根拠がない。(伝説の作者はポール・ラクロワであり、わが国でも式場隆三郎(しきばりゅうざぶろう)博士の伝記はこれに拠(よ)っている。)たぶん姉より果断な気質と独立心に恵まれていたアンヌ・プロスペル・ド・ローネーは、一七七一年の末頃、修道院を脱走したものと思われる。それが義兄に会いに行くためであったか、それともラ・コストへ来て初めて彼に誘惑されたものか、その辺の事情は依然として謎に包まれているけれども、いずれにせよ、マルセイユ事件の翌年、サドがフランスとイタリアの国境を越えた時は彼女を伴なっていたのである。

ジルベール・レリーはド・ローネー嬢を、サドの青春の恋愛生活を彩る三女性の一人と見做している。他の二人はアヴィニョンにおける初恋の女性ド・ロリス嬢と、彼を瞞したイタリア座の女優コレット嬢とである。

なおまた、サドの義妹に対する恋愛は、彼の生活における決定的な事件であったとも考えることが出来る。サドがマルセイユ事件によって、ヴァンセンヌおよびバスティユに十三年もの永い期間を呻吟しなければならなかったのは、主としてモントルイユ夫人の策謀で、彼女の考えによれば、ド・ローネー嬢に良縁を求めるには不倫の婿を出来るだけ永い期間拘禁しておくことが必要だったのである。

＊

マルセイユ事件こそ、わずかに保っていたサドの面目を根柢から失墜せしめるに足る災厄であった。「もうあと一歩で破滅です」とアルクイユ事件の後にモントルイユ夫人は言った。以来、彼女は家族の名誉を取り繕うことに全力を傾けつつ、不安な眼ざしで遠くから婿の行動を監視し続けてきた。彼女の耳に達することは、ごくわずかだった。叔父の僧院長は手紙の返事を書きたがらず、書いても曖昧な表現しかとらない。叔父以外の親族とは文通の習慣がない。ただ分っていることは、侯爵が狂気じみた享楽癖と浪費癖とに取り憑かれているらしいということだけである。二人の娘も侯爵に引きずられて、「やれ芝居だ気晴らしだと席の暖まる暇もなく」(一七七二年五月二十九日)パリとラ・コストのあいだを往復する。夫人がサドから受け取る唯一の手紙は、差し迫った財政困難を決済してくれという、かなり無遠慮な要求のみである。その後、永い沈黙がつづいた。おそらく夫人が破局を知ったのは、巷の風評によってであろう。

一七七二年七月、風評は巷に荒れ狂っていた。マルセイユからパリまで、噂は一つの町を通り過ぎるごとに、雪だるま式にふくれあがった。バショーモン★228はサドが淫靡な舞踏会を主宰し、その席でカンタリス(青斑猫と称する甲虫を乾燥した刺戟性薬品)錠をばらまいたと語っている——「錠剤を食った人々はすべて淫らな思いに燃えて、最もはげしい色情的昂奮が達せしめるあらゆる放埒に耽った……かくてサド氏はその義妹を楽しんだ後、彼女とともに逃亡をくわだて、当然それが値いする刑罰を免れてしまった。多くの人は恐ろしい持続性勃起状態において歿った過度の淫楽のために死亡し、またその他の人も、いまだに身体が不調である」（バショーモン『回想秘録』第六巻）

もうひとり当時の噂を記録した人間に、日記作者のアルディがいる——

「サド侯爵は下男と共謀して妻を毒殺した、それというのも、修道女の義妹にはげしい欲望を抱き、この義妹と不倫な関係を結んでいたからである……二人はオランダへ落ちのびた」（シメオン・プロスペル・アルディ『わが閑日記』第一巻、一七六四—一七七二年）

このほかにも異説は無数にある。しかし、おびただしい異説のなかで、共通している点が一つある。それは侯爵サドが殺人、もしくは過失致死を犯したという点だ。六十年後にはジュール・ジャナンとポール・ラクロワが、やはりその無責任な記述中に、それぞれ二人の死亡者を数えあげている。……二十世紀に至って初めてわれわれは、一人の穿鑿好きな蒐集家のおかげで、記録保管所にあるすべての文書のコピーを手に入れることが出来たのであり、またモーリス・エーヌのおかげで初めて、それらの文書を出版することが出来たのである。

事実は残忍な犯罪とは何の関係もなかった。今度の場合こそ、サドはほとんど完全に己れの汚名の犠牲者であった。すべては侯爵がみずから手を下そうとした、ある実験に帰結されるのだ。エロティックの科学的体系に関するもの一切に異常な好奇心のあったサドは、カンタリス入りの錠剤を調製せしめ、これを実験しようと思い立ったのである。

記録によって事件を再構成すれば――一七七二年六月二十七日、二日前から為替の金を受けにマルセイユに来ていたサドは、この日午前十時頃、灰色の燕尾服と、赤黄色の絹の半ズボンと、羽根飾りつき帽子と、長剣と、金の丸い握りのついたステッキとを持って、同市オーバニュ街の私娼窟を訪れた。同行の下僕ラトゥールは主人よりも背が高く、顔にあばたのある男であった。四人の若い娘のいる部屋に通されると、先ずサドはポケットから一握りの金貨をつかみ出して、金貨の数を当てた者と最初に寝ようと言った。マリアンヌという十八歳の娘が当てると、彼女と下僕だけを残して、他の娘を追い出し、ドアに鍵をかけた。次いで寝台に二人を寝かし、一方の手で女を鞭打ち、他方の手で下僕を《刺戟》した。そのときサドは下僕を《侯爵さま》と呼んだ。次いでラトゥールを出て行かせると、錠剤の入った水晶のボンボン容れを娘に差し出して、これは放風を生ずる効果があるから、たくさん食べろと言った。彼女は七八粒食べた。またサドは娘に《後ろから》交らせれば一ルイやると言ったが、彼女はこれを断った。……

興味ぶかいのは、サドが《尖端に鉤針のついた血まみれの房鞭》をポケットに用意して来たことだ。そして、最後に彼が娘の手で打たれることを望んだのは、とくに娘に頼んで買って来させた《ヒースの箒》によってであった。何回となく鞭打を受けると、彼は受けた鞭打の数を煖爐の煙突にナイフで刻みつけた。こうして書かれた数字は、後に警察が調べたところによると、八五九にも上った。

また彼はみずから下僕ラトゥールを《侯爵さま》と呼び、相手に自分を《ラフルール（花）》と呼ばせ、二人のあいだで能動および受動の男色行為を行った。四人の娘を交互に一人ずつ呼び入れて、ほぼ同じような痴態を演ずると、最後にサドは金を払い、下僕を連れてふたたびラ・コスト方面へ向った。二日後に、胃に燃えるような痛みを覚えて、錠剤を飲んだ二人の娘が警察に訴え出た。……

要するに事件はこれだけである。医学的鑑定も無駄であった。誰も毒を盛られた者はなく、誰も死にはしなかった。腹痛および吐瀉の原因は、おそらく甲虫がよく磨りつぶされていなかったことによるであろう。八月八日および十七日には、賠償金によって二人の娘が告訴を取り下げた。にもかかわらず、訴訟手続は驚くほど速く進行し、七月四日にはサドとラトゥールに逮捕令状が発せられ、九月三日には欠席裁判が行われ、さらに同月十一日には、裁判の最終判決が下っていたのである。判決によれば、毒殺未遂と男色の罪により、有罪と認められたサドおよびラトゥールは、まず首に縄をかけられ、教会の門前に跣足で膝まずき、一斤の重さの燃える蠟燭を手にもって、神と国王と法律とに謝罪しなければならない。次いでサン・ルイ広場に建てられた処刑台に導かれ、サドは斬首刑、ラトゥールは絞首刑にそれぞれ処せられた末、屍体を火中に投じ、焼け残った灰は風に散らされることになった。

この怖るべき法律上の専制主義は何を意味するか。われわれはマルセイユの娼婦たちが、サドに《後ろから交わる》ことを求められ、これを拒否したと供述しているのを知っている。果してその通りだったろうか。というのは、ソドミーの告白が、能動的であれ受動的であれ、十八世紀においては死罪に値いしたという事実を同時にわれわれは知っているからだ。当時の弁護士ミュヤール・ド・ヴーグランは言っている、「この罪に陥った者は成年法第三十一条により、生きながら火刑に処されねばならぬ。わが国の法律解釈学によって採択されたこの刑罰は、男にも女にも同様に適用される」と。要するに、もしマルセイユの娼婦の供述が真実だったとすれば、サドは実際にはこの罪を犯すに至らなかったわけであり（主従間の男色には確実な証人がいない）、またもし彼女の供述が嘘だったとすれば、娼婦もまた同罪に問われるべきであって、しかも、そのような行為を彼女らが平生から犯すことに慣れていたと信ずべき節は大いにあるであろう。サドはギリシアの昔から、いわゆるヴェニュス・カリプゴス（美しい尻のヴィナス）の崇拝という形で、この倒錯行為がひろく行われていたと信ずべき節のあることを、その著述中に何度となく語っている。

＊

逆説的に言えば、サドはここでようやく己れの自由を手に入れることが出来た。エックス高等法院の判決が、今や彼を法律の保護外に置いたからである。法律上の特権を奪われて、ひとは真の孤独を自覚し、真の人間に目覚める。サドは民権喪失によって自由を得た。自由とは権利の保存ではなく、つねに喪失であり獲得であるべきである。サドの名はその時以来公衆の軽蔑の対象となった。この失権の自負、この失墜の歓喜について、サドは『ソドム百二十日』のなかに次のごとく啓示的な一章を織り込ませている——

「堕落を愛し、軽蔑の裡に享楽を見出すことほど、世に自然なことはない。不名誉なことを熱烈に愛する人は、不名誉な状態に快楽を見出し、お前は恥ずべき人間だと他人に言われれば、嬉しさのあまり手淫(しゅいん)をせずにはいられない。ある種の人々にとっては、破廉恥はきわめて確かな享楽なのだ。立派な人だと言われて嬉しがるような人間は、どんなことにも羞恥を感じなくなった人間が、果してどういう状態に達し得るものか、とても知るわけには行くまい。たぶん、狂気の中で楽しんでいる一種の病人のように見えるにちがいない。——ところで、こうしたことはすべてシニシズムの問題なのだ。諸君は、罰そのものが熱狂を生み出すということ、公衆の面前で己れの名誉を失うとき狂喜する人間がいるということを知らないか？　某々侯爵の話はあまりにも有名だ。彼は、自分の肖像が焚刑に処されたという裁判の結果を伝え聞くと、すぐさまズボンから己れの陽物をつかみ出して、こう叫んだものだ、《ざまあみろ、ついにおれは行き着くところへ行き着いたぞ、ついにおれは汚穢と醜悪にまみれたぞ！　ほっといてくれ、ほっといてくれ、ここで一つ埒をあけにゃならん》——そう言って、実際に彼は射精したそうだ」

サドはマザン侯爵という偽名を用いてイタリアに逃亡した。前述のごとく、義妹アンヌ・プロスペル・ド・ローネーが彼に同行した。二人は夫婦の名目で各所を泊り歩いた。やがてどういう理由によってか、彼女だけラ・コストの姉の許に帰ることになる。一七七二年十月シャンベリー（当時のサルジニア公国領）に着いた時には、侯爵は別の女を連れていた。しかしその女ともすぐ別れて、彼は下僕とただ二人、町のはずれの田舎家に住むことになった。この孤立した家に住んで、彼は先月来のあわただしい逃避行からはじめて一息つくことが出来たのである。時に三十二歳、壮年である。しかし健康はすぐれず、肥り過ぎの気味があった。長途の旅は困難であった。彼は己れのみじめさを考え、爐辺の幸福をふと懐しんだ。どうしたらよいか。このとき、異郷の心許なさと孤独とが、彼に千載の悔いを残すべき過誤を犯させた。モントルイユ夫人に手紙を書いたのである。

軽率というにはあまりに不明であった。すでに社会から放逐され、肖像画を焚刑に処された身にとって、かつての有力な後見人が怖るべき敵であるということに彼は気づかなかったのか。義母から期待し得るものはもはや何一つないはずだった。義妹を巻添えにすると同時に家庭からも追放されて、サドは義母の好意から永遠に締め出されていたのだ。スキャンダルを知るや、モントルイユ夫人の決意はただちに定まったと覚しい。血で購ったサドの名は、もはや家庭に不用である。すでに三人の子供が血統を保証してくれる。一度ならず二度までも悪徳に身を汚し、今後いつまた同じ過ちを犯すやも知れぬ婿のドナチアンは、みずから己れの名誉を傷つけることの出来ない状態に置いてしまうに如くはない。簡単な専制主義の論理であった。数日にして、彼女はサルジニア王の大使の許に婿の捕縛を依頼しに行った。

十二月八日にサドは逮捕され、翌日ラトゥールとともにミオラン要塞に送られた。要塞司令官には、出来るだけ囚人の取扱いを寛大にするようにとの命令が与えられた。

しかるに、モントルイユ夫人の目の前に思いがけぬ伏兵があらわれた。娘である。サド侯爵夫人ルネは事態をそのままに黙許出来なかった。母親の意志に反する行動を開始した。もとより彼女には何の後楯もなかったが、ひそかに歎願書を送ったり、あるいは男に変装してプロヴァンス地方を横断し、ミオラン要塞の付近をさまよい歩いたりするような挙に出た。といって、夫に会うことが許されたわけでは無論ないが、いかようにもせよ、一七七三年四月三十日、サドがラトゥールおよびいま一人の同囚ラレ・ド・ソンジ男爵とともに要塞脱出に成功し得たのは、夫人がシャンベリー滞在中にめぐらした機策によることが明らかになっている。

この脱出も、しかし小康状態にすぎなかった。サドの運命はすでに決まっていたからである。やがて当局の目をくらますために苦しまぎれに行われた断続的なイタリア旅行も、あの一七七七年二月の決定的な再逮捕の日に向って、着実に一歩一歩近づいて行く廻り道でしかなかった。そこへ到達するために、彼はついには陰謀の罠の中へみずから飛び込むことを選ばねばならなかったのである。逃れることも闘うことも、もはやサドの魂の問題ではなかった。この旧体制下の軍隊の将校は、ひとたび逮捕されるや、声高に自己の無罪を訴えることしか出来はしなかった。もし彼に敵をおびやかす余力がまだあるとすれば、それは回想録を出版することのみであろう。「私がそれを出版するまで、この言葉をよく覚えておくがいい」とサドは妻への手紙に書いている。そしてモントルイユ夫人も、この点を極度に怖れていた。「この上さらに無分別な著述によって、世間の噂の種をつくられては堪ったものではありません。彼が自分の義母をおびやかすような回想録をジュネーヴで出版しようとしているのだとすれば、それは怖ろしいことです」（一七七三年三月一日）と彼女は、サドがシャンベリーに幽閉されている間、サルジニア大使に書き送っている。

脱出した彼は回想録を書いただろうか。書きはしなかった。英国もオランダも、著述のためには恰好な避難所であった。それでも彼はフランスから北部イタリアまでの、小さな己れの行動範囲を一歩も出られなかった。一度などは、この地で公金横領犯人と間違えられて、留置されたことすらあった。

次第にサドは書物や原稿用紙と離れて暮らすことが不可能になって行った。現実への有効な闘いよりも、鎖された場所で、己れの夢に賭けることが重要な課題になったのだ。「私は自分が活動家として生れたのではないような気がする。それなのに、活動家の役を演じなければならないということは、私の立場の最も苦しい面の一つだ」（一七七四年六月）と彼は率直に語っている。

この最後の短かい自由の期間を、彼は出来る限り享楽した。一七七三年ラ・コストへ帰還の途中、彼は男女ふたりの若い召使を新たに手に入れた。そして郷里の城館へ戻ると、厚い城壁の内部で、誰にも見咎(みとが)められない乱痴気騒ぎを連日のように催して楽しんだ。

彼がもはや進んで行う気のなかった闘争を、一手に引受けたのが侯爵夫人ルネである。一七七四年初頭、モントルイユ夫人の差金によって派遣された警官隊が、サドの不在中ラ・コストの城館を捜査し、サドの私室を焼いたり、原稿を持ち去ったり、九日間にわたって侯爵夫人を監視したりするという、目にあまる暴虐をあえてしたとき、パリ裁判所に趣意書を送って抗議したのも侯爵夫人であった。そういっても、二人の女性は共通の目的を追っていたのである。エックス高等法院の判決の再審理要求という点において、二人の目的は一致していた。ただ、モントルイユ夫人にとっては、罪人の無罪を主張することよりも、家族の名誉をそそぐことが先決問題であったのに対して、サド夫人にとっては、夫の完全な自由を要求することのみがアルファでありオメガであったのである。パリ旅行の間に行われた夫人の請願運動は、しかし見るべき効を奏さなかった。一七七四年の末頃、サド夫妻はラ・コストに帰っている。「私たちはこの冬、ごく少数の人にしか会わないことに決めた」と、侯爵の手紙に見られる。

一七七五年から七六年にかけて、夫妻の生活は多端(たたん)をきわめた。死刑宣告による民権喪失は、財政的不安を免れるための策動すらをも困難ならしめた。少額の借金を方々に頼み込むよりほかなかった。ルネ夫人は銀器を質に入れることを考えたらしい。程なく別の不安が胚胎(はいたい)した。ヴィエンヌおよびリヨンからラ・コストのサド家に奉公に来ていた三人の娘の両親が、娘が誘拐されたという噂を聞き込んで、サドを告訴したのである。ルネ夫人は何度となく母に助力を求めたが、モントルイユ夫人は終始その女婿への敵意を露骨にするばかりだった。娘たちには、城中の宴席で受けた鞭打の痣(あざ)が残っていたので、それが消えるまでの間、家の中にかくしておく必要があったのである。

醜聞は他にもある。サドの種を宿した女中アンヌ・サブロニエール通称ナノンが、侯爵夫人と喧嘩をした挙句(あげく)、脅迫的言辞を残して出て行きそうになったので、サド夫妻は醜聞のひろまるのを揉(も)み消すために、モントルイユ夫人に泣きついて勅命拘引状を発令してもらって、ナノンをアルルの監獄に押し籠めた。生れた女児は三箇月で死んだ。「いつもストイックな落着きを失わない」という理由で、モントルイユ夫人をいらいらさせた叔父の僧院長さえ、この打ち続くスキャンダルには、さすがに呆れたもののごとく、「甥は頭が狂っているから監禁してほしい」(一七七五年五月十八日)とその筋に依頼している。

サドは債権者と警察に追い立てられるように、イタリアへ渡った。今回の旅程をたどってみると、ローマ、ナポリ、ボロニヤ、トリノにそれぞれ足跡がおよんでいる。この旅行の印象は、後に『ジュリエット物語』の中に見事に生かされた。彼は美術骨董品を大きなケースに二箱分も購入して帰った。

翌一七七七年一月、またしても不吉な事件がもちあがった。ラ・コストの女中カトリーヌ・トリレ通称ジュスティーヌの父親が、娘を返してもらいたいと怒鳴り込んで来て、口論の最中、サドに向ってピストルを放ったのである。幸いにして弾丸は当らなかった。「私の恐怖のいかばかりであったか、御想像ください」とサドは差配人ゴーフリディに宛てて書いている、「けれども、やがて私たちは、この男が村中に口ぎたない悪言を言いふらして歩いたことを知ったのでした」(一七七七年一月二十二日)

ちょうどこの事件と時を同じくして、サドの生母伯爵夫人の病が篤(あつ)くなった。すかさずモントルイユ夫人は、ドナチアンをパリに呼び寄せるための恰好な口実をそこに見つけ出した。サドはおそらく母の病によって、義母の寛恕(かんじょ)を得ることを期待しつつ上京の途(と)についたのであろう。同行のルネ夫人にも、避けがたい結末を予見する方途(ほうと)てなかったようだ。

「異論の余地ないことと思われますが、モントルイユ夫人の手紙こそ、幾度か失敗した試みの後の、最後の手段たるべき罠でした。侯爵はまるで阿呆のように陰謀の網にかかったのです。

いつも自分の計略が未然にばれてしまうのに業を煮やした夫人は、力に頼らず奸智に頼って、事をはかろうと考えたらしい。しかし私に言わせてもらえば、われらの色事師がパリの牢屋に入れられてしまわない限り、世の中に蝶々蜻蛉は飛ばないのです」(『サド近親者の書簡集』より)
一七七七年二月十三日、司法警察官マレーはパリにおけるルネ夫人の私室でサドを逮捕するや、ただちにヴァンセンヌ牢獄に彼を護送した。母伯爵夫人が死去したのは、一箇月前の一月十四日である。

＊

かくて幽囚の十三年がはじまる、最初の七年間はヴァンセンヌに、後の六年間はバスティユに……

牢獄の周囲では、サドの知っている古い世界が年ごとに様相を変えて行く。王制を揺るがす政治的激動は、しかし獄中の囚人にまでは達しない。いかなる現実の危機にも、囚人は聾桟敷に置かれたまま、己れの内心の声に耳傾けているよりほかはない。幽囚のサドが初めて妻に宛てた手紙を、次に引用しよう――

「こんな残酷な状態に永く耐え得るものとは、私にはとても思えない。私は絶望に捉えられている。もう自分がすっかり分らなくなってしまうような時がある。こんな怖ろしい拷問に耐えるには、私の血はあまりに滾り立っているのだ。何とかして激情の発作をわが身から外らしたい。もし四日のうちに外へ出られなかったら、私が壁に頭をぶつけて死んでしまわないとは、誰にも保証できないのだ」

妻が面会に来ると、サドは妻を面罵した。彼の気違いじみた嫉妬は、ルネをして修道院に起居することを余儀なくせしめたばかりか、その服装を夫の好みに合わせてきびしく変更することさえ強制した。彼女が肥れば、サドは妊娠の疑いを抱いて激怒した。

「そんな弁解が何になる？　《他の女をごらんなさい》だと？　ほかの女は牢屋の中に亭主など置いてやしない。もし亭主がそんな状態で、しかもそんな風に振舞う女がいたとすれば、そいつは侮辱と軽蔑にしか値いしない淫売女だ！　白状してしまえ、お前はそんな芝居者か香具師のような服装で、お前の聖体拝受をしに行こうというんだろう、どうだ？　……私の要求は、つまるところ、もしお前が私を愛しているなら……お前たち女が《部屋着》と呼んでいる服を着て、私に会いに来いということだ。大きな帽子をかぶり、髪は平らに撫でつけ、どん

な型の髷をも結わず……胸を大きく拡げず……服の色は出来るだけ地味にするがよい……」（一七八一年七月—十月）

やがて狂暴の周期から鎮静の周期に移ると、サドは憑かれたように書きはじめる。幼友達マリー・ドロテ・ド・ルーセ嬢との恋愛書簡が交わされるようになったのも、この頃からである。彼女は侯爵より四つ歳下で、一七七八年九月侯爵が二度目にヴァンセンヌに送られると、ルネ夫人の懇望によってパリに来たり、二年半にわたって侯爵の釈放運動に挺身することになる。やがて一七八一年六月ラ・コストに帰ると、サド家の財産管理を引受け、三年後の一月に結核で死ぬまで、断続的に侯爵と文通するようになる。このレスピナス嬢に比すべき才媛の文章を、サドは高く買っていた。ヴァンセンヌから彼女に宛てた手紙の一節——

「ここで私の耳に達する唯一の悲しい楽器は、一個の呪われた鐘の音です。それが地獄の狂躁を打ち鳴らすのです。囚人は、他人のすることを何でも自分に関係あることのように妄想し、他人の言うことを何でも悪意に解するものです。鐘の音は、はっきりこう言っているように聞えました——

みじめなやつ　みじめなやつ
死ななきゃ　出られぬ

私は何とも名状しがたい怒りに駆られて、立ちあがり、鐘撞人をなぐり殺してやろうと思いました。けれどもその時、悲痛なことに、復讐の門はまだ開かれていなかったのです。そこで、私はふたたび腰をおろし、ふたたびペンをとり、この上は、精神においてあの野郎に報復してやらねばならぬ、とこう考えました。それ以外にどうすることが出来ましょう」（一七八二年？）

一七七九年一月、はじめて紙とインクの差入れを許可され、一週間に二度戸外の空気を吸うことが出来るようになる。この散歩も、同囚のミラボー伯爵（一七七七年五月から下獄）との喧嘩のため一時禁止される。サドは外界との接触をふたたび取り戻そうとする。領地ラ・コストの管理の問題に、もっぱら意を注ごうと幾度か努力を重ねる。次に、虚脱の周期がめぐって来る。手紙の行数や、シラブル（音節）の数や、独房の壁石の数を計算しては、その結果から己れの苦悩の終焉の時期を予測しようと試みる。数字の狂熱はやがて冷める。一度ならず世界全体への怒りが爆発する。こうした感情の急変が、彼を危険人物としてマークさせることになる。事実彼は何度となく獄吏と争っている。その度に監視の目は厳重にならざるを得ない。書くことだけは許されるが、書いたものは監視人たちを恐怖させずにはおかない。いずれにせよ、彼に自由を回復せしめるためには、決定的な体制の変革、すなわち革命が必要であった。「寓話の言葉が行動となる瞬間」(モーリス・ブランショ)が必要であった。

サドの狂おしい夢をはらんだ独房の外では、彼の親しい人物たちの間に、少しずつ冷厳な変化が起っていた。叔父の僧院長が一七七八年、監視員のマレーが一七八〇年、義妹のアンヌ・プロスペル・ド・ローネーが一七八一年、さらに文通の相手ド・ルーセ嬢が一七八四年に、それぞれ他界している。残ったのはモントルイユ夫妻と侯爵夫人ルネのみである。

二人の女のあいだには、依然として冷たい内心の反目が続いていた。母がみずから正しいと思うことを実行しているのに、娘はこれに対してある時は哀願し、ある時は痛罵した。母が極端な解決策をとろうとした時は、従って、二人のあいだに精神的な激闘があったにちがいない。とはいえ、軽率なサドのアポロジストが塵芥のごとくあげつらうモントルイユ夫人にも、己れの義務への確固たる信念があったのであって、この信念なしには、サドの神話のなかに位置を占むべき彼女の存在理由もなかったであろう。サド自身の利害関係からみても、彼は自由をこれ以上享受すべきではなかった。自由なサドが又しても新たな事件を招き寄せるのには、おそらく三箇月以上の猶予を俟たなかったであろうし、今度の事件こそ決定的な破滅の動因でないとは誰にも断言できなかったからである。いわば彼にはバスティユと断頭台の二つ以外に、選ぶべき道がなかったのである。そして彼を前者に導いたのが、みずから敵役にまわったモントルイユ夫人その人だった。それに、彼女は娘の抗議に対して、つねに自分には責任がないと答えているのであって、これは部分的には事実なのである。たしかに、マルセイユの醜聞以来サドを追い廻して苦しめたのが、モントルイユ夫人であることに異論はなかろうが、サドが監禁され、サドの釈放が已れの行為ひとつに係る現在、何らの外部的干渉なしに、彼をしてさらに監禁状態を永びかせるような動機をつくり出させたのは、彼自身の内心の声以外には考えられないからだ。ここに、サドがみずから監禁状態を選んだという逆説の成立する基盤がある。そしてそう考えなければ、獄中文学の秘密は永久に解けないだろう。

　モントルイユ夫人にしたところで、もし彼女が婿に自由を返してやりたいと思えば、出来ないことはなかったはずだ。それをあえてしなかったのは、彼女がかくすることによって娘の身を――いや、娘ばかりでなく婿自身の身をも――保護し得ると信じていたからにちがいない。事実それはその通りだった。彼女は当惑の眼ざしでルネの狂態を見つめながら、この娘の常軌（じょうき）を逸した貞節ぶりに率直に驚いているのである。

「あたしは娘と特別な話合いをいたしましたが、どうやら彼女には先入見があるように思われます、そういう先入見にとらわれない人たちに、彼女の目をひらいてもらうよりほかありません。あたしとの話合いは、それから後のことです。どうしてあんなに無分別になってしまったのでしょう? あたしには考えも及びません。まあ、いずれ自分自身の目で、すべてがあたしの中傷でなかったことを納得しなければなりますまい」

娘を自分の許に立ち戻らせるのに、モントルイユ夫人は時間に頼った。時間は着実な歩みとともに、徐々に娘を彼女の許に立ち返らせた。サド侯爵夫人は疲れを覚えていた。行動と献身的愛情とによって、すでに果すべき義務は果したという意識が彼女にはあった。往年の若さも失われた。時代は変ろうとしている。一社会の崩壊を告げる徴候は、近年に至ってとみに増大した。息子たちは生長し、自分はもう四十を過ぎている。嘆願書をもって役所の階段をのぼるには、彼女の足がもう言うことをきかない。食料品の籠やジャムの壺を届けに来ないからという理由で、いかに侯爵が子供のように苛立たしげに怒っても(獄中でサドは怖るべき食欲に悩まされていた)もはや夫人は肩をすくめて見せる以外に何の反応をも示す気にはならない。あたかも長男は軍隊に入り、次男はマルト騎士団に採用された。ルネ・ペラジーはおだやかな忍従の手紙を書き、そこにモントルイユ・ド・サドと署名した。

「あたしの可愛い騎士さんから便りが来ましたか? あたしのところにも来ないんです。騎士団に入っているので、あたしはいつも航海のことを心配しております。でも約束通り、きっとツーロンかマルセイユから手紙をくれることでしょう……あたしの健康はどうやら回復しました。けれど足がすっかり駄目になってしまったようです。たぶんあんまり無理をしすぎたせいでしょう。じきに良くなると人は言いますが、あたしにはとても信じられません」

かくてついに一七八九年を迎える。パリにおける人民の蜂起と不安な政情について、ルネ夫人はプロヴァンスの差配人ゴーフリディに次のごとく書き送っている——

「叛乱（はんらん）はここでは全面的に鎮圧されました。でも町中が軍隊でいっぱいです。いろいろな噂が乱れ飛んでいて、真相はとても見分けられません。たまらないのは貧民の窮状です、お金がなくて飢死した者も沢山います……」

七月二日、叛乱の風聞はバスティユの七階《自由の塔》の一室に蟄居（ちっきょ）していたサドの耳にまで達する。彼はただちに自己の置かれた状況についての意識にめざめ、下水を流すために使われていた、漏斗（ろうと）型の管をメガフォンのようにして口に当てると、窓の下の群衆に向って、煽動（せんどう）的な演説をこころみ、囚人の苦しみを訴えた。おそらくこれが十二日後のバスティユ占領の直接の原因になったものと思われる。当時、ここに収容されていた囚人は、サドを除いてわずか七人で、いずれも旧制度の犠牲者というにはあまりに非政治的な人物であった。サドの煽動がなければ、バスティユはすでに王制の象徴たるにはあまりに無力な存在だったと言わねばならないだろう。

「七月四日に、待遇の不満のことから、私がバスティユで一寸（ちょっと）した騒ぎを起したところ、典獄は大臣に陳情した。つまり、私が民心を昂揚し、この恐怖の建造物を打ち壊しに来るように彼らを煽動したというのだが……それは全くその通りだった」（一七九〇年五月、ゴーフリディ宛）

しかし、七月十四日にサドはすでにバスティユにはいなかった。典獄ドロネーは三日から四日に至る夜半、あわただしくサドをシャラントンに護送させたのである。サドの自由が最後に凱歌（がいか）を奏したのは、街頭の英雄としてではなく、モントルイユ夫人の心中においてであった。

「現在の状態で、あたしが事件について沈黙を守っているとしても、あなたを驚かすことにはなりますまい。あなたもプロヴァンスにいて、次々と発令される国民議会の命令や、とりわけ今月二十日に発令された勅命拘引状に関する命令を、お知りになったことと思います。法案の作りかた如何によっては、あるいは例外が認められるかもしれません。ある事情においては、家族が例外を認めさせることが出来るかどうかが問題です。いずれにしても、家族が中立の立場を守り、政府あるいは検事局に好きなことをやらせ、彼らの適当とする判断に従って、解決しなければならない場合があると思います。それだけが、どんな非難をも蒙（こうむ）らずに済むための唯一の方法でしょう……」（一七九〇年三月二十三日、ゴーフリディ宛）

一七九〇年四月二日、憲法制定議会の訓令にやや遅れて、サドはついにシャラントンを出所することが出来た。ほぼ一年後に、当時五十一歳の身で、彼は小説『ジュスティーヌ』をひっさげて文壇に華々しいスキャンダラスな登場(デビュー)を行った。

＊

マルキ・ド・サドの生涯はここで終る。その後、身の置きどころを知らぬ肥満した老体を持ちあつかいながら、ふたたびパリの舗道におり立った人物は、もはやサドではない別の人間である。「私は眼と肺を失った。それに運動不足のため、ほとんど身動きも出来ないほどの肥満した体軀(たいく)を得た。私の感覚はすべて消えてしまった」とサド自身が語っている。自由になった人間の第一歩とともに、旧世界のあらゆる残存物がみるみる音を立てて崩れ去った。サン・トール修道院に身を寄せたサド夫人は、夫にふたたび会うことを拒み、バスティユに残されたサドの私物や原稿についても、自分には責任が持てないことを明らかにした。この夫妻にとっては、自由の時が別離の時であった。

モントルイユ夫人は彼に幾らかの金銭的援助を与えると、ふたたび門戸を閉ざした。息子たちは後に国外に亡命した。娘は、父親の表現を借りるなら「肥った百姓女そのまま」で、ほとんど父親の顔も覚えていなかった。両家の親族たちもほとんど逃亡するか、身を隠すかしていた。「貴族は街灯に吊るせ」という唄が流行した時代である。その生涯にはじめて、サドはみずから己れの責任をとらねばならない立場に置かれた。すでに五十年を生きた老文学者、市民ルイ・ドナチアン・サドは、ここにはじめて、みずからパンの資を得る生活に一歩を踏み出さねばならなくなったのである。

政治活動と文学活動が同時にはじまった。そしてサドは、自分より二十歳も若い女優マリー・コンスタンス・ルネル、夫に捨てられ一子を抱えた三十歳の人妻ケネー夫人と、ひそかな共同生活をはじめた。演劇への情熱はまだ消えずに残っていた。ふたたび劇場の廊下をうろつくようになったが、今度は脚本の売り込みが目的だった。一七九〇年にコメディ・フランセーズは、彼の処女戯曲『ソフィーとデフランあるいは恋ゆえの人間嫌い』を満場一致で受理したが、その後も上演の機会には恵まれなかった。しかし一七九一年末には、モリエール座で『オクスティエルン伯爵あるいは放蕩の報い』が二回にわたって上演された。この時は、幕が下りてから観衆の拍手にこたえて、作者が舞台から挨拶したほどの成功であった。一七九二年五月五日イタリア座で上演された『誘惑者』は、しかしジャコバン党の干渉によって、たった一晩しか興行出来なかった。《貴族的》というのが干渉の理由であった。そしてそれ以後、彼の演劇への野心は断たれることになる。そのためサドがいかに落胆したかは、到底われわれの想像し得るところではない。フランス座の当局者に宛てた一連の手紙が残っているが、そのなかで彼は、あらゆる言葉をつくして自己の立場を弁護している。むろんサドの戯曲作品は、当時の平均的水準以下のものではなかった。死ぬまでになお五六十篇の戯曲原稿を未発表のまま書きつづけたのである。

政治活動もまた、見るべき実を結ばなかった。バスティユから解放されたサドは、専制主義の犠牲者という立場によって、彼の住んでいたヴァンドーム広場界隈に、当初ある種の羽振りを利かすことになった。革命同志会ピック地区は、一七九二年彼を書記に任命して以来、各種の委員や、告発審査員や、裁判審査員や、地区委員長などのポストを順次に提供した。委員会の費用によって『マラーとルペルティエの霊に捧ぐる演説』や、『法の確認法についての意見』や、『ピック地区よりフランス人民代表への請願』等のパンフレットが公刊された。この最後の請願書は一七九三年十一月十五日、国民議会の演壇で作者自身によって読みあげられた。ピック地区では義父と顔を合わせて、さだめし満足をおぼえたであろう。モントルイユ夫妻は彼と同じ地区に住んでいたのである。のみならず、サドは粛清リストにのっていた彼ら夫妻の生命を救うという、一種の精神的贅沢をさえわが身に課した。しかし自由の期間は永くはなかった。一七九四年、恐怖政治がモントルイユ夫妻を逮捕せしめると同時に、サドもまた《穏健主義者》の嫌疑を受けて、マドロネット修道院に監禁される身となった。理由は、亡命者の逃亡を援助した廉で告発されていた陸軍少佐ラマンに、三百リーヴルと旅券を与えて、パリを脱出させたからである。

マドロネットからレ・カルム僧院へ、さらにサン・ラザール監獄からピクピュス療養所へ移された。革命政府下の獄にあること十箇月六日、その間サドの健康はとみに衰えた。

「十箇月のあいだに四つの監獄を廻りました。最初の獄では六週間安楽に寝起きしました。二番目の獄では、悪性の熱病にかかった六人の男と八日間一緒に暮らしましたが、そのうち二人が私のそばで死にました。三番目の獄では、能う限りの用心ぶかさによって毒殺の危険をやっと免れておりました。最後に収容された四番目の獄は、まるで地上の天国でした、きれいな建物、立派な庭、選ばれた環境、愛すべき女たち……しかし突然、処刑場が窓の下に設けられ、庭の真んなかに受刑者の墓地が作られました。そして私たちは三十五日にわたって、千八百人の受刑者たちを庭に埋めましたが、その数はこの不吉な家に収容された人間の三分の一におよんでおりました」(一七九四年十一月十九日)

保安委員会の命によりピクピュス療養所を出所すると、元侯爵ルイ・サドは、ただちに小市民の生活を送ることを余儀なくされた。生活の資は主としてプロヴァンスの領地から来ていたが、差配人ゴーフリディは定期的に収入を送ることを怠り勝ちであった。その上、この収入の一部は、ブーシュ・デュ・ローヌ県の亡命貴族リストにサドの名が誤って記載されたため、当局から差押え処分を受けた。浪費に慣れたサドにとって、財政逼迫は覆うべくもなかった。

サドとケネー夫人は、最初のうちこそ気ままに暮らしたが、やがて一七九六年には、ヌーヴ・デ・マテュラン街に買い求めた家を引き払い、サン・トゥアンに移り住まねばならなくなった。二年後にはいよいよ窮乏はなはだしく、さらにそこを棄てて、夫人は友人の許に、サドはボーズ県の小作人の家に、それぞれ別れて住んだ。しかしこの家にも永く居られず、サドはケネー夫人の連れ子シャルルとともに、ヴェルサイユのある屋根裏部屋を借りて、極貧のうちにその冬を過した。翌一七九九年には、ヴェルサイユ劇場に傭われて、日給四十ソルを得た。

「一日四十ソルの給料で、私はいま他人の子供を養い育てている。たしかに辛いことにはちがいないが、あの苦しい時代に、私のために毎日のように駈けずり廻って、債権者たちをなだめるのに散々苦労してくれた、不幸な母親のことを思えば、それも大したことではない。まさしく彼女こそ、天が私のために送ってくれた天使なのだ。彼女があればこそ、敵が私の身に投げ

つける数々の不幸のただなかで、私はへこたれずにいられるのだ……」（一七九九年二月十三日、ゴーフリディ宛）

一七九九年十二月十三日、当時五十九歳の身で、サドはようやく積年の夢の一端を実現することが出来た。ヴェルサイユ演劇協会の観衆を前にして、自作『オクスティエルン』のファブリス役を演じたのである。しかしそれから一箇月後には、「着るものもなく、嚢中一文もなく」ヴェルサイユの慈善病院で、「飢えと寒さに死なんばかり」であった。その後ケネー夫人とふたたびサン・トゥアンの自宅に戻って、十一箇月の同棲生活を営むことが出来たとはいえ、それは（警視総監デュボワの言葉を借りれば）「恥ずべき小説『ジュスティーヌ』の作者として知られた元侯爵サド」に残された最後の自由の期間でしかなかった。

＊

われわれはサドの全著作の四分の一をも、たしかに知っているとは言い切れない。最後に逮捕される日まで彼が持っていたという、あの厖大な自筆原稿のすべては、逮捕と同時にどうなってしまったか。バスティユで失われた『ある文人の草稿』および『日記』は、その後歴史の激浪に揉まれて、どこの淵へすがたを消してしまったか。現在では未発表のノートのみ残っている、あの全十巻におよぶ小説『フロルベルの日々』は、たぶん一八一四年、彼自身の息子の要請によって焼却されたものと推定されるが、しかしそれ以外にも、いつどんな時期に、はたして幾つの重要な原稿が、獄吏の手によって焼かれる運命に見舞われねばならなかったか。すなわち、サドの作家的生涯は二つの火刑宣告のあいだに繰りひろげられたと言い得るであろう。

言うまでもなく、サドが最も多く書いたのは、バスティユの獄舎においてである。原稿の一部は面会に来たルネ夫人の手にひそかに託され、他の一部は独房の内部に隠された。彼がいかに原稿の取り扱いに慎重を期したかは、たとえば一七八五年『ソドム百二十日』を書くのに、幅十二センチの小紙片を貼り合わせて作った、全長十二メートル十センチにおよぶ細長い巻紙を用いたことによっても、その一端がうかがえよう。人目にさらしても危険がないと思われた作品は、大きなノートに普通に浄書されているのである。一七八九年七月四日の未明、獄吏がサドを連れ出しに来た時は、いかなる原稿を携えて行くことも許されなかった。かくて十日後に、群衆は封印された扉を打ち壊し、独房の内部を荒らしたのである。解放されるや、サドはただちに次のごとく書いている——

「いったいなぜ彼女（ルネ夫人）は、私の財産を、私の原稿を、急いで運び出してはくれなかったのか？　失われた私の原稿に、私は血の涙を注いでいる！　……寝台やテーブルはふたたび求めることも出来ようが、思想は二度と取り返し得ないのだ……」（一七九〇年五月、ゴーフリディ宛）

「……バスティユの書類の回収された管轄地から、それでも幾つかの原稿は見つけ出されました。しかし大事なものは何ひとつ見つからない……つまらないものばかりです。いくらかでも筋の通った作品は何ひとつ見つかりません。ああ、私は匙を投げました！　何ということだろう、これこそ天が私に与えた最大の不幸です！　ところで、この痛手をやわらげてくれるために、あの心やさしき貞節なるサド夫人が、何をしたと思います？　彼女も私の原稿を沢山もっておりました……面会のたびに、ひそかに手渡された原稿です。しかるに彼女はそれを返そうともせず、私に向ってこう言うんです、あの原稿は（あまりに大胆なことが書いてあるので）革命の時に災いになるといけないから、人に預けたところ、一部分焼かれてしまいました、と！　こんな返事を聞かされて、私の血は煮えくり返るようです……」（一七九〇年五月末、ゴーフリディ宛）

しかし実を言えば、彼はバスティユで書いたものは大部分取り戻したのだ。シャラントンを出所するに当って「私は印刷に付すべき十五巻の書物をもっていた」と言っているが、もし

『アリーヌとヴァルクール』四巻が標題通り《フランス革命一年前バスティユにて書かれた》ものであると想定すれば、『ジュスティーヌ』二巻『恋の罪』四巻および二三の戯曲を勘定に入れて、残るのは『ソドム百二十日』しかないからである。

しかしいずれにせよ、サドの言葉通り、この喪失は取り返しのつかない不幸だった。原稿の一部はまだ草案のみでしかなかったが、サドはこれが自己の畢生の大作になるものと信じて疑わなかった。人間の性的倒錯の累進的タブローは、後にクラフト＝エビングの『変態性病理学』において同じ重要性を主張するに至るまで、なお百年以上を俟たねばならなかったのである。サドはこのことを明確に意識していたので、失われた『ソドム』以後の著述は、戯曲作品を別として、ほとんどすべて、もっぱらこのユニックな『淫蕩学校』の書き直しの試みでしかなかった。『ジュスティーヌ』のテキストに加えられた再三再四の修正は、このようにして説明される。

一七九一年に刊行された『ジュスティーヌ』の二巻本は、かなりの売行きで、一種の成功にはちがいなかった。この小説は、しかしわれわれにも容易に判断がつくように、猥褻本では断じてない。にもかかわらず、八年前ラクロの『危険な関係』を非難した同じ大衆は、この類まれな道徳小説をも受け容れることが出来なかった。スキャンダルは作品の結末を逆転させることによって、辛くも阻止された按配である。

サドは三年の沈黙を置いて、増補改訂の第二版を出した。ほとんど同時に、作者のイニシアルを付した哲学小説『アリーヌとヴァルクール』が上梓された。ここに、サドの作品を二つのジャンルに分けることが可能だろう。『閨房哲学』『新ジュスティーヌ』をふくむ勧悪小説と、『ジュスティーヌ』『アリーヌとヴァルクール』『オクスティエルン』『恋の罪』をふくむ勧善小説とである。そして『ジュスティーヌ』が二つのジャンルに跨がっていることを、われわれは知るだろう。が、その他の作品は、大体においてどちらか一方の側に整理することが可能である。作者をしてかかる指導観念を採らしめた理由がどこにあるか、われわれには解らない。もっとも作中に行きわたった主調音が、ほとんどつねに美徳の不幸、悪徳の勝利という千篇一律の主題であることに変りはない。ただ解決とヴォキャブラリーが異なる。一方においては、いわゆるクー・ド・テアトル（思いがけない事件）がシチュエーションを逆転させているのに、他方においては、運命の恩寵が終始一貫悪人の立場を揺るぎなくすることを止めないのである。とはいえ大衆の受け取り方が、それによって目立って変化することはあり得なかった。読者は瞞されはしない。サドが最後に悪徳を勝利させようと、美徳を勝利させようと、読者の目の向うところはそこではないのだ。あたかも時代の好尚は、ユートピストのいわゆる《善良な野蛮人》の伝説と、シャトーブリアンを初めとする前期ロマン主義者の《母なる自然に還れ》の標語のうちに、その十全な表現を見出していた。問題は、かかるとき、この常道外れな作家が「人間の性質は善ではない、自然の本質は悪である」と声高に主張したことにあるであろう。つまり、サドに対する一般の糾弾は、ポルノグラフィー作家に対する糾弾であるよりも、むしろラクロを追及したと同じいペシミスティックな哲学に対する非難であったと見るべきである。事実、当時の有名な好色文学『シャルトルー僧院の門番』が新聞に攻撃されたことは、絶えてなかった。サドがその驥足を伸ばした領域は、セックスの領域のかなた、各時代のすぐれて自由な精神のみが選び得る領域、すなわち真実の領域、哲学の領域だった。十八世紀末葉、アングロ・サクソンに起原を発する知的潮流の影響を、われわれはそこに確認することが出来る。それは作家にすべてを言わしむる権利を確保しようとする傾向であった。一七九五年頃、すでにロマン主義を準備しつつあった多くのフランスの文芸新聞のなかに、われわれはきわめて意味ふかいマニフェストを読むことが出来る。すなわち、そのなかで、マニフェストの作者たちは、シェークスピア★229、フィールディング★230、マラー★231等にこもごも依拠しつつ、小説や戯曲作品に一層の《暗さ》を確保する権利を要求しているのである。

十八世紀末の暗黒小説がイギリス市民小説の頽廃の結果あらわれたという俗説を、われわれは信じない。それは小説の頽廃というよりもむしろ哲学の発端であって、本質的に革命的なものだ。「人間が悪人に苦しめられるという不幸な事態を知りつくした者にとって、小説は作るにむずかしく、また読むに退屈なものとなった」とサドは書いている、「高名な小説家が一世紀かかって描き得る不幸よりも、さらに大きな不幸を近々四五年のあいだに感じなかった者はひとりもあるまい……すなわち趣味がすたれ、精神が堕落し、人間が物語や小説や芝居に飽きるにつれて、この道で成功したいと思う者は、どうしてもさらにはげしい物事を描き出さなければならなくなるのである」（『小説論』の第一稿序言）

われわれはこの文章に、ロマン主義革命の原理の先蹤（せんしょう）を見るであろう。しかしながらフランス社会（ブルジョア社会）が徐々に秩序に還帰するにつれて、民衆はスキャンダルに対してふたたび敏感になって行った。『閨房哲学』は一七九五年にあらわれ、『新ジュスティーヌ』および『その姉ジュリエットの物語』は一七九七年にあらわれた。それらは幾度か再刊された。だがボナパルト、バラス、タリアン等、総裁政府の要人を諷（ふう）した匿名パンフレット『ゾロエ』（一八〇〇年）が、サドの逮捕の原因になったという説は、一概に賛成しにくい。『新ジュスティーヌ』をめぐる先例のない醜聞だけでも、逮捕の理由には十分であったはずだ。軍国主義的な権力の統制と風紀条令のもとに、第一帝政がはじめられたことを想起する必要がある。権力政治の胎動期(たいどうき)に、この「かつて存在した最も自由な精神」(アポリネール)は消されねばならなかったのだ。

*

この論文の冒頭にふれたように、かくてサドはサント・ペラジー、ビセートル、シャラントンへ次々と移された。当時やはりサント・ペラジーに収監される憂目を見たロマン派の驍将(ぎょうしょう)シャルル・ノディエが、[★232]一八〇三年に奇(く)しくもここでサドと顔を合わせている。

「これらの紳士方のひとりが、ある朝、非常に早く起きあがった。彼は別の監獄に送られようとしていたので、そのために早く起きたのである。私は先ずこの男の裡に、身動きも容易に出来ないくらいの異常な肥満を認めて、一驚せざるを得なかった。それは彼の物腰の全体のうちに跡をとどめている優雅さの名残りを誇示することをさえ、妨げるほどの肥満ぶりであった。とはいえ彼の疲れた眼には、いまだに何かしら熱っぽい微妙なものがあって、消えかけた炭火の最後の輝きのように、それが時々ぱっと燃えあがるのだった……この囚人は私の目の前を通り過ぎただけだった。しかし私は、彼が卑屈なまでに腰が低く、奸佞なまでに愛想がよかったこと、そして世人が尊敬しているものに対しては、やはり鄭重な言葉遣いをしていたことを、今にして思い出す」（『王制復古・帝政時代の想い出』一八三一年）

サドは監獄で社交的になった。すでに六十を過ぎる老齢である。激怒の発作も稀になった。死ぬまでに、それでもなお陳情書と抗議書によって司法大臣を悩ませつづけるが、ありていに言って、シャラントン精神病院は監獄よりもはるかに棲みよい場所であった。元プレモントレ会修道士だった院長クールミエに監督された当病院は、その待遇のよさにおいてフランス中の評判だった。「水美しく緑蔭ゆたかな地」とシャルル・ノディエが書いている。食事もよかった。囚人たちはサロンや、図書館や、庭園を自由に楽しんだ。その上サドは、例外的な処置として、隣室にケネー夫人を呼び寄せて棲まわせることを許された。院長クールミエは、時代の支配的傾向に対して果敢な抵抗をした人で、永年にわたって囚人を寛大に扱うことに意を用いたばかりか、院内の娯楽としてサドにバレエや芝居の上演を依頼したほど、サド個人に好意を抱いていた。

しかるに一八〇六年、有名なロワイエ・コラールが病院付医師長に任命されると、彼と院長とのあいだに角逐が行われた。サドがそれまで楽しんでいた恩典は、この医師長にとって、治安大臣ジョゼフ・フーシェ★233への報告に値いする恥さらしであった。
「あの男は狂人ではありません。彼の唯一の錯乱は悪徳の錯乱です。サド氏はあまりに大きな自由を楽しんでおります……無分別にも院長は院内で芝居を計画させました。サド氏がその芝居の監督です。けだし、このような生活上の醜聞をいちいち閣下にお知らせする必要はありますまい。願わくは、サド氏をシャラントン精神病院ならぬ他の場所へ移すべく、何らかの御処置を講ぜられんことを……」（一八〇八年八月二日）
ロワイエ・コラールの勧告は、しかし、モントルイユ夫人を主唱者とするサド家の意見（ルネ夫人や息子たちの意見）と折れ合わなかった。一八〇四年、警視総監デュボワの報告書によれば、シャラントンにおける入院料はサド家によって支払われており、サド家は「体面上、彼をいつまでもそこに置いておく」ことを望んでいたのである。結局サドは死ぬまでシャラントンを離れなかった。院内での芝居の上演は、全面的に禁止されないまでも、その上演回数を減らされた。ふたたび閑になって、サドは筆をとった。戯曲および歴史小説数篇。一度ならず『ソドム百二十日』の再構成をもくろんだ。その結果生まれたのが『フロルベルの日々あるいは暴露された自然、および続篇モドーズ法師の手記とエミリー・ド・ヴォルナンジュの恋物語』である。百十二人の人物が登場する全十巻の大作。しかしわれわれには、この完成間近く未完に終った超大作の、覚書のためのノートしか永久に知ることを許されない。

サドの存命中に出版された最後の作品は『ガンジュ侯爵夫人』（一八一三年）であった。これは大して興味のない暗黒小説である。

ロワイエ・コラールがシャラントンにおける演劇興行の全面的禁止の権限を得るに成功した時は、もはやサドに十八箇月の生命しか残されていなかった。閑になって以来、健康は日ましに衰えた。老人の小さな書体で、衝撃を受けた事件を日記風に書きつづり、またしばしば諦（あきら）めの手紙を書くよりほか、もはや物を書く気力も失せた。

「ラ・コストのことや、私が愛した人たちのことや、ポーレ家のことについて、何か詳しく教えてください。城館がロヴェール夫人のものになったというのは、本当ですか。どんな風に変ってしまったでしょう。あの城館は？　それから私のささやかな庭園、あそこにはまだ私の時代の名残りがありましょうか？　……たぶん現在の私について、あなたは一言お知りになりたい気がおありでしょう？　そう、私はいま幸福ではありませんが、健康はまず上々です。これだけが貴兄の友情に対してお答えし得るすべてです。またお便りください」（一八〇六年、日付なし、ゴーフリディ宛）

哀切をそそるのは、この手紙の追伸で、サドが幼友達ゴーフリディにクールミエ氏宅の住所を書き送り、自分がシャラントン瘋癲院に収容されている事実を隠そうとしていることである。死の直前、最後の月になると、院内の通路の壁の隅に、凝然と黙りこくって立ちすくむ巨大な彼のすがたが、しばしば人の目についた。晩年のサドについて、幾つかの逸話が伝えられている。真偽を確かめる術とてないが、夢想の種を与える役には立とう。そのうちの一つ、アンジュ・ピトゥ★234の語るところによれば——

「この男は死のことを考えては色蒼ざめ、自分の白髪を眺めては失神せんばかりになった。ときどき後悔の発作にとらわれて泣きわめくのだったが、最初の部分だけで後が続かなかった、《なぜ私はこんな怖ろしい人間なのだ、なぜ罪はこんなに美しいのだ？　罪が私の名を不朽にしたのだ、全世界に罪を君臨させねばならぬ》といった工合に」（『二十六年間にわたる我が不幸と迫害の分析』一八一六年）

もう一つ、ヴィクトリアン・サルドゥ★235の語る逸話によれば——年老いたサドは汚水溝のふちに腰をおろし、薔薇の花籠を持って来させると、陰鬱な快楽の表情を泛かべて、その花瓣をひとつひとつ毟り取っては汚していたと（一九〇二年十二月十五日『医学通信』）。——おそらくこれらの語るところは真実であろう。死の観念につきまとわれた『ソドム百二十日』の一人物は、死の観念と慣れ親しむ最上の方法を「淫蕩的な観念との結合」の裡にのみ見出していた。サド自身もまた、年老いてこの人物に同化したのであろう。でなければ、『末期(まつご)の対話』における《臨終の男》になったのか。いずれにせよ、死を前にしてサドが何らかの宗教的感情を示したという証拠は、まったく見当らないのである。

一八一四年十二月三日、クールミエの後任ルラック・デュ・モーパは王国警視総監に宛てて、サドの死亡を報ずる次のごとき書簡を送った——

「警視総監閣下

去る共和暦十一年花月、治安大臣の命にてビセートルより移されし侯爵サド氏が、昨日午後十時、シャラントン精神病院にて逝去いたしました。しばらく前から健康は目に見えて衰えておりましたのに、死の二日前まで歩くことを止めず、ここに急逝いたしました原因は、壊疽(えそ)性全身衰弱熱の初期ということです。子息アルマン・ド・サド氏が現在当地に来ておりますので、市民法により封印を施す必要は毛頭ないと存じます。死後の処置および法的執務につきましては、閣下が適宜に御判断の上、小生まで御下命くださらんことを。思うに、子息サド氏は良識ある方ゆえ、父上の許(もと)に危険文書あらば、みずから進んでこれを湮滅(いんめつ)されんとすることでしょう」

次にサドの遺言の一部を引用しよう。遺言は一八〇六年一月三十日に書かれ、従来その一部のみ公表されていたが、ジルベール・レリーの研究が出るに及んで、われわれはその全文を読むことを得るに至った。最初の部分には、死ぬまで彼に付き添っていたケネー夫人通称《深情け(サンシブル)》への感謝にみちた賞讃の言葉と、財産および残された書籍原稿一切を彼女の手に譲る旨がこまごまと記されている。今ここに引用するのは、その最後の部分、第五条項である

——

「最後に、いかなる事情があろうと、余の遺体を解剖に付すことを絶対に禁ずる。遺体は木造の棺(ひつぎ)に納められ、余が死んだ部屋に四十八時間放置されることを切に希望する。この規定の四十八時間が過ぎた後、はじめて棺に釘が打たれねばならぬ。その間、ヴェルサイユ百一番レガリテ街の材木商ル・ノルマン氏まで急使を送り、余の遺体を引き取りに荷車とともに氏みずから来ることを依頼してほしい。遺体は前記の荷車にのせられ、氏の護送の下に、エペルノン近傍マンセ市マルメゾンなる余の土地の森に運ばれ、いかなる形の葬式をも藉(か)りず、前記の森の右手に位置する最寄りの叢林(そうりん)に安置してほしい。森を二分する大きな道を古城の側から入って行けば、その場所に到る。この叢林につくられる墓穴は、ル・ノルマン氏立会いの下に、マルメゾンの農夫によって掘られ、氏は余の遺体が前記の墓穴に安置されるまでそこを立ち去らないでほしい。氏の希望によっては、この葬式に余の親族もしくは友人を列席させても差支えな

い。華やかな彩りは何もなくとも、彼らはあの最後の愛着のしるしを余に示してくれるであろう。墓穴の蓋を閉めたら、その上に樫の実を蒔き、以前のごとく墓穴の場所が叢林に覆われ、余の墓の跡が地表から隠れるようにしてほしい。余は人類の精神から余の記憶が消し去られることを望む。ただし、最後の瞬間まで余を愛してくれた少数の人たちについては、この限りでない。余は彼らのやさしい想い出を墓のなかへ持って行くだろう。シャラントン・サン・モーリスにて、心身壮健のうちにこれを認む。D・A・F・サド署名」

誰もル・ノルマン氏に知らせに行く者はなかった。遺言はことごとく破られた。ドナチアン・ド・サドの遺体は解剖に付されると、サン・モーリスの墓地に教会の方式通り埋葬された。墓の上には十字架が建てられた。後に屍体は墓地の整理のため発掘され、頭蓋骨はある医師の手に渡り、やがて紛失した。

*

一八三〇年頃に、サドについて自信にみちた説をなす者は、おそらく一人もいなかった。しかしロマン主義の革命は、疑いもなくサドの暗い影のさす地盤から直接に立ちあがったのだ。三十年このかた時代を支配していた愚かな文教政策と検閲が、若い世代の精神の飛躍を完全に阻止していたとき、彼らのあまりに装飾的な意匠の下にかくされた反逆精神が、この異例の先輩のそれに比べて、いかに遠い地点にあることか、まざまざと読み取られてしかるべきであった。「いかに人間を慄然たらしめようと、哲学はすべてを言わねばなりません」と、ジュリエットは長い遍歴を了えて最後に言った。またサドの『小説論』には、「自然の迷宮ともいうべき人間の心の深い研究のみが、作家に霊感を与えることが出来、そのようにして書かれた作品のみが、単にあるがままの人間、目に映るがままの人間ばかりでなく、一歩進んであり得べき人間、悪徳の変化とあらゆる情熱の激変とに否応なく動かされる、真の人間のすがたを示すことが出来るはずだ」と、はっきり書かれている。一八二五年代の青年の幾人が、この原理をひそかに己れの詩法としていたことか。

「疑うべくもなく」とジュール・ジャナンは言った、「サド侯爵は遍在している。どんな人の蔵書のなかにも、隠された秘密の書棚に、必らずそれは発見される。それはふつう聖ヨハネ・クリュソストモス[★236]や、ニコル[★237]の『道徳論』や、あるいはパスカルの『パンセ』などといった書物のうしろに隠して置かれる本の一つなのだ」（一八三四年『パリ評論』）

まさしくそれはエロティシズムを超えた魅力の認識であった。フランスにおけるピューリタニズムが、第一帝政から第三共和国に到る期間ほど猛威を振るったことはない。かかる偽善にみちた世紀において、いかなる作家も、この呪われた先達の影響を受けない者はなかったという点を強調しておかねばならぬ。サント・ブーヴ★238は一八四三年、時代の知的反動と手を結んでアカデミー入りをする直前、不用意にも彼が頼りとする『両世界評論』に、次のごとき不穏当な記事を書いてしまった――

「最も名声あるわが国の小説家の二三人のうちには、明らかにサドから影響を受けたと思われる者がある。その影響は隠されているが、見分け難いものでは決してない……あえて断言すれば、バイロン★239とサド（この比較を許されたい）こそ、おそらく最も偉大な近代の鼓吹者であった。前者は公然たる面において、後者は秘密作家として。わが国の流行作家のあるものを読んで、もしその下敷を知りたいと思ったら、この今言った鍵を絶対に見逃してはならない」（『文学の状況に関する幾つかの真理』――『両世界評論』第三号、一八四三年）

誰も異議を申し立てる者はなかった。そしてこのサディズムの名による告発は、全十九世紀間を通じて、保守主義的批評の絶対の武器となった。ゾラもこうした批評に対して身を守らねばならなかったし、フローベールも、一八六二年『サランボー』に加えられた「サディックな想像力の微量」という、ほかならぬサント・ブーヴの非難に対して、身の証しを立てることを迫られた。おそらくこうした空気のなかにあって、最も早く声高にサドを賞揚した唯一の作家は、みずから《狼人》と称した反王党・反ブルジョアの狂詩人ペトリュス・ボレルであろう。
「私がこのフランスの栄光という言葉によって意味していたのは、君たちみんなが汚らわしいと非難する本、そのくせ君たちみんながポケットのなかに忍ばせている本の、有名な作者のことだった。読者よ、お気にさわったら御免なさい。つまり、私が言わんとしていたのは、至高にして全能なる貴族サド氏のことだった。今日、その堕落した息子たちが、私たちのあいだで高慢不遜な面つきをしているが……」（『ピュティファル夫人』一八三九年）
「この文芸病理学のページのなかに、罪と逸楽とを結びつけようとする『悪の華』の作者の抑えがたい傾向をなぜ認めないのか。サド的なペスト菌は、この堂々たる特異な詩人を殺しはしなかったが、当時の多くの作家を冒したように、彼をもまた冒したのである」（『ドルチ』の序文。一八八一年）とアナトール・フランス★240はかなり適切にボードレールを難じたが、難じられた当人はおそらく満足を覚えただろう。「悪を解き明かすにはつねにサド、すなわちこの自然人に還らねばならぬ」（『内心の日記』）と言い、また良識派エミール・オージェ★241を罵倒するのに「チベリウスとサド侯爵の魂にかけて！」と叫んだボードレールのことである。

まさにボードレールとフローベールは、ロマン主義とデカダンスの時代を区切るヘルメス柱像の二つの顔であった。ゴンクールの日記によれば、フローベールは「サドに憑かれた精神」（一八五八年十一月）である。フローベールの書簡集のなかにしばしば出て来る《老人Vieux》という呼称は、サドのことである。また彼は《大サド》とも呼んだ。泥棒詩人ラスエネルを称えた文章のなかで、フローベールは次のように書いている――

「私はネロのような、サド侯爵のような人間を知ることを大そう好む。これらの怪物たちは、私のために歴史を説明してくれる。彼らは歴史の補足であり、絶頂であり、モラルであり、デザートである。私の言うことを信じたまえ、彼らは偉大かつ不朽の人物なのだ。悪魔はキリストと同様に永く生きるだろう……おお、もし君がこの誠実な作家サド侯爵の小説を何冊か見つけ出してくれたら、私はどんな高い金を払っても、それを君から買い取るだろう」（『書簡集』一八三九年七月十五日、エルネスト・シュヴァリエ宛）

サドのうちにカトリック的な「異端糾問の精神、拷問の精神、中世紀の教会の精神、自然に対する恐怖心」（ゴンクールの日記より）を読み取ったのは、フローベールとともに、あの一八五〇年代における教父ユイスマンスであった。反動思想がとくに文学に寄与する例がここにある。彼らによれば、サディズムはカトリシズムの私生児であり、宗教は侵犯されるべきものとして予想される。サディズムおよびカトリシズムは、官能的・神経症的作家の精神がその間に揺れ動く、フランス・デカダンス文学の楕円における二つの焦点のごときものになった。
「サディズムとは従って、カトリック教会の掟の違反であり、最も手ひどくキリストを嘲笑するために、キリストが最も憎んだ罪、祭祀（さいし）の冒瀆や肉の饗宴（きょうえん）などを犯すことによって、教会の掟を正反対に実行することですらある。……事実、サド侯爵がその名を遺したこの症例は、教会と同様に古かった。それは単純な隔世遺伝現象によって、中世の魔宴の淫靡（いんび）な習慣を復活させつつ、十八世紀に猖獗（しょうけつ）をきわめたのである」（『さかしま』一八八四年）
『チェストラード』が戯曲におけるサディズムの詩であるとすれば、『キャリドンのアタランタ』はサディックな哲学詩とも呼ばれるべき作品であろう。このスウィンバーンの残酷な劇詩は、要するに罪と破壊こそ自然の普遍的法則であるというサドの哲学的主題の変奏曲であって、『ジュスティーヌ』および『ジュリエット』のなかのさまざまな章句のパラフレーズでしかない。スウィンバーン、この古典主義者はまた反ピューリタニズムの闘士であった。
「ただ一つ私が残念に思うのは、あなたが私の『シャラントン』を正しく攻撃しながら、故意にその源を認めてくださらなかったことです。もしあなたがバイロン云々の代りにサド云々と言ってくれたら、私は文句なく判決文に服したでしょう。私の詩法が源を仰ぐその大詩人、思想家、そして練達の士は、バイロンよりもはるかに偉大な人物です。彼こそは実に、神々と人間の奥底まで究めたのです」（一八六五年八月、ハウトン卿ミルズへの手紙）
しかしユイスマンスの畏敬も、スウィンバーンの熱狂も、ヴェルレーヌの称讃も、十九世紀の知的ヨーロッパがサドのために捧げた科学の祝聖ほど、この大思想家自身を喜ばせはしなかったにちがいない。サドの権利要求はすべてが哲学的なのであって、世間が彼に与えた奔放な想像力についての名声は、決して間違いではないまでも、むしろ彼にあって過重な負担というべきであった。何よりも先ず、サドは自己自身を正当化するために書いたのだ。その探索の途次、人間がその身に見出し得る最悪の性的傾向の諸症例を知ったサドが、二十七年間にわたる獄舎の生活に堪えるのに、どうして一つか二つの単純な性欲形式のみの行使で満足し得たろう。アンドレ・ブルトンが正しく指摘したように、「生来の天才と幽囚の長年月」とが初めて彼にあのような「想像力の過剰をもたらした」のである。いかに悪が自然の本質であるかを証明すべき材料を揃えれば揃えるほど、いかに自己の些やかな罪が不当に高く支払われねばならなかったかを明らかにすべく明細目録を作れば作るほど――つまり「現実的なもの、尤もらしいものを殊更に侵犯し、幻影と幼年時代の恐怖の光のうちに、社会的不正と人間的邪悪の様相」（アンドレ・ブルトン）を描き出せば描き出すほど――いよいよサドは自分を不健康な幻視家と見なす人たちに非難の口実を与えることになったのである。想像力の原因および効果とは、さようなものだ。彼がジュスティーヌの不幸をますます複雑に、ますます精密にするために、何度となくこの小説に立ち返っている事実が、この間の事情を解き明かすだろう。

サドの小説は、かかる意味で決して真の暗黒小説とは言えず、つねにあまりに小説なのだ。必要にして十分な暗黒小説とは、そもそも存在し得ないものだろう。『ジュスティーヌ』は決して人間的頽廃の誇張ではない、とバンジャマン・コンスタンが日記に書いている。一七九一年版の序文には、サド自身が「これほど小説的なものはない」と言っている。コンスタンの告白を聴くためとあらば、サドは何物をも惜しまなかったろう。しかしこの告白が一般的になるためには、およそ百年が必要であった。詩人の直観に先立つ分析家の意志が必要であった。

一八八〇年以後、サドの歴史は『ソドム百二十日』の歴史と一致する。十九世紀を通じて、フランスの蒐集家たちのあいだに何度となくその存否を疑われた、この奇怪な運命の原稿は、一九〇二年に至って、ベルリンの精神医イワン・ブロッホの手中に落ちた。彼はその直後、研究論文『サド侯爵とその時代』をベルリンとパリで同時に出版した。すでにチャールス・ヘンリーおよびマルシア博士の労作によって、サド研究に新たな展望を見出しつつあった医学界に、しかし最後の推進力を与えたのは、このイワン・ブロッホ博士の手で一九〇四年に発表された

『ソドム』の全テキストであった。その序文のなかで、博士は「当作品の科学的重要性」と、「サドによって引用された症例とクラフト=エビングのそれとの驚くべき類似性」とを指摘している。

　最後に、サドが文学史の序列に公式に復帰し得たのは、一九〇九年、その『作品集』を編んだギヨーム・アポリネールの努力によった。『カリグラム』の詩人はこう述べている――「ラマルク[★242]からスペンサー[★243]までの作家、哲学者、経済学者、博物学者、社会学者の大多数がサドとともに相会する。その時代の精神を恐怖させ狼狽させた彼の思想の多くは、いまだに全く新しい。『私の思想は少しばかり強烈に思われるかもしれない』とサドは書いた、『しかし、それがどうだというんだ？　われわれはすべてを言う権利を手に入れたのではなかったか？』――今こそ、図書館の危険書庫の汚らわしい空気の中で熟したこの思想をば、世に知らしむべき時が来たように思われる。全十九世紀を通じて黙殺されて来たかのごときこの人物こそ、二十世紀を支配することが出来るだろう」

　かくてサドは今世紀に復活したのである。超現実主義詩人アンドレ・ブルトン、二十世紀最大の形而上学者であり、最高の弁証法理論家であるアンドレ・ブルトンの『サド讃』を最後に引用して、この伝記的素描のペンを擱くことにしよう――

かつて総飾りのついた美しい手と
少女の眼と
己れのためのものでしかなかった
ほとんど敗亡の理性とをもって
噴火山の内部から生れたサド侯爵は
ふたたびそこに戻って行った
しかし地中のランプが燐光を放つ広間から
道徳の夜に亀裂を走らせる
神秘な命令を彼はいまだに投げ続けている
この亀裂から私はのぞき見るのだ
大きな影が　侵された古い地殻が
めりめりと音立てて崩れ去るのを
最初の男が最初の女を愛したように
こうして私は君を愛するようになる

全き自由において
この自由
のためには火すらも人間と化した
この自由
のためにサド侯爵は時代に挑戦した
その抽象の大樹をもって
処女なる欲望の蜘蛛糸にかかった
悲壮な軽業師

（『水の大気』）

文明否定から新しき神話へ——詩とフロイディズム

すべての偉大な思想には反動的な性格がある。ということは、窮極的にその思想が反動的な性格のものとして終ることを意味しない。私たちにとって必要なことは、反動的な断言の背後に、あたかも鳴り止んだピアノの余韻のごとく、消え失せた流星の尾のごとく、現世において形をとるに至らなかった当該思想家の精神の本質、すなわち対立する力同士の運動のうちに彼らが果した役割を読み取ることであろう。従って、意識的であると否とにかかわらず、この対立する力の運動の実態を認識した思想家は、たとえ反動的な人間であろうと、理想主義的倫理の幻想や、プラトンからルソーに至る教育上の独裁主義的理念の下に、階級闘争の実態を隠蔽することを憚らなかった進歩的な作家などよりも、はるかに貴重な存在であると言わなければならない。そういう作家が、マルクスによって称讃されたマキアヴェリ[★244]であり、バルザック[★245]

であり、フーリエであり、また敢えて言うなら、スウィフトであり、サドであり、フロイトであったと私は信ずる。支配の歴史が終らない限り、暗黒小説作者はバラ色小説作者よりもつねに貴重な真実を語ってくれるのだ。

人間の本性が基本的には変更できないという信念にもとづく、絶望的暗さを伴なった、ペシミスティックな、破壊的なフロイトの人間観は、額面通り受け取れば、きわめて反動的に見えるであろう。しかしその道徳的要素と社会学的要素とを厳密に排除する徹底した生物学主義は、サドの作品と全く同様、ある絶対への意志、超越への意志を担っていた。抑圧のない文明はあり得ないという精神分析の根本的命題は、だからこそ歴史的偶然において、すべての組織された支配の文明は生物学的発達の必然的な結果であったという事実の同語反復にすぎない。フロイトは現在から将来への文化を、自由主義的モラルの枠の中からバラ色に描き出すことを好まず、文明の発展そのものが招いた苦悩や悲惨の地盤に立って、まざまざと暗黒に描いて見せた。これほど非政治的なスタイルはない。これほどPTA的精神、講壇（こうだん）哲学者的精神から遠いものはない。深いイロニーとユーモアの主調に貫かれたフロイトの全著作は、あのスピノザ[★246]の苦渋にみちた精神と同じ精神の所産なのであって、そこには支配的なイデオロギーからの借りもの、虚偽の道徳性が何一つとしてないのである。

フロイトによれば、文明が支配する限り、抑圧と不幸はなくてはならないものであり、幸福になるという快楽原則の目標は、よしんばその達成への努力を捨てないにしても、永久に達成され得ない底(てい)のものである。すなわちそれは、社会的な現実の枠の中における安直な解決の一切を拒否し、与えられた人間性を既存の社会の中で実現されるべき価値として認めず、理想社会の到来を無限の未来へ押しやることを意味した。ところで、レーニンは共産主義の高度の段階について、「いかなる社会主義者も、その到来を約束しはしなかった」(『国家と革命』)という点を強調している。絶望から行動への飛躍、必然性の王国から自由の王国への非情な断絶のダイナミックがそこにはあるであろう。フロイト理論の語られざる部分、その最も進んだ立場におけるダイナミックを、未来への有効なスプリング・ボードとして利用しようとしたのが、シュルレアリストであった。(もとより日本の自称シュルレアリストや自称マルキシストには最初から縁もゆかりもない話である。)

「原則的に夢とは相容れない慣用語で夢について語るのは残念な次第である。論理家や哲学者たちは、一体いつ眠るのだろうか」とアンドレ・ブルトンは超現実主義第一宣言で書いた。ヘーゲルの体系の巨大な崩壊を示すべき、この無意識の領域の探求、この道徳的なタブーの暴露、つまりこの詩の実践は、ブルジョワ社会の最も大切に保護された層への全面攻撃にまで延長する。真の自由はただ観念の中にだけ存在するというヘーゲルの弁証法は、確立した現実原則によって組み立てられた枠の中から一歩も外へは出られなかった。すなわち、行き着く先は道徳国家である。高度に発達した意識の領域と、それが生み出した道徳社会や理想国家の内部に、よしんばどんな自由があったにせよ、その自由はたかだか抑圧によって変容された自由、幸福の幻影、昇華にすぎない。「夢と相容れない慣用語」とは、かような支配のロゴス、疎外を通じて巨大な体系を打ち建てた進歩の幻影をあらわす論理であろう。

「真の文明は決してガスの中にも蒸気の中にも在るのではない。真の文明は実に原罪の痕跡の滅却にある」というボードレールの寸言(すんげん)は、「合理的なものはすべて現実的である」というヘーゲルの有名な命題の、その観念論的傲慢への不信であり、嘲笑であって、おそらく作家の表面の意識を裏切って、自由と必然の一致する王国を歴史の窮極の未来に夢みたことの結果であろう。だからこそ「進歩を当てにするのは怠け者の学説である」という言葉が、ボードレール個人の異様な真実をもって迫るのである。

フロイトの発見したものに革命的な意義を認めたアンドレ・ブルトンは、一九三五年にこう書いた、「夢みなければならない、とレーニンは言った。行動しなければならない、とゲーテは言った。この対立の弁証法的解決をこころざす以外、シュルレアリスムはいかなることにもその努力を向けないだろう。来るべき詩人は、行動と夢との回復しがたい離反があらわす衰弱した観念を克服するであろう……」

当然のことながら、ロゴスという伝統的な定義とは対照的な、エロスとして存在の本質を規定するフロイトの本能論は、現実原則の相対的歴史的性格に反対する、強力な論拠のひとつを提供する。本能の主権を是が非でも認めようとする詩人が、こういう理論に飛びつかないはずはない。フロイトによれば、本能そのものが歴史的なのであるから、歴史構造と本能構造とを区別するのは原理的にナンセンスである。歴史によって実現される絶対は、果して意識の構造自体を変革し得るであろうか。意識の構造にとってはつねに非歴史的な問題が存在するのではなかろうか。――これがブルトンの正統マルキシストに絶えず投げかける疑問であり、一貫して変らぬシュルレアリスムの存在理由でもあった。つまり、芸術の革命は必然的に芸術自体から由来するものでなければならないという思想である。しかしながら、現実原則に従って、自由に課せられたもろもろの限界を、一時的なものにせよ受け容れるのを拒否し、あらゆる体制化への動きを厳重に警戒しようという思想は、想像力の領域、詩においてなら知らず、政治理論の面では（とくに体制化への理論づけが必要とされる時代には）しりぞけられる運命を見る。果然、ここにおいて彼らの考えは、一国社会主義を強行しようとするスターリン[★247]の後退政策と真向から対立し、トロツキー★248の永久革命論に傾いて行かざるを得なかった。
ふたたびブルトンの言葉を引こう、「僕は旧世界のあまりにも蝕(むしば)まれ弱体化した社会的基礎を変えようとする現下の横柄な必要に対して、来るべき革命の中にも、同時に明らかに歴史の目的となるような目的を見まいとする同じように横柄な別の必要を、飽きずに対立させるだろう。この目的は僕にとって、人間および人間一般の永遠の目標を認識すること以外にはないだろうし、革命のみがその目標のために十分な認識を与えてくれるだろう。」(『連通管』一九三二年)
大戦以来シュルレアリスムは、生活と意識の領分を拡大しようという、運動本来の革命的意図を放棄して、過去から現在(ダンテからジュリアン・グラック)に至るシュルレアリスムの文学史をつくるという、純粋に芸術的な探求の面に屈折してしまった、というのが一般の意見のようである。しかし、果してその通りだろうか。『即位式の決裂』(一九四七年)において、ブルトンは次のごとく結論している、「人生に対するランボオの要求と世界に対するマルクスの問いかけとは、現在もなお、人間の最も深い内奥で鳴りひびいているはずである。しかし意識の理性的合理的な歩みが無意識の熱狂的な歩みを追い越して以来、つまり、神話のなかの最後の神話が故意の瞞着(まんちゃく)のうちに凝結してしまって以来、認識と行動を可能にする秘密は、久しく失われてしまっている。今こそ、人間を人間の窮極目的の彼方の段階へ導いて行くのにふさわしい、新しい神話をつくり出すべき時だ。この企てこそ別してシュルレアリスムのものであり、それは歴史との偉大な会合点であろう。夢と革命とは手を握るべきものであって、相容れないものでは決してない。革命を夢みることは、革命を断念することではなく、むしろ心的な制限を設けずに革命を二倍にすることである。」

これは詩人の言葉による鋭いスターリン体制批判であり、新たな何らかの原理を示唆するものであろう。そしてまた、たとえばブルトンは詩作においても、労働の讃美という反革命的な意識を痛烈に攻撃することを忘れてはいない。

労働の番人は
みずからの献身の犠牲者だ

フロイトは、疎外された労働の王国が不自由の王国にほかならないことを再三指摘して、生産性の哲学が背後に秘めている反人道的、反革命的な力を遠慮なくあばき出した。抑圧された文明における労働が、個人の自由な自我実現という形をとらず、機械的な日常活動の体系になるのが必然的であれば、工場の流れ作業やトラクターの大農組織による作業などを讃美することは、非人間化を快楽とする疎外の形式の最高段階である。疎外された労働の中での満足は、原初的な本能（それは遊びであり、肉体のエロス化でなければならない）とは無関係な、それ自体抑圧の徴候である。もし魅力のある労働の可能性があるとすれば、それはリビドー的な力の解放からのみ起るであろう。文明の不足と疎外を征服した結果として生ずる労働は、ただちにエロティシズムと結びつくような、一切の抑圧と搾取を否定する非生産的な観念でなければならないはずだからである。

労働の事故は
理性の結婚よりもっと美しい……

非合理の表現——映画と悪

かつて無声時代にポオの『アッシャー家の崩壊』を映画化した、すぐれた理論家であるジャン・エプスタン[★249]の説によると——ランボオから超現実主義者まで、言葉乃至(ないし)あらゆる文明の合理的束縛を脱したと信じた作家たちさえ、実は表現というものの論理的構造を複雑にするか、もしくはそれに気づかない振りをすることにしか成功せず、結局のところ、詩の問題を解決するのに、あらゆる文法的数学、文章構成法的代数学を従来どおり利用しなければならなかった。非合理的なものを文字によって解放しようという、この不毛に終らざるを得なかった試みに反して、映画は、幸いにして、その抽象力の本質的無能、論理的構造の貧困、等々によって、知的理解に訴えるという面倒な手続を踏まずに、一足とびに非合理の世界に推参(すいさん)することが出来る。つまり、書物があくまで理性の篩(ふるい)にかけて感情に訴えるのに対して、スクリーンの映像は、パスカルに倣って言えば、ただ「幾何学的精神」の上を滑って行くだけで「繊細の精神」に到達することが出来る、というのである。

考えてみれば、これはまことに当然なことで、もしかしたら映画の発明は、文明の歴史において、グーテンベルク★250の発明と同じくらい重要なエポック・メイキングではなかろうか。なぜかというに、読書というものが、抽象力とか、分析力とか、演繹（えんえき）的思考力とかいった、いわば後天的な、知識の領域に属する能力を発展させる傾向にあるのに、映画はより原始的な、より基本的な能力、すなわち感動とか、帰納（きのう）的思考力とかいうものをそのままフルに利用することによって成立しているので——映画が一億総白痴化に拍車をかけていると道学先生に非難される点も、実はここ以外にはないのであるが——しかもそれのみが映画の唯一の美点であることは、この衰弱した文明世界において、理性の枠をいとも容易に脱出することの出来る表現形式が、スクリーンの上の映像以外にはないという事実から、私たちがどうしても認めねばならないぎりぎりの拠点なのである。

したがって映画は、本質的に非合理の表現であり、太初（たいしょ）のロゴスが神とともに古く、神そのものであるとすれば、映画は悪魔の申し子であると言うべきだろう。たとえば、私たちが単に心の底で、あの男を殺してやりたいと思ったとしても、それは未だ悪でも何でもない。悪というのは観念であり、思想であるから、言葉にならなければ、ついに実現しない。しかしまた、言葉になると同時に、殺人の狂暴な反理性的衝動は、表現というものの陥る相対性の罠によって、翼をむしられた猛禽のごとく、いわば理性に飼い馴らされた存在となってしまう。ドストエフスキー[251]、サド、あるいはフォークナー[252]などといった作家が、いずれもこの相対的の矛盾——物自体としての悪と思想としての悪、つまり暴力と表現の二律背反——に悩まねばならなかったのは、周知のところである。

しかるに映画は、この問題を見事に解決する。いや、解決と言っては言い過ぎだろう。映画は、物自体としての悪を描き得るのだ。言葉をかえれば、ついに悪の思想たり得ない悪、つまり物と物との暴力的なぶつかり合い、引き裂き合いの様相を、理性の管理に委ねることなく、あるがままに呈示し得るのだ。文学が言葉によってイメージを喚起するのに対し、映画はイメージそのものが出発点なのである。悪が矛盾という形で露呈される最も革命的な表現能力が、映画の本質的な機能のうちにふくまれているのは、もしかすると映画の存在理由のすべてであるかもしれない。

ではその革命的な表現能力とは、何か、おそらくルイ・デリュック[253]が発明したフォトジェニー[254]という概念がこれに当るだろう。映画が非合理の表現であり、悪魔的性格をあらわすということも、エプスタンの指摘のとおり、運動のフォトジェニーの本原的なデモニズムから直接に由来するものと見るべきである。理性はその固定した規則によって、本能の世界を絶えず転覆させようとする暴風、情念の領土を揺さぶる永遠の激浪に、ある種の秩序、節度、相対的な安定性を課する。理性はともすると動きたがる暴力の番人であり、悪の不動の裁き手である。理性の落し子である文学も、迂遠な方法でつねに理性の側に左袒する裏切者である。理性が不変のものであるという主張が間違っているとしても、それが最も動きの少ない精神のファクターを構成しているのは確かであろう。従って運動のフォトジェニーの法則は、すでに当初から、映画的再現にとって、世界のどんな合理的解釈よりも、直観的・感情的概念、さらに言えば暴力的・秩序破壊的概念の方にはるかに適していることを予見させるに十分なのである。これを革命的と言わずして何と言おう。

　私たちの文明世界では、数限りない威圧的な社会の拘束が、個人的欲望を徐々に小さく細分し、わずかにその一小部分の充足をしか許さない状態になっている。私たちは一見したところ社会の秩序に擁護され、また私たちも最大限に秩序を遵奉しているように思われるが、その実、私たちはてんでにこの規則を何らかの仕方で破らなければ一刻も生きて行けないにちがいない。これが文明生活のグロテスクな内面心理であって、人間はつねに抑圧に抗し、禁止を破り、病理学的な精神状態（たとえばサディズム）に移行しようとする不安な傾向におびえている。ワイセツな妄想と残酷な欲望を頭にいっぱい詰め込んだ人間が、満たされない潜在的な本能の重荷から解放されるためには、三つの手段のあいだで選択が行われねばならない。その一は、禁止された行為を外部的現実において達成すること、つまり反社会的な欲求に負けて禁を犯すこと。その二は、社会的に無害な心理的外界に実現させるという、擬装の満足に欲求を馴致させること。その三は、一種の詭計を用いて、社会的に有効な一つの作品のなかに充足せしめられるような、欲求の転換ないし昇華を工夫すること。社会道徳的にみて、三番目の解決が最も好ましいのは言うまでもないが、これは大多数の平均的人間に欠けている創造的能力と状況との兼合いから生れる個人的能力に由来するから、特殊な場合である。だから、より安易な第二の解決が、平均的文明人の精神的均衡を保つ重要な手段となる。これには想像力さえはたらかせればよいのであって、この見地に立つと、ストリップ小屋やエロ雑誌も、なくてはならない衛生施設になる。つまり想像力は、人工的に企図された外部的現実によって補われ、触発されて、初めて十全の活動を見るのである。そして心理的な実現はあくまで無害であろう。

かくて、私たちの想像力の餌となるべく提供された諸施設は、毎日の新聞雑誌からあらゆるスペクタクル[★255]に至るまで多々あるが、その中でも映画ほど直截かつ能動的に、想像力に同化されやすいもの、やり場のない激情の発作を吸収するのに最も好便な夢想の状態を導きやすいものは、おそらくどこにもないのである。だから逆説的に言えば、映画的再現が最も利用すべき領域は、反社会的・秩序破壊的傾向を胚胎すべき夢想の領土であって、こういう領土に実現された映画こそ、実は最も道徳的な作品なのである。またこれこそ、よかれあしかれ映画がプロパガンダとして最も強力な武器である所以のもので、レーニンの「映画はソヴィエトにとってあらゆる芸術の中で最重要なものだ」という言葉が吐かれたのも、あるいは多くの映画人によって史上最高の傑作と称されているエイゼンシュテイン[★256]の『戦艦ポチョムキン』が、オデッサ叛乱[★257]の実録から想を得ているのも、この説をはっきり裏書きする事実のように思われる。

破壊の映画は、はたして現実に破壊を助長するであろうか。それとも破壊の欲求を心理的に実現して、事足れりとするであろうか。しかしこんな問題は、私にはつまらない俗論のように思われる。なぜなら、煎じつめれば、破壊が必要だからこそ映画がそれを描くにすぎないのであるから。

今日映画館で恋愛作法を教わる青少年がいかに多いとしても、自然が芸術を模倣するなどというワイルド流の思想は、俗論中の俗論で、たとえばジュールス・ダッシンの『男の争い』を見て、強盗の手口を教わり、実際に宝石商に押し込んだ人間があったとしても、その道義的責任は強盗に入られやすい宝石商の側、ひろく言えば宝石商の存在をふくんだ文明の側にあると見た方が、よっぽど気が利いているだろう。だいたいが、人間の側に罪を帰するという思想に私は反対なので（罪と悪は別である）法律が何らかの裁決を下すのはまあ仕方がないとしても、社会心理学者などという得体の知れないトンチキが、犯罪者すべてひっくるめて精神薄弱者の範疇に分類するなど、自分の精神薄弱ぶりをさらけ出した醜悪事としか私には思えない。人間を救おうとして、その生ぬるいヒューマニズムが却って人間を侮辱する結果になった好個の例が、これである。

映面は、こういう汎理性主義、こういう不毛な教養主義が陥った愚かな迷信から、人間の過激な力とセックスの正統性を回復し、何らかの有効な結論をそこから引き出せるような、まことの現実に私たちを直面させてくれることをもって、その本来とすべきである。そこでは禁止の鎖が一時的にせよ、解かれる。周知のごとく、現実社会では、全面的な禁止は一般に挫折し、禁止すべき対象事項のそれよりもさらに甚だしい無秩序を生ずるのが慣いである。かかるとき、ひとは禁止された本能を反逆に助長するか、さもなければこの本能を支配し、鎮静し、想像裡の欲求充足を楽しみつつ、かつて激越な性質をおびていた本能を中和させ、無効なものにするしかない。ところで、人間の本性は隣人愛的傾向のみとは限らぬ。人類の黎明期は（一個の人間の幼年期とも符合するが）盗みと、殺戮と、エロティシズムの小宇宙である。第三紀中新世までさかのぼることの出来る人類の歴史は、永遠の生存競争と、強者の法律への強制的従属と、狩猟時代以来私たちの種のなかにまで深く染み込んだ反射運動の必要の、古い遺産ともいうべきものを離れて考えることは絶対に不可能である。ごく最近に成立した近代の相対的社会組織が、文明の名によって、この厳しい本能をすでに廃れたものとして抑圧することを命じたとしても、私たちは、どこかこの世の中ならぬノー・マンス・ランドに、この一般に無効と見なされた熾烈な本能の流れのはけ口を求めなければ、私たちの人間の全体がねじまげられ、生き続けて行くことが不可能となってしまうにちがいない。事実、私たちの精神は、かかる目的に応じたノー・マンス・ランドをおのおの内部につくり上げ、ギャロップの足並で駆け戻って来る暗い原始の欲望に道をひらく術を知らないわけでは決してない。しかし、この必要な悪を一般的たらしめるのが、あらゆる精神の創造物にまして、映画の夢の世界であることは異論の余地がないはずである。一時間ないし二時間、アッチラ王[★258]の劫掠や、ルイ十四世の豪奢や、アル・カポネ[★259]の残忍や、ビリー・ザ・キッド[★260]の悲劇や、あるいはマリリン・モンロー[★261]そのひとに具現されたエロティシズムの幻影に酔うことが出来るというのが、そもそも映画の唯一のモラルなのである。

「愚かな大衆は、実際には絶望的なものにすぎない殺人への情熱的な訴えを《美》とか《詩的》とか考えた」とルイス・ブニュエル[★262]が言うように、この意識の底に眠っている非合理の力を白日の下にさらけ出すのに、映画という形式を最も野心的に利用しようとした最初のひとたちが、シュルレアリストであったのは偶然ではない。超現実主義は意識の革命であったから、意識を外在化させるためにフォトジェニックな物体を選んだので、それが期せずしてドキュメンタリズムの流れと結びついた。映画史家ではないから詳しいことは知らないが、最近めきめき腕を上げたジュールス・ダッシン——このひとはセミ・ドキュメンタリー[★263]から出た作家であるが、『宿命』の冒頭で、まずぴかぴかに磨かれたトルコ軍人の長靴が、長靴をはいた二本の脚が、あたかもエッフェル塔のごとく大きく踏んばって威丈高に前景に屹立(きつりつ)する。こんなのがフォトジェニックな効果なのだろうと、私は私なりに想像している。同様に、『ロス・オルビダドス』(『忘れられた人々』)以来、問題作『天国への階段』も『エル』も日本ではいっかな公開されないルイス・ブニュエル——このひとはシュルレアリスト出身だが、クロード・モーリヤック[★264]によれば、この『黄金時代』の作家の「倒錯(とうさく)的な残酷趣味、苦痛と悪へのノスタルジーは、シュルレアリスムのものであるよりはむしろこのシュルレアリスト独自のもの」であって、後に「同じ作者の素晴らしい長篇ドキュメンタリー『パンなき土地』を見るにおよんで初めて、私たちはそのことを知った」という。

なおクロード・モーリヤックは、次のごとく続けている、「『忘れられた人々』の中の幾つかの映像をほとんど堪えがたいものたらしめているサド＝マゾヒズム。それは純粋性への一種狂暴なノスタルジーと混じり合って、フィルムの夢魔的なシークェンスのなかで最高潮に達する。こうして私たちはふたたび一種のドキュメンタリー★265を持ったのであるが、それは作者の表面的な関心事についてのドキュメンタリーであるよりは、むしろはるかに作者の内面生活についてのドキュメンタリーであった。この意味でブニュエルのこの作品は、あのあらゆる欠点にもかかわらず、ハリウッドが歎かわしくも相変らず手がけることを止めない贋(にせ)の精神分析映画の、まさに対蹠(たいしょ)的作品である。ハリウッドの映画では、強迫観念とか、夢とか、狂気とかが、明らかにフロイディズムを通俗化しようとする半可通(はんかつう)の輩(やから)によって、外部から模倣されているのに、ブニュエルはその最も素晴らしい瞬間において、まったく別のものを私たちに語っているつもりなのだ。彼はフロイディズムを解釈以前に、第一原因として、自然発生的に私たちに提供するのである。」

意識を外在化させようとする超現実主義の手法と、外部世界にアクチュアリティーの真実を汲(く)もうとするドキュメンタルな手法とが、ひとりのすぐれた映画作家の内面的発展にともない、とくに映画的再現によって固有の領土ともいうべき思想以前の悪の世界——フロイディズムその他もろもろの思想によって解釈される以前の、すなわち図式的な言い方をすれば、人間的本性であるサディズムと社会的貧困および階級対立といった諸悪——の描出において、あたかも一つの源から発した水脈のように、ついには同じ方法的精神に帰着するのを見ることは、非常に興味ぶかいものがあるが、考えてみれば、これほど当然すぎることはないのかもしれない。

だから、私は極言すれば、悪として描かれた悪はすでに今日の映画的再現にとっては大して意味がない、と言いたい。論理の飛躍のようであるが、必らずしもそうではない。善だとか悪だとかいう小うるさい論議は、何も映画が進んでこれに参加しなくたって、数世紀以来文学が飽きもせずにかかずらわって来た問題である。それは理性の問題であり、文明の問題であり、言語の問題であり、要するに、神の競争者であるとうぬぼれた人間が考え出した問題である。映画は、前にも述べたように、動揺するイメージが悪魔の申し子であることをみずから証明している芸術であるのだから、その本来にふさわしく、言葉以前の悪、物自体の悪を描き、あらゆる理性の羈絆（きはん）を脱した夢想の世界のリアリティーを求めればよい。それこそが映画の道徳性であって、あらずもがなの倫理的価値判断の基準をふくんだテーマは、却って映画独自の世界の純粋性——すなわち映画の詩——を傷つけることにもなりかねない。

とはいえ、キャロル・リード[266]やマルセル・カルネ[267]の作品的完成は、むしろ文学に近いのではなかろうか、という疑問がないでもない。カルネは宿命の詩人だから、ともかくとしても、悪を描くシネアストとして、先ず私の頭に直ちに浮んだのは、『第三の男』や『鍵』のキャロル・リードであった。……映画独自の表現能力は動く映像、言葉や思想とは異なる自然の側に属する「物」によって成立している。しかしまた、映画が思想の具体的表現として意識的に方法論的追求がなされれば、どうしてもそこに不純な要素、いわば映画の言語的機能を果たす要素ともいうべきものが生れて来るのは、当然の成行である。

モンタージュ[268]とか、コンティニュイティー[269]とか呼ばれるものがそれで、これはなんらかの思想の伝達を重んずる制約から発生した、一種の演繹的精神の方法と考えられる。いわば映画の芸術的進化であって、見方によっては確かに文学に近くなったとも言えるが、もともと非合理の表現をその本来としていた映画独自のフォトジェニックな強さは、おそらく相殺(そうさい)される破目にあうだろう。だから、最近の若いフランスの有能な作家たちがフォトジェニー主義復活の動きを見せているのは、単なる復古運動ではなく、第二次大戦後ふたたび世界中の流行となった芸術における非合理主義――実存主義的風土ともいうべき――の趨勢(すうせい)に対応した動きと見て差支えないのではないか。

たとえば、最近の『死刑台のエレベーター』[★270]のなかで、深夜にスポーツ・カーを盗もうとした不良少年ルイが、モーテルの相客たるドイツ人夫妻をまったく呆気なく射殺してしまう場面、これが、いかなる意味でも悪の表現となっておらず、未熟な思想以前の現実であるのに、私は目を見はって、この若い監督のみごとな現実処理の手ぎわを歎賞したのであった。

初版あとがき

今ふっと気がついたことだが、外国の本には「あとがき」というものがない。あるのはアヴァン・プロポ（序言）ないしアヴェルティッスマン（読者への勧告）のみである。これから自己の所信を展開するに先立って、まず考えの方向をはっきり打ち出し、併せて読者にこれを受け容れる準備態勢を要求する――これが西欧の著者たちの、いやしくも物を書く人間の、義務であり権利でもあるのだろう。しかるに「あとがき」とは何か。すべてを言いつくした後に、何を語るべき権利と義務があるのか。大方の著者たちは、しかし、そこにすべてを語った後の若干の自負と、語ってもなお語りつくせなかった若干の憾みとを、臆面もなく書きつけることをもって「あとがき」本来の存在理由と心得ているようである。語りつくした後には、沈黙しかない。語りつくせなければ、ページ数をふやすしかない。どこに「あとがき」の入り込む余地があろう。くだらぬ私事を書きつけるに至っては、論外である。

そうは言っても、私が「あとがき」無用論を書くためにはやはり「あとがき」がなければならないし、近頃では本文より先にまず「あとがき」に目を通す読者も多いというから、これは実質的には序言と異ならないかもしれない。とすれば、この「あとがき」否定のための「あとがき」は、これから本文に入るための序論としても、本文を読み了えた後の結語としても（否定のはたらきは両刃の剣だ）まことに当を得た位置を占めるであろう。日本的因襲にも存外取得があるというものである。

一九五九年八月

澁澤龍彦

付記。——装幀および挿絵の仕事をお願いした加納光於氏とは、銀座の画廊で名乗り合ってから相識った。にこにこ笑いながら、「ビュッフェは通俗的で、きらいです」などと、はっきり言うひとである。銅版画の領域で他の追随を許さぬ繊細な卓れたメチエを示す氏は、同時にサドのよき理解者でもあった。この上ない協力者を得たことを嬉しく思う。

新装版あとがき

これは私の最初の評論集である。

いま、初版本の奥付をしらべてみると、昭和三十四年九月十五日発行と書いてあるから、この本が初めて世に出たのは、正確なところ、六〇年安保騒動の絶頂期の九カ月前だったということになる。

むろん、その当時は、まだサド裁判も始まってはいなかったし、問題になった私の飜訳『悪徳の栄え』(続)も、まだ刊行されてはいなかった。サドに対する一般の認識も、現在ほどには深くなかったはずである。

初版本の『サド復活』は、その頃知り合ったばかりの加納光於氏の装幀で、本文中にも、氏の銅版画が挿絵として多数挿入されていた。

それからほぼ十年後の今日、ふたたび私の『サド復活』が、装い(よそお)を新たにして、世に出ることになったわけである。十年の歳月のあいだに横たわっているものを考えると、しかし、私の感慨も一入（ひとしお）である。

昭和四十五年八月

澁澤龍彦

注釈

［暗黒のユーモア］

★1―**ボードレール（シャルル・）** 一八二一～六七年。フランスの詩人。異端的な生活や美意識により、独特な近代性に貫かれた詩や文明・美術批評を展開。象徴詩派や後世の芸術家に大きな影響を与える。主著『悪の華（はな）』『パリの憂鬱』。「悪魔への祈り」は『悪の華』中の最後の作品。

★2―**ウィリアム・ブレイク** 一七五七～一八二七年。イギリスの抒情詩人。人間と社会の光と陰の部分の矛盾を歌い、文明批判的で幻想的な神話世界を構築した。装飾的な絵も得意とした。主著『無心のうた』『天国と地獄の結婚』など。

★3―**ロマン主義** 十八世紀の後半から十九世紀の前半にヨーロッパで起こった文学・芸術運動。古典主義や当時の趨勢であった近代的な合理主義への反動として起こり、自我の解放を目指した理想・神秘主義を特徴とする。ワーズワース、バイロン、ゲーテ、ノヴァーリス、ルソー、ユゴーらが中心人物。

★4—**ロートレアモン伯**　一八四六〜七〇年。フランスの詩人。その生涯については知られるところ極めて少ないが、主著『マルドロールの歌』は変幻自在な人間精神のテクストとして二十世紀のシュルレアリストらに再評価される。

★5—**フロイト（ジグムンド・）**　一八五六〜一九三九年。オーストリアの神経病学者。精神分析学の創始者として二十世紀に大きな影響を与える。性的衝動を根底に置き、無意識の構造の解明を試みた。また精神分析の立場からの文化や宗教についての優れたエッセイも数多い。主著に『夢判断』『精神分析学入門』。

★6—**ロベール・デスノス**　一九〇〇〜四五年。フランスの詩人。初期はシュルレアリスムに傾倒してネルヴァルなどを発掘し、自らも夢幻的な詩を書いた。収容所で死ぬまでの後期は、下町風の美しい詩を書いた。主著『肉体と資産』『愛なき夜ごとの夜』など。著者はデスノスの『エロティシズム』を翻訳している。

★7—**ローラン・ド・ルネヴィル**　一九〇三〜六二年。フランスの詩人・批評家。マラルメ風の象徴詩を得意とし、詩作を通しての創造的精神の研究をした。主著『夜、精神』『見者ランボオ』。

★8—**サルトル（ジャン・ポール・）** 一九〇五～八〇年。フランスの哲学者・作家。実存主義の思想家として世界的に影響を与えた。アンガージュマン（社会参加）の文学を目指し、人間の実存への洞察による作品・論考を書いた。生涯にわたる政治参加や論争は有名。主著『存在と無』『弁証法的理性批判』『聖ジュネ』。

★9—**アンドレ・ブルトン** 一八九六～一九六六年。フランスの詩人・思想家。シュルレアリスム運動の創始者。自動記述の実験などにより思考と想像力の解放を実行した。夢や狂気を積極的に評価し、政治的活動などにより運動のリーダーをつとめた。主著『磁場』『狂気の愛』『魔術的芸術』。

★10—**カバラ** 中世以降発達したユダヤ・キリスト教の神秘主義の体系。西洋神秘主義の中核をなす。善悪を含むものとして魔術や神秘思想と結びついて、強烈なイメージで多くの神秘主義者を生んできた。

★11—**超自我** フロイトがエス（イド）、自我とともに精神を構成する要素と考えたもの。特にエスの衝動的な作用を抑制する働きの「良心」や「罪悪感」にこの名を与えた。

★12—**ジャリ（アルフレッド・）** 一八七三～一九〇七年。フランスの作家。アナーキーな笑いや不条理の色濃い作品を書き、シュルレアリストや未来派や不条理演劇に影響を与えた。主著『絶対の愛』『超男性』（著者による翻訳もある）。

★13―ニーチェ（フリードリヒ・）　一八四四～一九〇〇年。ドイツの哲学者・詩人。キリスト教に代表される超越性を批判して、詩的な直感と洞察力により精神の自由を顕彰するその哲学は、二十世紀の芸術や思想に多大な影響を与えた。主著『反時代的考察』『ツァラトゥストラかく語りき』。

★14―デペイズマン　元来は「環境を変える」という意味だが、シュルレアリスム芸術では、「コウモリ傘とミシン」のように、あるべきでない所に物があることで、驚きや奇異の念を呼び起こす効果をいう。

★15―ルネ・デカルト　一五九六～一六五〇年。フランスの哲学者。数学と自然学の研究から、直観と演繹（えんえき）と人間の自由意志による科学的な方法で精神と物質の二元論を提唱。近代哲学の基礎を築いた。主著『方法序説』『情念論』。

★16―ブルクハルト教授（ヤコブ・）　一八一八～九七年。スイスの文化史家・美術史家。芸術の歴史を作品とカテゴリーの歴史であるという歴史叙述を確立し、文化史にも適用した。イタリアの古典美術の泰斗（たいと）。ニーチェの友人でもあった。主著『イタリア・ルネサンスの文化』

『世界史的考察』。

★17―『フィガロ』　フランスの代表的な新聞。一八二五年に創刊された。ほぼ一貫して保守派に属し、文壇や社交界の記事に定評がある。香水王コティの所有など、いくたびかの紆余曲折をへて現在に至る。

★18―レセップス（フェルディナンド・デ・）　一八〇五～九四年。フランスの外交官。リスボン、カイロ、マドリッドの領事や大使を歴任。スエズ運河建設の功労者。

★19―アルフォンス・ドーデ　一八四〇～九七年。フランスの作家。少年時代の苦境を乗り越えて、写実的で抒情的な作風の小説や戯曲を書いた。主著『風車小屋便り』。もちろんこの文脈では幸福で家庭的なアカデミー会員作家に対する皮肉。

★20―ストリンドベリ（ユーアン・アウグスト・）　一八四九～一九一二年。スウェーデンの劇作家。貧困と放浪の体験から、理想主義とそれに相反する嘲笑や反抗の姿勢という二極を持ち、その振幅を彷徨う作品を書いた。主著『赤い部屋』『女中の子』。

★21―ランボオ（アルチュール・）　一八五四～九一年。フランス象徴派の詩人。鋭い言語感覚で葛藤する内面を描いて天才詩人の名をほしいままにした。ヴェルレーヌとの交友など、天才神話の中に生きた詩人。主著『地獄の季節』『イリュミナシオン』。

★22—**カフカ（フランツ・）**　一八八三～一九二四年。ドイツ語で作品を書いたプラハのユダヤ人作家。日常の裏側にある理不尽な世界を描き、死後から現在までさまざまな解釈がなされている。文明と精神の向こう側にある奇妙な世界像を提示して、二十世紀の文学に大きな影響を与えた。主著『城』『変身』。

★23—**アリストファネス**　前四四五頃～前三八五年頃。古代ギリシャの喜劇作家。抜群の諷刺とパロディの才で、市民の声を代弁して当時の施政者の政策を批判した。主著『女の平和』『蛙』。

★24—**スウィフト（ジョナサン・）**　一六六七～一七四五年。ダブリン生まれのイギリスの諷刺作家・ジャーナリスト。生来の論争的性格とアイルランドへの愛国心から、毒舌と逆説と風刺精神あふれる物語やルポを書いた。主著『貧民児童利用策私案』『ガリヴァー旅行記』。

★25—**ポオ（エドガー・アラン・）**　一八〇九～四九年。アメリカの詩人・小説家。破滅的で波乱に富んだ生涯のなかから、異常な精神や美のあり様を理知的な文章で描いて、ボードレールなどに影響を与えた。推理小説の開祖としても有名。主著『黒猫』『アッシャー家の崩壊』。

★26—**ヴォルテール**　一六九四～一七七八年。フランスの作家・思想家。シェークスピアの影響から、諷刺豊かな哲学的小説、文明史的な歴史書や散文を数多く書き、フランスの知性を代表する作家となった。主著『哲学書簡』『風俗試論』。

★27—**ラブレー（フランソワ・）**　一四九四?〜一五五三年。フランスの作家・医師。修道生活を捨てて作家になり、その荒唐無稽で民衆的な笑いを代弁する『ガルガンチュワ・パンタグリュエル物語』で、従来の文学的伝統の枠を破る途方もない想像力と諷刺精神を発揮した。

★28—**人肉嗜食（アントロポファギア）**　宗教的な意味での人肉嗜食は死者への畏れから来ていることが多い。また性的倒錯による例もあり、『悪徳の栄え』にもエピソードが描かれている。またフローベール『サランボー』、上田秋成『青頭巾』などは人肉嗜食の欲望を描いた作品。

★29—**ナダール**　一八二〇〜一九一〇年。フランスの写真家。肖像写真家としてボードレール、ベルナール、デュマなど数々の芸術家・俳優の写真を撮った。さらに航空写真や人工照明での写真など数々の実験的写真によって、写真を芸術の域にまで高めた世界的写真家。

★30—**モンテーニュ（ミシェル・エイケム・ド・）**　一五三三〜九二年。フランスの思想家・モラリスト。広い学識と経験によって、古典時代と近代の転換期を象徴する自由で科学的な思考を実践し、パスカルやルソーなどに影響を与えた。主著『エセー』『イタリア旅行記』。

★31—**バロック**　端正な構成美を重んじるルネサンス芸術に対して、十六〜八世紀初頭にかけて行なわれた動的でグロテスクでキッチュな芸術運動。ブリューゲルやジャック・カロなどが有名。後期はマニエリスムも派生して、十九世紀末や現代で再評価されている。

★32―**グザヴィエ・フォルヌレ**　一八〇九～八四年。フランスの詩人・作家。ロマン派的心情によるブラック・ユーモアやイロニーの世界を描いた。主著に『草叢のダイヤモンド』『失われた時、断片のなかの断片』。フォルヌレを日本に最初に紹介したのは著者。著者はフォルヌレの『草叢のダイヤモンド』（短篇）を翻訳している。

★33―**ルネ・ドーマル**　一九〇八～四四年。フランスの詩人。オカルティズムや神智学やシュルレアリスムに影響を受け、神秘主義的な詩を書いた。フランスにインド文化や東洋思想を移入し、『リグ・ヴェーダ』などを翻訳した。主著『類推の山』『大酒宴』。

★34―**ルクレティウス（カールス・ティトゥス・）**　前九四頃～前五五年頃。ローマの詩人・哲学者。人間を宗教の束縛や死の恐怖から解放するために、自然の原理と構造を解明した。その生涯は謎だが、狂人で自殺者という伝説がある。主著『物の本性について』。

★35―**ペロポネソス戦争**　前四三一～前四〇四年に行なわれたアテナイとスパルタの間の戦争。ほとんどの都市国家が参加し、アテナイが降伏し、以後ポリス社会は衰退期に入った。

★36―**カミュ（アルベール・）**　一九一三～六〇年。アルジェリア生まれのフランスの小説家・劇作家。人間の不条理の意識を表現し、同時にそれと戦う人間像を提示した。実存主義の作家として世界的に活躍し、サルトルとの論争も有名。主著『異邦人』『ペスト』。

★37―**ガッサンディ（ピエール・）**　一五九二～一六五五年。フランスの唯物論哲学者。アリストテレス哲学やデカルトの観念論に対立して、人間の感覚の解放と幸福を追求するエピクロスの哲学を復活させた。

★38―**ピエール・ベール**　一六四七～一七〇六年。フランスの啓蒙哲学者。道徳と宗教の徹底的な分離を行ない、信仰の自由を説いた。デカルトの懐疑を形而上学に応用して、近代的な思想を準備した。主著『彗星雑考』『歴史批評辞典』。

★39―**メリエ神父（ジャン・）**　一六六四～一七二九年。フランスの司祭・急進思想家。聖職者でありながら、神の存在を否定し、私有財産制を否定して、社会主義的ユートピアを説いた。主著『遺言集』。

★40―**シルヴァン・マレシャル**　一七五〇～一八〇三年。フランスの革命思想家。啓蒙思想の影響を受け、次第に無神論者となり、反宗教的著作で投獄された。テルミドールの反動にも参加した。

★41―**ボッシュ（ヒエロニムス・）**　一四五〇～一五一六年頃。ネーデルランドの画家。人間の罪と罰、悪徳、疫病、犯罪など、当時の民衆の実存を想像力豊かな描写で描き、さまざまな地獄的風景を後世に残した。代表作「快楽の園」「聖アントニオの誘惑」。二十世紀になってから再評価された。

★42―グリューネヴァルト（マティアス・）　一四七二～一五二八年。ドイツの画家。工房から宮廷画家になったが、ドイツ農民戦争で農民側につき孤独に戦死した。画風はグロテスクで夢幻的で、当時の貧しい民衆の想像力を代弁する。代表作「イーゼンハイム祭壇画」「アントニウスの誘惑」。

★43―ゴヤ（フランシスコ・ホセ・）　一七四六～一八二八年。スペインの宮廷画家。明暗豊かな色調で近代絵画や印象派の先駆けをなしたが、後期はナポレオンの侵入による戦争の残忍さや世相を諷刺的に描いた。代表作「マッハ」「五月三日の悲惨」「戦争の残忍」。著者の『幻想の彼方へ』に登場する。

★44―ジャック・カロ　一五九二～一六三五年。フランスのバロック画家。メディチ家に招かれたが、辻音楽師、乞食、ゴロツキなどをモデルとして描く方が得意だった。また戦争による略奪や悲惨を冷酷に描いた。代表作「ブレダの攻囲」「大市」。

★45―ルソー（ジャン＝ジャック・）　一七一二～七八年。フランスの思想家・作家。放浪の少年時代や自己教育の体験から、人間は幸福な自然から離れ社会的関係に毒されているとして、自然に回帰する思想や教育観を展開。ロマン主義の先駆者としても評価された。主著『エミール』『社会契約論』『告白録』。

★46―**レティフ・ド・ラ・ブルトンヌ**　一七三四～一八〇六年。フランスの作家。奇想天外な性文学の先駆者として有名。ネルヴァルの『幻視者たち』で象徴的な物語作者として取り上げられている。サドの敵対者でもあった。主著『ムッシュー・ニコラ』。

★47―**フーリエ**（シャルル・）　一七七二～一八三七年。フランスの思想家。文明批判や壮大な社会進化説によるユートピア思想を展開。全体主義的な傾向があるものの、その社会思想はマルクスに、また宇宙論的な言語世界は二十世紀のシュルレアリストや構造主義者に評価された。主著『四運動の理論』『愛の新世界』。

★48―**ホッブス**（トマス・）　一五八八～一六七九年。イギリスの思想家。自然主義や唯物論を社会的にも心的にも応用し、「万人の戦い」という人間の自然状態を肯定して、専制君主を擁護し政治的絶対主義を取り入れた。主著『リヴァイアサン』。

★49―**ディドロ**（ドニ・）　一七一三～八四年。フランスの作家・哲学者。博学な知識と、外に向かって開かれた思想で当時の膨大な百科事典である『百科全書』の編集に従事。他に型破りな形式と表現をもつ作品も書いた。主著『ラモーの甥』『劇作論』。

★50―**リヒテンベルク（ゲオルク・クリストフ・）**　一七四二～九九年。ドイツの思想家・科学者。科学的合理性と、洒落や警句などのレトリックに彩られた市民社会への批判精神に満ちた箴言を得意とするドイツ啓蒙期の代表的作家。主著に『イギリス便り』『箴言』。

★51―**ヤーコプ・ベーメ**　一五七五～一六二四年。ドイツの神秘思想家。独学で神智学などを修め、魂の救済の意識の赴くままに、論理的整合性のない比喩や象徴にみちた幻想的な文章世界を表した。近代思想家たちやロマン派の作家に大きな影響を与えた。主著『アウロラ』『大いなる神秘の書』。

★52―**ソフィスト**　「賢者」の意味で、前五世紀にギリシャに登場した職業的教育家を指す。鋭い社会批判も行なったが、プラトンが論難したソフィストらは詭弁を弄するメガラ派などで、後世は詭弁学派とも呼ばれた。

★53―**ベルクソン（アンリ・）**　一八五九～一九四一年。フランスの哲学者。唯物論も観念論もともに悟性的として退け、真の現実は内的直観により把握され進化してゆく「純粋持続」であるという生の哲学を提唱した。文化や社会学の分野でも影響力を持った。主著『物質と記憶』『創造的進化』。また『笑い』という著書で、その定義を「不完全な人間の社会的制裁」としている。

★54―モラリスト　十六～八世紀にエッセイ的な手法や鋭い洞察力で人間心理を明示し、自己省察の方法や「神への依存」を考察した。経験を重んじ推理を嫌うのが特徴。モンテーニュやパスカルが代表的。

★55―パスカル（ブレーズ・）　一六二三～六二年。フランスの思想家・科学者。幾何学的精神に対して感覚や直観の重要性を指摘し、理性より心情を重んじて信仰を弁護した。主著『パンセ』は矛盾にみちた人間存在をキリスト教の崇高さに弁証化している。著者はむしろそのパロディを果敢に行なったロートレアモンの引用と剽窃(ひょうせつ)にみちた『詩学断想』（ポエジー）に意味を見いだす。

★56―ヴォーヴナルグ（リュック・ド・クラピエ・）　一七一五～四七年。フランスのモラリスト。軍人から文筆生活に入り、生真面目なオポチュニズムや情熱や行動主義的な力への憧れなど、後のロマン主義の先駆け的存在。主著『人間精神認識序説』。

★57―アルベール・ベガン　一九〇一～五七年。フランスの批評家。ロマン主義的情熱の持ち主で、大戦中は「ローヌ手帳」でブルトンらの著書を刊行し、戦後は「エスプリ」の編集長。傍らでドイツやフランスの優れた詩人論を展開した。主著『ロマン主義的夢と魂』『創造と運命』。

★58―**サン・マルタン（ルイ・クロード・ド・）**　一七四三～一八〇三年。フランスの哲学者。ベーメなどの影響下に、失墜した人間の浄化と再生を説く天啓説を深化させた。バルザックやネルヴァルに影響を与えた。主著『希求する人』『人間・精神の司祭』。

★59―**ヘムステルフイス（フランツ・）**　一七二一～九〇年。オランダの哲学者。ルソーなど啓蒙的合理主義の影響を受け、美的汎神論を展開した。初期のロマン主義に影響を与えた。

★60―**ラヴァーテル（ヨハン・カスパル・）**　一七四一～一八〇一年。スイスの神学者・観相学者・文筆家。ゲーテの協力を得た主著『観相学断片』は、人間の顔や骨に魂の刻印を認めたもので、当時のヨーロッパで広く受け入れられた。戯曲や詩も残している。

★61―**ゲーテ（ヨハン・ヴォルフガング・フォン・）**　ドイツの詩人・作家。広い学識と自然科学的な探求心から生命のさまざまな現象を探った。ドイツ古典主義の絶頂期を生き、教養小説の典型を作った。また詩・紀行文・戯曲などにも多くの傑作を残した。主著『ファウスト』『ウィルヘルム・マイスター』。

★62―**マリー・アントワネット**　一七五五～九三年。フランスの王妃。マリア・テレジアの娘で、ルイ十六世の妃。優美で軽率、贅沢で無垢という女性。フランス革命に際し、国王に反抗を進言し、反逆罪で民衆によってギロチンにかけられた。「民衆はパンがないならケーキを食べればいい」という言葉は有名。著者の『世界悪女物語』にも登場。

★63―ペトリュス・ボレル　一八〇九～五九年。フランスの詩人・小説家。ロマン派精神を体現し、冒瀆（ぼうとく）や狂気が横行するアナーキーな諸作品を書いた。挑発的な私生活同様に、当時のブルジョア社会に衝撃を与えた。主著『シャンパヴェール悖徳（はいとく）物語』『ビュティファル夫人』。著者はボレルの『解剖学者ドン・ベサリウス』（短篇）を翻訳している。

★64―ベッカリーア（チェーザレ・）　一七三八～九四年。イタリアの法学者・経済学者。近代刑法学の基礎を築いた。犯罪は源始的な契約への違反であり、同様に、死刑や拷問も社会契約の原理に反することを主張した。ほかに文体論も展開。主著『犯罪と刑罰』。

★65―テオフィル・ゴーティエ　一八一一～七二年。フランスの作家。ロマン主義文学の影響のもとに作品を書き始め、豊富な語彙（ごい）を駆使してブルジョワ社会への挑戦的で芸術至上主義的な作品をものした。批評活動も盛んで、帝政公認の文壇のボス的存在でもあった。主著に『ロマン主義の歴史』『レ・グロテスク』。

★66―ベラスケス（ディエゴ・デ・シルバ・）　一五九九～一六六〇年。スペインの画家。宮廷画家として数多くの肖像画を描き、自然主義に新しい光の画風を取り入れた。奇想に富んだ構成の絵画も描いた。代表作「ブレダ開城」「織女たち」。

★67―**サン・シモン（ルイ・ド・ルヴロワ・）**　一六七五～一七五五年。フランスの作家・政治家。ルイ十四世の死後の宮廷政治を批判して、理想的な貴族政治を熱情を込めて綴った膨大な『回想録』がある。その文章は独特で、大胆に錯綜している。プルーストなどに影響を与えた。

★68―**サン＝ジュスト（ルイ・アントワーヌ・ド・）**　一七六七～九四年。フランス革命期の政治家。国王の処刑を主張し、公安委員となる。後に恐怖政治に敏腕を振るったが、テルミドールの反動で処刑された。

★69―**ボナパルト（ナポレオン・）**　一七六九～一八二一年。軍事遠征に手腕を発揮し、軍事独裁を敷いてイタリアやオーストリアを征服。皇帝となり法典を敷設した。ヨーロッパ全土の征服を目論む（もくろ）が、スペイン・ロシア遠征に失敗し、最後は流刑されて没した。英雄と大量殺戮（さつりく）者の振幅をもつさまざまな意味で象徴的存在。

★70―**オカルティズム**　通常の知性や感覚では把握できず、現象の背後に隠れているものを探究するための技術の体系。魔術、錬金術、心霊術などが代表的な分野だが、その非科学性を克服し、現代の最新科学に通底させたトランス・パーソナル心理学なども近年流行している。

★71―ユートピア　そもそもトマス・モアの著書の名前から命名されたが、一般的には理想郷を意味する。しかし、それを抱く立場やイデオロギーの違いで現象的には多様な形態があり、科学技術的な、ロマン主義的な、社会主義的なユートピアなどがある。ここでは主に近代合理主義への反動としてあるロマン主義的なユートピアが例示される。

★72―モーリス・ブランショ　一九〇七～二〇〇三年。フランスの批評家・小説家。人間が死や限界的なものに接近する時のポテンシャルの高さを、小説や批評の核とし、知性では把握できない外部的なものとの遭遇を「書くこと」と密接に絡ませた思想を展開。その私生活は謎に包まれている。主著『謎の男トマ』『来るべき書物』。なお『サドとロートレアモン』というサド論もある。

★73―ジャック・ルウ　一七五二～九四年。フランスの革命政治家。サン・キュロット運動を指導するなど、フランス革命で活動した過激派。革命後はジャコバン派により投獄され自殺した。

★74―ロベスピエール（マクシミリアン・ド・）　一七五八～九四年。フランス革命の指導者。ジャコバン派の指導者となり、革命を推進し独裁体制を築いた。土地改革など徹底した政策をとったが、テルミドールの反動により処刑された。

★75―ジュリアン・グラック　一九一〇〜二〇〇七年。フランスの作家。ロマン主義とシュルレアリスムに影響を受け、映像的で難解な散文詩的文体で、伝説と妄執の世界を表現した作品を展開。主著『シルトの岸辺』『大いなる自由』。

★76―『アクシオン・フランセーズ』　ドレフュス事件を契機に組織された国粋主義団体の機関誌。ユダヤ人、プロテスタント、社会主義者などを排撃した。一九四四年の大戦時にフランスの解放とともに消滅した。

★77―ラスネール　一八〇〇〜三六年。フランスの犯罪者・作家。脱走・泥棒・殺人などさまざまな罪を犯して、その裁判記録を『わが回想、黙示および詩』という本にまとめ上げた。反モラルで倒錯した心理を描いたその書物は当時の多くの文学者に読まれた。

★78―ド・クィンシー（トマス・）　一七八五〜一八五九年。イギリスの作家・随筆家。ドイツ神秘主義の影響を受け、太古への回帰のような不思議な幻想空間を創出した。ガルシア・マルケスらに影響を与えた。主著『阿片常用者の手記』『スペイン剣尼僧譚』。

★79―フローベール（ギュスターヴ・）　一八二一〜八〇年。フランスの小説家。ロマン主義の影響を受け小説を書き始めた。主著『ボヴァリー夫人』は写実主義の傑作と言われているが、『聖アントワーヌの誘惑』『サランボー』という幻想や神秘を主題化した作品もある。現代の小説構造論の格好のテキスト作家として研究されている。

★80―**カント（イマヌエル・）**　一七二四～一八〇四年。ドイツの観念論哲学者。イギリス経験論などの影響から、学問の範囲を経験の領域に限定し、それ以外のものは信仰の対象であるとした。そこから科学的認識、道徳的良心、美的判断の成立を究明。主著『純粋理性批判』『実践理性批判』。

★81―**アーサ・オショーネシー**　一八四四～八一年。大英博物館で動物学を研究した。ラファエル前派の影響を受けた。主著『女たちの叙事詩』『音楽と月光』。

★82―**ワイルド（オスカー・）**　一八五四～一九〇〇年。イギリスの詩人・小説家・劇作家。ダンディズムを体現し、芸術至上主義的な立場から社会の常識に反した官能的・耽美的・デカダン的な作品を書いた。主著『サロメ』『獄中記』。

★83―**エンゲルス（フレデリック・）**　一八二〇～九五年。ドイツの社会思想家。マルクスとともにマルキシズムの創始者であり、それを体系化した。常にマルクスを援助し、イギリスの資本主義の歴史的研究などに多大な業績がある。『資本論』の整理・出版もした。主著『家族・私有財産および国家の起源』『フォイエルバッハ論』。

★84―**ラシルド夫人**　一八六〇～一九五三年。フランスの女流作家。雑誌編集のかたわら、ユイスマンスなどの影響を受け、ブルジョア的道徳に反抗した官能的・悪魔主義的な作品を書いた。主著『ヴィーナス氏』『性の時』。

★85―**アポリネール（ギヨーム・）** 一八八〇～一九一八年。フランスの詩人・小説家。象徴主義とシュルレアリスムの架け橋になった詩人で、詩を美の実現ではなく生の探究として書いた。空想と現実が混ざりあった小説もユニークで、ピカソらキュビズムの理論的指導者でもあった。主著『アルコール』『虐殺された詩人』。

★86―**一人の総統** ナチスの指導者アドルフ・ヒトラー（一八八九～一九四五年）のこと。ワイマール憲法は直接民主制のドイツ国の民主的な憲法であったが、ヒトラーの政権把握後に廃止。

★87―**一人のイデオローグ** ソ連共産党の指導者スターリン（一八七九～一九五三年）のこと。プロレタリア中心のインター・ナショナリズムに反し、非民主的な党を中心とした一国社会主義を提唱した。生前は神格化されたが、死後はスターリン批判が巻き起こった。

★88―**皇帝ウィルヘルム** 一八五九～一九四一年。プロイセン大公国・ドイツ皇帝。二世のこと。最初ビスマルクを崇拝し施政させていたが、後に自らが政権を担当すると、下手な外交手腕でドイツの孤立化を招いた。第一次大戦に敗北した。

★89—ジャン・ゲーノ　一八九〇〜一九七八年。フランスの作家。フランスにファシズムの嵐が吹き荒れた三〇年代に活躍した人道的な社会主義者。雑誌「ウーロップ」の編集も務めた。主著『人間的なものへの回心』『フランスの青春』。

★90—ブハーリン（ニコライ・イワノヴィッチ・）　一八八八〜一九三八年。ソ連の政治家・思想家。ソ連共産党を指導した一人。史的唯物論を現実的に体系づけた理論家として活動したが、スターリンと対立し処刑された。主著『史的唯物論』『転形期の経済学』。

★91—エディプス・コンプレックス　フロイトが構造化した意識における人間関係の基になるもの。幼時の両親への感情的葛藤を指し、例えば男の子の父親へのそれは、父親と同一化したのち父親を超自我として内存化して克服される。ある意味で文化概念にまで拡大できるもの。

★92—異端糾問　宗教的な非正統を暴き罰する裁判。十三世紀前後にカトリックの中から出現し、呪術やカバラが異端視されていった。もっとも有名なものにヨーロッパ中世の「魔女狩り」があり、比喩として使えば、どんな宗教にも党派性にも出現する出来事。

★93—ゾロアスター　イランの預言者ゾロアスターが開いた宗教。前六世紀頃からイラン帝国の国家宗教になり、イスラム勢力に打破されるまで強大な世界宗教だった。火を礼拝し、純潔を重んじ、暗黒と光の奇妙な二元論的宗教。

★94―ヘーゲル（ゲオルク・フリードリヒ・）一七七〇～一八三一年。ドイツの哲学者。観念論哲学の代表者。人間における意識の発展過程を歴史化し、その内的な関係をとらえる弁証法を生み出した。精神の絶対性を説くその思想は後世に多大の影響を及ぼした。主著『精神現象学』『美学』。

★95―ジョルダノ・ブルーノ　一五四八～一六〇〇年。イタリアのルネサンス期の自然哲学者。一切の事物・自然は神の現れであるという汎神論（はんしんろん）を展開。スピノザやライプニッツの先駆的な思想家だが、教会の迫害により流浪の生涯を送り、火刑を受けた。主著『無限、宇宙および諸世界について』。

★96―ネルヴァル（ジェラール・ド・）一八〇八～五五年。フランスの詩人・小説家。ボヘミアン的生活と狂気の発作を繰り返すなかで旅行記・詩・神秘主義的な劇・小説など多彩な活動をした。二十世紀になってシュルレアリストらから再評価された。主著『東方旅行記』『オーレリア』。後者は夢と狂気の幻覚を自覚的に描いた小説。著者はネルヴァルの『緑色の怪物』（短篇）を翻訳している。

★97―コロンブス（クリストファー・）一四五一～一五〇六年。イタリアの航海者。大航海時代に生まれ、艱難（かんなん）をのりきってアメリカ大陸の発見の端緒を開いた。生涯に四回の航海をした。

★98―**スウェーデンボルク（エマヌエル・）**　一六八八～一七七二年。スウェーデンの宗教思想家。科学や哲学など学んだ当時第一級の万能学者。神秘体験の後、霊界と人間世界の交通を信じるようになり、汎神論的なキリスト者となった。後世の神秘主義者やロマン主義者に影響を与えた。主著『天界の秘義』『真正キリスト教』。

★99―**レーニン（ウラジミール・イリイチ・）**　一八七〇～一九二四年。ロシアのマルクス主義革命家。空想的な社会主義者を排し、武装蜂起によりソ連を建設した。マルクス主義を帝国主義的な時代相にあてはめつつ、国際的な革命運動も指導。主著『帝国主義論』『国家と革命』。

★100―**トマス・モア**　一四七八～一五三五年。イギリスの政治家。ルネサンスの文化運動の影響をうけ、ヒューマニストの立場からイギリス社会を批判し、『ユートピア』で理想的な国家像を描いた。カトリックの立場を守り通し、ルターらの宗教改革を批判。最後は死刑にあった。

★101―**カンパネッラ（トンマーゾ・）**　一五六八～一六三九年。イタリアの宗教僧。時代の改革的雰囲気と占星術の予言により理想国家の建設を思い立った。ナポリをスペインから独立させようとして獄舎生活も送った。主著に『太陽の都』『感覚哲学』。

★102―**ベーコン（フランシス・）**　一五六一～一六二六年。イギリスの哲学者・政治家。中世風のスコラ哲学を排し、近代経験論思想を確立した。『新アトランティス』は科学的・経験論的なユートピア国家論。人生全般について豊かな知恵と観察眼を示した。主著『学問の尊厳と進歩』『随筆集』。

★103―**モレリー** 生没年不詳。十八世紀フランスの哲学者。長篇詩『バジリアッド』によりユートピアのイメージを展開した。さらに『自然の法則』でそれを理論化し、私有性を排した集団教育に基づく空想的な共産社会を描いた。

★104―**ダンテ（アリギエーリ・）** 一二六五～一三二一年。イタリアの詩人。政治に加わり反逆罪の体験もある生涯を送ったが、ベアトリーチェとの精神的恋愛から生み出された『神曲』はルネサンス文学の走りとなった。また公用語であったラテン語ではなく母国語のイタリア語の美と力を論じた『俗語論』も重要。

★105―**シラノ（・ド・ベルジュラック）** 一六一九～五五年。フランスの作家。決闘、ロマンス、奇想などで世を騒がせた人物だが、既成の観念に対し縦横無尽な諷刺や批判を展開した。主著『月世界旅行記』『太陽世界旅行記』。

★106―**ホルベルク（ヨハン・ルズウィ・）** 一六八四～一七五四年。デンマークの劇作家。孤独と放浪の青春期の後、博学の知識人として活躍した。社会諷刺の強いモリエール風の戯曲を書いたが、圧巻は諷刺的ユートピア小説『ニルス・クリムの地下旅行』。他に『教会史』。

★107—**ベックフォード(ウィリアム・)**　一七六〇〜一八四四年。イギリスの大富豪・作家。世俗との交渉を断ち、父から譲られた巨万の富を注ぎ込んで、東方君主のひそみにならった豪奢な邸を造営し、高価な美術品と稀書珍籍に取り巻かれ、幻想的で怪奇で邪悪の念に満ちた『バテック』という小説を書いた。東洋趣味や奇書・美術・骨董の収集家としても知られる。

★108—**ノヴァーリス**　一七七二〜一八〇一年。ドイツロマン派の詩人。恋人の死による啓示を受け、以後自然科学と宇宙的イメージの詩やメルヘンを書いた。自らの思想を「魔術的観念論」と呼び、精神と物質の融合を求めた。主著に詩人の栄光をイメージ豊かに描いた『青い花』や『夜の讃歌』。

★109—**ルイス・キャロル**　一八三二〜九八年。イギリスの童話作家。童話の枠には収まらない言語遊戯を駆使した反世界的なイメージのメルヘンを描いた。生涯を独身ですごし、少女と写真の趣味でも有名。主著『不思議の国のアリス』『スナーク狩り』。

★110—**ユークリッド**　前三三〇頃〜前二六〇年頃。古代ギリシャ時代のアレクサンドリアの数学者。それまでの数学を体系化して、幾何学の基礎をまとめた。主著『幾何学原論』。十九世紀の数学者やアインシュタインによって非ユークリッド幾何学が提唱・証明された。

★111—ミシュレ（ジュール・）　一七九八～一八七四年。フランスの歴史家・博物誌家。自由主義の思想に共鳴し、歴史を「自由と必然の闘争劇」と規定し、革命や祖国の歴史をロマン派文学的な表現で綴った。自然や人間を描いた博物学者としても有名。主著『フランス革命史』『ローマ史』『愛』。

★112—マシウ・ルイス　一七七五～一八一八年。イギリスの小説家。当時流行した恐怖小説の代表的作家。下院議員も務めた。超自然的な恐怖にみちた『僧侶』（『修道士』とも）は我身を悪魔に売る物語。

★113—ホレス・ウォルポール　一七一七～九七年。イギリスの作家。自らゴチック様式の城に暮らし、恐怖小説や騎士小説を書いた。膨大な書簡や回想録も残し、十八世紀西洋の文化史的な価値を持つ。主著『オトラント城奇譚』。

★114—クララ・リーヴ　一七二九～一八〇七年。イギリスの作家。ウォルポールの影響で物語的要素の濃いゴチック風の恐怖小説を書き始めた。評論などにも活躍した。主著『英国の老男爵』『ロマンスの進化』。

★115—アン・ラドクリッフ　一七六四～一八二三年。イギリスの作家。エキゾチシズムと心理的なサスペンスにみちた恐怖小説を書き、数多くの模倣者を生んだ。主著『ユードルフォ館の謎』『森のロマンス』。

★116—**チャールス・マチューリン**　一七八二〜一八二四年。アイルランド生まれのイギリス作家。生涯を貧しい牧師として送ったが、その主著『漂泊者メルモス』は、悪魔に身を売った主人公の、社会悪や宗教裁判への痛烈な批判に満ちたゴチック・ロマン。

★117—**エリファス・レヴィ**　一八一〇〜七五年。フランスの神秘思想家・作家。政治活動で拉致(らち)された獄中でオカルト思想に染まり、薔薇十字団を再建したり、数々のオカルトの理論書で十九世紀のオカルトの復権を果たした。また象徴派詩人やシュルレアリストにも大きな影響を与えた。主著『高等魔術の教理と儀式』『奇談』。著者の『悪魔のいる文学史』に登場する。

★118—**古代カルデア**　古代メソポタミアを中心に生まれた文化様式。前二千年頃の写実的なシュメール美術や、前千年頃の象徴的なバビロニア美術の様式を指す。イシュタルの門などが有名。

★119—**デューリング（カール・オイゲン・）**　一八三三〜一九二一年。ドイツの哲学者。実証主義と唯物論を折衷した空想的な社会主義を説き、マルクスを批判した。しかしエンゲルスにより痛烈な反撃にあった。主著『自然的弁証法』『生の価値』。

★120—**ファーブル・ドリヴェ**　一七六八〜一八二五年。フランスの文学者・神秘学者。神秘的で風変わりな思想を博識に結びつけた。主著『生まれながらの聾唖者ロドルフの治癒』『人間の社会状態』。

★121―**ヴィクトル・ユゴー**　一八〇二～八五年。フランスの詩人・小説家。ロマン派の代表作家、革命期を生きた共和主義の実践者、国民的大詩人として活動し、世界的に影響を及ぼした。主著『諸世紀の伝説』『レ・ミゼラブル』。

★122―**ナサニエル・ホーソーン**　一八〇四～六四年。アメリカの作家。ピューリタンの新大陸アメリカの風土を舞台に、寓意と象徴を巧みに織り込んだ理想主義的な小説を書き、アメリカ初の世界的作家となった。主著『緋文字』『七破風の屋敷』。

〔暴力と表現〕

★123―**ジュネ（ジャン・）**　一九一〇～八六年。フランスの作家。天涯孤独に育ち、放浪者、乞食、泥棒、男娼、囚人などさまざまなどん底の体験をした。魔術的な言語で背徳と汚穢に満ちた人間模様や反倫理の作品の、そのほとんどを刑務所で書いた。サルトルらの尽力で出獄。主著『ブレストの乱暴者』（著者による翻訳もある）『泥棒日記』。

★124―**スタール夫人**　一七六六～一八一七年。フランスの批評家。フランス革命に加担したが、後にナポレオンの弾圧にあい、亡命の暮らしを続けた。百科全書的な知識と社会史的な批評を展開し、フランス・ロマン派の生みの親となった。主著『文学論』『個人と国民の幸福に及ぼす情熱の影響について』。

★125―**バンジャマン・コンスタン**　一七六七～一八三〇年。フランスの作家。自由主義の政治家・思想家として活躍した。スタール夫人との恋愛体験から書かれた『アドルフ』は心理小説の傑作とされる。主著に『赤い手帳』『宗教論』。

★126―**モーリス・エーヌ**　一八八四～一九四〇年。フランスの文学研究者・シュルレアリスト。生涯をサドの伝記と文献研究に費やして、サド文学の意義を普及させた。エーヌの序文と注を付して、一九二六年にサドの『小咄、昔噺、おどけ話』『司祭と臨終の男との対話』が世に出る。

★127―**ゴビノー（ジョセフ＝アルチュール・ド・）**　一八一六～八二年。フランスの作家・外交官。トルコやギリシャでの外交官の体験に基づいて『中央アジアにおける宗教と哲学』などを書いた。また『人種不平等論』に象徴されるような民族主義的な側面もあった。主著『プレイヤード』。

★128―**ミトラ**　古代アーリア人（インド・イラン人）の男神。光、真実、盟約をつかさどるとされた。
★129―**モロック**　古代セム人が〈王〉を意味する種々の名で呼んだ神。モロックは新約聖書の、モレクは旧約聖書での呼称。旧約聖書によれば同神の祭儀は小児犠牲を伴うという。
★130―**イシス**　古代エジプトの女神。オシリス神話では、ばらばらにされた夫の遺骸をつなぎ合わせてミイラにして、復活させたとされる。オシリス信仰の普及とともに、死者の守護女神、死者を復活させる呪力の所有者、母親、忠実な妻の典型として最も親しまれる神となる。
★131―**アスタルテ**　古代セム人の豊穣多産の神。
★132―**ルキアノス**　一二五頃～一八〇年頃。ローマ帝政期の散文家。鋭い観察力や弁論術や諷刺精神、各地を旅して得た博識でローマ時代の代表的作家となる。主著に空想的な物語の『真実の話』や『神々の対話』。
★133―**グレコ・ローマン世界**　前一世紀頃から後三世紀頃までのギリシャ美術史上最後の時代。ギリシャがローマに征服された時代であったため、ローマ人の需要を満たすために作品が作られた時代。
★134―**ハヴェロック・エリス（ヘンリー・）**　一八五九～一九三九年。イギリスの医師。性科学（セクソロジー）の創始者。犯罪心理学などの研究をしていたが、性的な偏見の強い時代に、「ナルシシズム」などの言葉を作り上げたり自慰の有害性を否定するなど、性の研究と体系化に尽力した。主著『男と女』『性の心理学的研究』。

★135―**エウリピデス**　前四八五頃～前四〇六年頃。ギリシャの劇詩人。ギリシャの三大悲劇詩人の一人。写実的手法で古代の神々を日常レベルに引き下ろして描いた。死後に名声が上がり、後世に影響力を持った。主著『メーデイア』『トロイアの女』。

★136―**メレジコフスキー（ドミトリー・セルゲーヴィチ・）**　一八六六～一九四一年。ロシアの小説家・批評家。象徴主義の影響を受け、人間の霊的活動としての芸術を主張した。晩年は反共主義者としてヒトラーを擁護した。主著『キリストと反キリスト』『トルストイとドストエフスキー』。

★137―**ジョルジュ・バタイユ**　一八九七～一九六二年。フランスの作家・思想家。西洋近代を支えてきた自我思想からの脱出に人間の至高性を見いだし、エロティシズムの論理や、近代の生産中心主義を反転させる消尽の哲学を編み出した。構造主義やポスト構造主義に大きな影響を与えた。主著『呪われた部分』『エロティシズム』（著者による翻訳もある）『青空』。

★138―**ユイスマンス（ジョリス・カルル・）**　一八四八～一九〇七年。フランスの小説家。初めは自然主義的小説を書いていたが、後に異端的な志向を見せ始め、神秘主義者や悪魔崇拝者を主人公にした幻想文学の傑作を書いた。著者も『腐爛の華』という心霊小説を訳している。主著『さかしま』（著者による翻訳もある）『彼方』。

★139—**ルター（マルティン・）**　一四八三〜一五四六年。ドイツの宗教改革者。ローマ教会のあり方に疑問を持ち、カソリックの教会制度を否定し、プロテスタントの教会を作った。聖書のドイツ語訳も有名な活動。主著『キリスト者の自由』『深き淵より』。

★140—**ジュール・ジャナン**　一八〇四〜七四年。フランスの文芸評論家・小説家。自由闊達な筆遣いのパロディなどで人気を博した。演劇評やパントマイム俳優ドビュローの伝記もある。主著『劇文学の歴史』『死んだロバとギロチンにかけられた女』。

★141—**ジェームス・ケイン**　一八九二〜一九七七年。アメリカのハードボイルド作家。実存主義的な味わいのある犯罪・恐怖小説を得意とした。主著『郵便配達は二度ベルを鳴らす』『倍額保険』。

★142—**バスティユ**　十七世紀以降牢獄として政治犯を収容した。サドもここに収容された。フランス革命の発端の地であり、民衆はここを襲って武器を調達した。

★143—**ビルドゥングス＝ロマン**　教養小説のことで、主人公が時代や環境や人間達と折衝しながら人格を形成していく過程を描いた小説。特に十九世紀のドイツで盛んであった。代表的な作品にゲーテの『ウィルヘルム・マイスター』、ロマン・ロランの『ジャン・クリストフ』、ケラーの『緑のハインリヒ』など。

★144―**ラ・メトリー**　一七〇九～五一年。医者・哲学者。唯物論的に魂と身体の関係を論じた『人間機械論』は当時センセーショナルなスキャンダルを呼んだ。サドはメトリーの名前で「真実」という文章を発表した。他に『霊魂の自然史』。

★145―**エピクロス**　前三四一頃～前二七〇年頃。ギリシャの哲学者。原子論的唯物論を基礎にした実践哲学を展開した。魂のかき乱されない平静な境地を求める哲学で、エピキュリアン（快楽主義者）の語源となった。主著『主要説教』。

★146―**エピクテートス**　五五頃～一三五年頃。後期ストア派の元奴隷出身の哲学者。実践本位のストア哲学を展開した。主著『人生談義』。

★147―**グノーシス**　ギリシャ語で「知識」を意味する。霊的世界を善と見なすことでは正統のキリスト教と同じだが、神秘主義的な知識・戒律を獲得することで魂の救済を図った。正統派からは異端視された。著者は『秘密結社の手帖』で論じている。

★148―**ルネ・シャール**　一九〇七～八八年。フランスの詩人。シュルレアリスムの推進者であり、大戦中はレジスタンスにも参加した。鮮烈なイメージと、難解だが人間への希望を歌った詩風が日本の戦後詩にも影響を与えた。主著『激情と神秘』『共通の現存』。

★149―**ポール・ブールダン**　二十世紀のサド研究家。『サド侯爵とその親族の書簡集』の編者。それはラ・コスト村でのサドの後半生の詳しい記録ともなっている。サド思想の普及に役立った。

★150―**シモーヌ・ド・ボーヴォワール**　一九〇八～八六年。フランスの作家・思想家。サルトルと共に実存主義哲学の観点で小説や評論を書いた。女性解放などさまざまな社会問題に積極的・実践的に関与した。主著『他人の血』『第二の性』。なお「サドは有罪か」という文章も有名。

★151―**マルセイユ事件**　一七七二年にマルセイユで娼婦などを相手にサドが起こした倒錯的な事件。ボンボンを小道具にサディズム、糞便愛、肛門愛、露出狂などの心理が観察される。この事件によりサドは逮捕され、ラ・コストの城に幽閉された。このスキャンダルもサドの異常精神の神話を助長させた。

★152―**D・H・ロレンス**　一八八五～一九三〇年。イギリスの作家。キリスト教や戦争を起こすような近代文明に対する不信感から、性の探究を通じて、エゴにみちた人間同士の信頼関係を描いた。主著『息子と恋人』『チャタレー夫人の恋人』『アポカリプス論』。

［権力意志と悪］

★153―**ジロラモ・カルダーノ**　一五〇一〜七六年。イタリアの自然哲学者・医学者・数学者。長く不遇な生活を送っていたが、医学・自然科学の分野で次第に名声が高まった。星占術や魔術にも造詣が深く、三次方程式の解法を見いだしたことでも有名。主著『微細なる事物について』『自叙伝』。

★154―**『真昼の暴動』**　ジュールス・ダッシン監督の作品。作中のワーグナーの壮大な音楽が、その壮大さゆえにファシスト的人間の荒廃した内面を描き出していることで有名な映画。

★155―**ワーグナー（リヒャルト・）**　一八一三〜八三年。ドイツの作曲家。音楽・文学の分野で同時代に影響力を持ったロマン主義の音楽家。特にニーチェとの交友は名高い。従来のオペラとは異なる勇壮でドラマチックな楽劇を提唱した。代表作「タンホイザー」「トリスタンとイゾルデ」。主著『芸術と革命』。

★156―**『抵抗』**　フランスの映画監督ロベール・ブレッソンの作品。大戦中にナチズムに捕まった軍人が不屈の闘志で脱獄する様子を冷徹かつ微細に描いた映画。

★157—**モーツァルト（ヴォルフガング・アマデウス・）**　一七五六〜九一年。オーストリアの作曲家。幼少から天才の呼び声高く、数多くの流麗な名曲を作った。フリーメーソンへの加入など数奇な一面もあった。代表作「フィガロの結婚」「魔笛」「レクイエム」。

★158—**ジュールス・ダッシン**　一九一一〜二〇〇八年。アメリカの映画監督。セミ・ドキュメンタリー風のサスペンス映画を得意とした。ハリウッドの赤狩りでヨーロッパに移住。代表作『真昼の暴動』『裸の町』。

★159—**ルドヴィヒ二世**　一八四五〜八六年。バイエルンの国王。生来、孤独癖が強く幻想の世界に遊び、政務にはほとんど関心を示さなかった。禁治産の宣告を受けて幽閉の身となったが、最後には自殺。その経緯はいろいろな文学や芸術の素材となった。

★160—**フリーメーソン**　中世のイギリスに由来を持ち、十八世紀に大陸やアメリカに波及して国際的になった。秘密の儀式とキリスト教への独自な解釈を旨とする。カソリックや共産主義からは異端視された。著者は『秘密結社の手帖』で論じている。

★161—**クセルクセス**　在位、前五一九〜前四六五年。ペルシャ帝国の王。父ダレイオス一世の遺志を継ぎ、ギリシャに遠征するが、サラミスの海戦での敗北を知って帰国し、遠征は失敗に終わった。専制政治を敷いていたために暗殺された。
★162―**キャプテン・クック**　一七二八〜七九年。イギリスの探検家。太平洋航海を行ない、オーストラリア大陸を占有宣言した。他にニューカレドニアやハワイ島を発見した。
★163―**ヘルダーリン（フリードリヒ・）**　一七七〇〜一八四三年。ドイツの詩人。古代世界をモデルに美と理想の世界を抒情的に歌った詩を書いた。狂死の果て、永く埋もれていたが二十世紀に再評価された。主著『ヒュペーリオン』『パトモス』。
★164―**ファラオ**　古代エジプトの王の呼称。人間ではなく神と考えられ、死ぬと、不死の象徴としてピラミッドやミイラが作られた。
★165―**クロード・ロワ**　一九一五〜九七年。フランスの批評家・詩人。初めは右翼的な文人だったが、大戦後アラゴンの影響で共産党に入党し活動した。明晰で軽妙な文章で知られる。主著は動乱の時代を描いた『この私』と『批評的記述』。
★166―**『死者の書』**　古代エジプトで書かれた冥界への案内書。オシリスの導きによる死者の魂が行なうべきこと、冥界の生活での注意事項などが内容。またこの類のものはエジプトのみならず、チベット、インドなど世界各地にある。
★167―**魔術師カリオストロ**　一七四三〜九五年。革命前のフランスの上流社会を煙に巻いて、怪しげな魔術・星占術・医術・錬金術で高い身分にのし上がっていった。ゲーテやネルヴァルなどの作品にも登場し、ヨーロッパ最大の魔術師と神話化された。陰謀説により捕縛され獄死。

★168―**コレスポンデンス**　「万物照応」の意味で、ボードレールの『悪の華』のなかのソネットの詩句。自然界の事物が精神世界と対応して象徴として感覚を共有できるという概念。

★169―**エディントン（スタンリー・）**　一八八二〜一九四四年。イギリスの天文物理学者。恒星の研究に生涯を費やし、その本質を解明した。相対性理論に関心を示し、場の理論に立脚する科学論を展開した。主著『恒星内部構造論』『物理的世界の本質』。

★170―**プラトン**　前四二七頃〜前三四七年頃。ギリシャの哲学者。師ソクラテスの死を教訓に哲人政治を目指し、現象と精神世界であるイデアを峻別(しゅんべつ)し、イデア界の実現を目指した。その成果として『国家』『ティマイオス』などがあり、「アトランティス大陸」は後者の理想国家の比喩として書かれている。

★171―**ピュタゴラス**　生没年不詳。前六世紀に活躍したギリシャの哲学者・数学者。霊魂の救いを目的とする宗教教団を設立した。万物の基礎に数を置き、世界を比例によって見る。神秘主義的な霊魂の不滅を説き、ソクラテスらに影響を与えた。

★172―**ウェルギリウス**　前七〇〜前一九年。ローマの叙事詩人。幻想的で自然賛美の叙事詩を得意とした。ダンテなど後世への影響は大きい。「処女」は彼の理想の寓意。主著『農耕詩』『アエネーイス』。

★173—パラケルスス 一四九三〜一五四一年。ルネサンス期ドイツの革命的な錬金術師的医化学者にして哲学者。自然界には神の恩寵による自然魔力があるとして、その力を医学に利用した。梅毒の処方に水銀を用いたことは有名。錬金術師として医療に化学合成物を初めて用いた。主著『大外科医術』。

★174—ミルトン（ジョン・） 一六〇八〜七四年。イギリスの詩人。典雅で繊細な筆致で宗教的自由と人間の自覚を促した大叙事詩『失楽園』を書いた。また共和制支持者として、時事問題や社会問題を扱った論文もある。他に『復楽園』『闘士サムソン』。

★175—マラルメ（ステファヌ・） 一八四二〜九八年。フランスの詩人。フランス象徴主義の中心的詩人であり、詩を日常世界から隔絶した精密な言語によって構築された宇宙と捉えることで文学に革命を起こした。二十世紀の詩人や作家に大きな影響を与えた。主著『イジチュール』『書物』。

★176—ヘンリー・ミラー 一八九一〜一九八〇年。アメリカの作家。大胆な性描写で知られ、機械やイデオロギーに支配される近代を批判して反文明のカルトになり、ビート文学などに影響を与えた。「回帰線」は性による没我的状態の象徴で、作家の理想とするもの。主著『北回帰線』『南回帰線』『セクサス』。

★177—**デュルケーム（エミール・）** 一八五八〜一九一七年。フランスの社会学者。社会学は感情を排した記述をすべきだという主張のもと、現代社会学に固有な客観性のあるそれぞれの社会学の分野を確立した。主著『社会学的方法の規準』『宗教の原初形態』。

★178—**大コンデ公** コンデ家はブルボン家から分かれた名門貴族。大コンデ公は十七世紀末に王権にはむかい、伝統的な貴族の特権を保守しようとした。

★179—**シャロレー伯爵** 十八世紀の貴族。コンデ公ルイ三世の次男。残虐な行為で有名だった。

★180—**ルイ十五世** 一七一〇〜七四年。フランスの国王。七年戦争で多くの植民地を失い絶対王政にひびが入り始めた治世の王。啓蒙思想の展開期に生きた。

★181—**ヘリオガバルス（エラガバルス）** 二〇四〜二二二年。十五歳で帝位についたが、放縦で豪奢に溺れ、政治を顧みなかった。そのため軍隊と民衆の反感をかい、殺害された。著者はヘリオガバルス帝の物語を小説化している（『陽物神譚』）。

★182—**ジル・ド・レー** 一四〇四〜四〇年。フランスの貴族・犯罪者。裕福で家柄のよい貴族として生まれ、ジャンヌ・ダルクとともに百年戦争でも戦い武勲を得たが、生来の性的異常と神秘趣味により、数十人の幼児を殺害した。著者も『黒魔術の手帖』で論じている。

★183―**コロー・デルボワ**　フランス革命後の恐怖政治の時代の公安委員の一人。元俳優だったが、リヨンの虐殺を指導していたことで有名。

★184―**ジョゼフ・ル・ボン**　恐怖政治時代の政治指導者。アラスの虐殺行為で知られる。彼らの人間への虐待は極めて政治状況的なものであり、サドのそれとは本質的に異なる。

★185―**コクトー（ジャン・）**　一八八九～一九六三年。フランスの作家・映画監督。キュビズム風の形式と、現実と夢想が混交するような前衛感覚とで、特異な作風の小説を書いた。阿片常用者でもあり、神秘的な神話世界を現代に再現しようとした。主著に『山師トマ』『恐るべき子供たち』。なお著者の翻訳に『大胯(おおまた)びらき』『ポトマック』などがある。映画に『オルフェ』など。

★186―**シーシュポス**　ギリシャ神話において、ゼウスを裏切ったことで神罰を受け、無限に岩を山頂に運ぶ苦役を言い渡された。カミュに『シーシュポスの神話』という思想論集がある。

★187―**登山家**　ニュージーランドの登山家エドモンド・ヒラリーのこと。エヴェレスト山頂を極めた一九五三年に発言した「そこに山があるから登るのだ」という言葉が流行語になった。主著『わがエヴェレスト』。

★188―チェザレ・ボルジア　一四七五～一五〇七年。ルネサンス・イタリアの政治家。教皇の相談相手だったが、弟の暗殺事件を契機に政治活動に専念する。教会国家の確立を目指して奮闘したが、戦死した。後にマキアヴェリにより評価され、『君主論』のモデルとなった。

［薔薇の帝国］

★189―トロヤ戦争　前十二世紀のギリシャ人のトロヤ攻略戦争。トロヤに連れ去られた美女の奪還をきっかけにおこり、ギリシャ軍が巨大な木馬でトロヤ城陥落を果たした。ホメロスの『オデッセイア』に詳しい。

★190―『ブーガンヴィル航海補遺』　ディドロが一七九六年に書いた、男女の性道徳をめぐる自然と文明の対立がテーマの小説。

★191―スウィンバーン（アルガーノン・チャールズ・）　一八三七～一九〇九年。イギリスの詩人・批評家。技巧的な抒情表現でロマン主義的な詩を書き、活発な批評活動もした。主著『詩と民謡』『夜明けの歌』。

★192―ジャン・ポーラン　一八八四～一九六七年。フランスの批評家。「ＮＲＦ」誌編集長を務め、レジスタンスにも参加した。ミショーやマルローなどの才能を発掘し、自らも精神と表現の一致を目指した批評を書いた。主著『タルブの花』『師ブラック』。

★193—**イワン・ブロッホ（オイゲン・デューレン）** ドイツの精神医学者。サディズムの医学的研究とともに、サドの生涯を調べることで、文献的研究にも貢献があった。主著『サド伯爵とその時代』『サド伯爵新研究』。それまで隠匿されていた『ソドムの百二十日』の全テキストも公開した。

★194—**式場隆三郎** 一八九八～一九六五年。精神医学者・美術評論家・出版人。白樺派の影響を受け、柳宗悦（やなぎむねよし）らの民芸運動に参加した。また出版人として「ロマンス」などを刊行したり、放浪の画家・山下清を発掘したりした。ゴッホの研究家としても名高い。主著『二笑亭綺譚』『ヴァン・ゴッホ』。またサドに関する研究『サド侯爵夫人』などでも知られる。

★195—**木々高太郎** 一八九七～一九六九年。小説家・生理学者。清新な筆遣いの幻想的な作風の小説を書き、精神分析を探偵小説に導入したり、新しい探偵文学を論じた。主著『網膜脈視症』『わが女学生時代の罪』。また『怪物マルキ・ド・サド』やサドの翻訳など、日本における初期のサドの紹介者としても知られる。

★196—**ルイ十四世** 一六三八～一七一五年。フランスの国王。強力な施政により、中央集権的な絶対君主国を作った。イギリスなどと戦争を繰り返し、王権を批判するものを弾圧した。「朕(ちん)は国家なり」という言葉は有名。ナントの勅令を廃止し信仰の自由を弾圧したが、そのことで迷信的な魔女裁判も終息にむかった。

★197—『**デカメロン**』　一三四八～五三年にボッカチオが書いた短篇小説集。世界中を舞台にした諷刺的な悲喜劇で、現実に対してリアルで猥雑な視線が働いている。当時の公用語であったラテン語ではなく、イタリア語で書かれた。

★198—**マルグリット・ド・ナヴァール**　一四九二～一五四九年。フランス・ルネサンス期の作家。王妃として人文主義者や宗教改革者を支援した。キリスト教神秘主義的な劇作を試み、『デカメロン』に着想した『エプタメロン』を書いた。

★199—**テニエルス（ダヴィッド・）**　一六一〇～九〇年。ベルギーの画家。宮廷のお抱え画家となったが、むしろ巧みな画風で当時の農民や庶民の生活の情景を得意とした。代表作「喫煙会」。

★200—**ルーベンス（ペーテル・パウル・）**　一五七七～一六四〇年。フランドルの画家。宮廷画家として活動する一方、外交官としても貢献した。人間の肉体美を得意とし、躍動感あふれる宗教画を描いた。代表作「ディアナ」。

★201―**イナガキ・タルホ（稲垣足穂）**　一九〇〇〜七七年。小説家。異国情緒的なファンタジーを得意とした幻想作家だが、一方近親相姦や死体愛好の欲望を描いた怪奇小説もある。長く異端の作家だったが、晩年に評価され多くのマニアがいる。主著『一千一秒物語』『少年愛の美学』『A感覚とV感覚』。「A感覚」はアナル嗜好、ちなみに「V」はヴァギナである。

★202―**マックス・エルンスト**　一八九一〜一九七六年。ドイツ出身の画家。シュルレアリスムの推進者の一人であり、その美術における重要な自動記述の方法であるコラージュやフロッタージュ、デペイズマンなどの創意者。潜在意識の幻想風景を得意とした。画集に『博物誌』『百頭女』。代表作「ユークリッド」「鳥」。著者にも『エルンスト』など幾つかのエルンスト論がある。

★203―**レオノール・フィニー**　一九〇八〜九六年。アルゼンチンの画家。主にパリでシュルレアリスムの画家として活動し、女性ばかりを登場させる夢やエロスの表現を通して、文明批判的な画風を確立した。代表作「不在者の帰還」「眠れるフェビュス」。著者の好きな画家の一人。著者による、ジェレンスキー『レオノール・フィニー』の翻訳がある。

★204―**ペトロニウス（ガユース・）**　?〜五五か六六年。ローマ時代の政治家・作家。鋭い想像力で、卑語なども盛んに取り入れた諷刺小説・悪漢小説を書いた。皇帝ネロに寵愛されたが、最後は自殺に追い込まれた。主著『サテュリコン』『トルマルキオの饗宴』。
★205―**エリュアール（ポール・）**　一八九五〜一九五二年。フランスの詩人。シュルレアリスムの創始者の一人で、反戦の意志や愛と官能を流麗で易しい言葉に乗せて歌った。後にシュルレアリスムと決別したが、日本には愛の詩人、レジスタンスの詩人として広く流布した。主著『苦悩の首都』『処女懐胎』。
★206―**ジルベール・レリー**　フランスの作家。モーリス・エーヌのサド研究を受け継いで、膨大な知識と歴史的考察で一九五〇年代に『サド侯爵伝』を書き、サドの存在を世界的に知らしめた。著者によるレリーの『サド侯爵』（『サド侯爵伝』の抜粋のようなもの）の翻訳がある。
★207―**ジャン・カスウ**　一八九七〜一九八六年。スペイン生まれのフランスの作家・美術批評家。大戦中に反ナチの運動に従事し、獄中で『秘かに書かれた三十三のソネット』は有名。夢や諷刺で織られた写実性とロマン主義的要素のある作品を得意とした。主著『痴愚礼讃』『パリの虐殺』。

〔母性憎悪〕

★208―モーリス・サックス　一九〇六～四五年。フランスのユダヤ系作家。幻想的な作品を得意とし、コクトーなどと親交を結んだが、飲酒や同性愛の果て、原因不明の死を遂げた。主著『魔宴』『アブラカタブラ』。

★209―シャトーブリアン（フランソワ＝ルネ・ド・）　一七六八～一八四八年。フランスの作家。貴族として生まれ、フランス革命に際し反革命軍として戦った。後にキリスト教に帰依した。自然の讃美や異国情緒を含むメランコリックな作風でロマン主義の先駆となった。主著『ナチューズ族』『殉教者たち』。

★210―ピエール・クロソウスキー　一九〇五～二〇〇一年。フランスの作家・画家。バタイユやミシェル・レリスらと「社会学研究会」を結成。独自の神学解釈による小説を書く。主著『歓待の掟』『プロンプター』。また、『わが隣人サド』はサド復権の先駆となり、『ニーチェと悪循環』など、批評でも活躍。

［サド復活］

★211―シャルル・ド・ヴィレイユ　一七六五～一八一五年。フランスの哲学者。フランス革命に反発してドイツへ亡命した。カントやフィヒテをフランスに紹介し、スタール夫人らに影響を与えた。主著『カントの哲学』。

★212——**J・A・デュロール**　フランス革命当時に活躍した歴史家。『貴族人名録』というパンフレットがあり、マルセイユ事件でのサドに対する中傷的な叙述がある。モーリス・エーヌのサド研究がでるまで、それが通説となっていた。

★213——**ナティエ（ジャン・マルク・）**　一六八五～一七六六年。フランスの画家。フランス王室の肖像画家として、優美で外面的な華麗さを誇った。代表作「グレルモン嬢」「ピーター大帝」。

★214——**グザヴィエ・ド・サド侯爵**　一九二二年～。サド侯爵の次男の直系の、サドから六代目に当たる子孫。数多くのサドの文献を管理している。

★215——**カルメル派**　十六世紀に出来たキリスト教神秘主義の団体。祈禱に関して、イエスの人格や説教に対する瞑想を主とする。

★216——**リシュリュー元帥**　十八世紀の自由主義者（放蕩者）の一人。放蕩や決闘事件などにより、たびたびバスティユに投獄された。

★217——**ペトラルカ（フランチェスコ・）**　一三〇四～七四年。イタリアの詩人・人文主義者。

幅広い教養とヨーロッパ各地を遍歴した経験を持つ。孤独な漂泊者であると同時に政治的行動主義者でもあり、教皇庁の腐敗と戦ったりもした。主著『名士列伝』『アフリカ』。『カンツォニエーレ』は晩年の詩で、俗語で書いて流行となった。

★218―**ブルボン王家**　フランス国王ルイ九世の孫のルイを先祖に、ヨーロッパ各地でその子孫が王位についた。ハプスブルク家と抗争しつつ権力を保持し、ルイ十四世の頃、絶頂を迎えた。

★219―**ジェスイット派**　イエズス会のこと。十六世紀にイグナティウス＝デ＝ロヨラによって設立され、古い生活形式を廃止して、全世界にキリスト教を布教していった。特にアジアでの布教活動は有名。

★220―**カミーユ・デムーラン**　一七六〇～九四年。フランス革命期の政治家。ロベスピエールの友人として、革命を煽動した。「フランスとブラバンの革命」紙を刊行したが、恐怖政治の緩和を要求したために処刑された。

★221―**ドラクロワ（ウージェーヌ・）**　一七九八～一八六三年。フランスの画家。ロマン派の代表的画家で、史実に基づいた劇的な空間を鮮やかにダイナミックに描くのを得意とした。古典派の形式主義に反抗して、印象派への通路をつけた。代表作「ダンテとウェルギリウス」「アルジェリアの女」。

★222―クレランボー（ガータン・） 一八七二〜一九三四年。フランスの精神医学者。「精神自動症」という概念で幻覚や妄想の構造を解き明かした。また中毒患者などの研究でも知られるが、最後は自殺した。

★223―サルバドール・ダリ 一九〇四〜八九年。スペインの画家。キリコなど形而上的な絵画やシュルレアリスムに影響を受け、夢や幻覚を視覚化した幻想画を描いた。奇抜なファッションや行動でも人心を驚かし、映画や商業デザインなどにも手を染めた。代表作「記憶の固執」「内乱の予感」。主著『非合理性の征服』。著者の『幻想の画廊から』に登場する。

★224―第三次シレジア戦争 シレジアの領土を巡るオーストリアとプロイセン（同盟国イギリスも）の間で一七五六〜六三年に起こった戦争。七年戦争とも言う。プロイセンが勝利したが、この戦争の意義はブルボン対ハプスブルクという対立の図式を破ったこと。

★225―チャールス・ヘンリー 十九世紀の医学者。一八八七年に匿名で「サド侯爵の真実」を発表した。長く無視されてきたサドのテキストがこれをもって文芸批評と科学の対象となった。

★226―アルクイユ事件 一七六八年にサドがパリ近郊のアルクイユ村で起こした事件。女を鞭で打ち、サドが初めて異常な性的嗜好を世人に知らしめたスキャンダル。

★227―ゴンクール（エドモン・ド・とジュール・ド・） フランスの兄弟作家。常に二人で行動し、執筆も共同、恋人も共有という生活をした。十八世紀の研究を糧に小説を書き、視覚的な文体を好んだ。浮世絵の紹介者でもあり、ゴンクール賞の由来でもある。主著『大革命期のフランス社会史』『ジェルミニー＝ラセルトゥー』『北斎』。

★228―**バショーモン（ルイス・）**一六九〇～一七七一年。フランスの年代記作者。フランスのサロンの中心人物で、そこで取材した話題やゴシップをまとめた『回想秘録』は彼の死後も続けられた。パリの都市計画などに尽力した芸術愛好家。主著『絵画、彫刻、建築に関する試論』。

★229―**シェークスピア（ウィリアム・）**一五六四～一六一六年。イギリスの詩人・劇作家。エリザベス王朝期に生き、それまでの演劇の概念を覆すほどの劇的展開とリアルな人間心理に満ちた傑作を書いた。中世の超自然的要素、古代の歴史観、写実性など、どれをとっても余人の追随を許さない。主著『ハムレット』『マクベス』『リア王』『オセロー』。

★230―**フィールディング（ヘンリー・）**一七〇七～五四年。イギリスの作家・治安判事。パロディ・諷刺・イロニーなどを駆使して滑稽な文才豊かな物語を書き、「イギリス小説の父」と呼ばれた。主著『ジョーゼフ・アンドルーズ』『トム・ジョーンズ』。

★231―**マラー（ジャン・ポール・）**一七四三～九三年。フランスの革命指導者。「人民の友」

紙を発行して、パリ民衆の革命的共和主義を煽動した。山岳派の中心人物だったが刺殺された。

★232―**シャルル・ノディエ**　一七八〇～一八四四年。フランスの作家。革命後の不安な時代を生き、夢と幻想にみちたファンタジーを書いた。博識家で一時ロマン主義運動をリードするが、晩年は孤独であった。ネルヴァルなどに影響を与える。主著『トリルビー』『パン屑の妖精』。著者はノディエの『ギスモンド城の幽霊』（短篇）を翻訳している。

★233―**ジョゼフ・フーシェ**　一七五九～一八二〇年。フランスの政治家。フランス革命では指導者の一員だったが、後にテルミドールの反動に加担して警察大臣になる。さらにナポレオンに接近してクーデターに加担しながら、なぜか王政復古後も警察大臣として権力を保持し続けた、変節と日和見（ひよりみ）の政治家。

★234―**アンジュ・ピトゥ**　十九世紀の文人。サドに関する文献で『二十六年間にわたる我が不幸と迫害の分析』がある。

★235―**ヴィクトリアン・サルドゥ**　一八三一～一九〇八年。フランスの劇作家。デュマらとともに十九世紀後半の演劇界を風靡（ふうび）した。観客の笑いと感動を呼ぶ手際（てぎわ）が見事だった。代表作『心霊術』『離婚しよう』『祖国よ』。

★236―**聖ヨハネ・クリュソストモス**　キリストの十二使徒の一人。小アジアで布教し、エペソで没した。新訳聖書の中の「ヨハネの手紙」「ヨハネの黙示録」「ヨハネによる福音書」などで有名。

★237―ニコル（ピエール・）　一六二五～九五年。フランスのモラリスト・神学者。ポール・ロアイヤル運動に参加し、アルノーを助けて多数の宗教論争書を著す。『道徳論』によってモラリストとして文名をあげた。

★238―サント・ブーヴ（シャルル・オーギュスタン・）　一八〇四～六九年。フランスの詩人・批評家。幅広い教養と科学的精神により、印象と科学を融合した批評を柔軟で洞察力に富んだ文章で書いた。主著『批評と文学的肖像』『月曜閑談』。

★239―バイロン（ジョージ・ゴードン・）　一七八八～一八二四年。イギリスのロマン派詩人。自我の無限の高揚をエネルギーに、繊細かつ大胆な表現と詩法で運命を歌った。主著『チャイルド・ハロルドの遍歴』『マンフレッド』。

★240―アナトール・フランス　一八四四～一九二四年。フランスの小説家・批評家。博識なディレッタントとして、華麗でイロニックな文章で象徴主義者らを擁護した。晩年は社会主義に傾いた。主著『文学生活』『シルヴェストル・ボナールの罪』。

★241―エミール・オージェ　一八二〇～八九年。フランスの劇作家。ロマン派に抗して、当時勃興していたブルジョア階級を背景に、家庭的な美徳を称える作品を書いた。ボードレールとの論争は有名。主著『ガブリエル』『ポワリエ氏の婿』。

★242―ラマルク（ジャン・バプティスト・）　一七四四～一八二九年。フランスの生物学者・進化論者。無脊椎動物の分類の研究から「用不要説」という進化論を提唱。主著『動物哲学』『無脊椎動物誌』。

★243―スペンサー（ハーバート・）　一八二〇～一九〇三年。イギリスの哲学者。宇宙は進化すると唱え、星雲から人間の道徳生活まで一切を進化論的に説明した。イギリス経験論の伝統を集大成した。主著『総合哲学体系』『科学の分類』。

［文明否定から新しき神話へ］

★244―マキアヴェリ（ニッコロー・）　一四六九～一五二七年。イタリア・ルネサンス期の政治思想家・歴史家。神権政治を排し共和制を守護した。現実を直視したリアリズム認識で軍事の必要性や君主のあり方を説いた。主著『君主論』『マンドラゴラ』。

★245―バルザック（オノレ・ド・）　一七九九～一八五〇年。フランスの作家。多彩な作風と、唯物論と誇大妄想を巧みに配合して風俗や人間の多様な相を描いた当代の流行作家。リアリズム小説の最大の創始者として近代文学の古典を作ってきた。その生涯もエネルギッシュである。主著『ゴリオ爺さん』『谷間の百合』。

★246―**スピノザ（バルフ・ド・）** 一六三二～七七年。オランダの哲学者。ユダヤ神学とデカルトの哲学を統合し、世界は神の属性であり、その因果に支配されるという汎神論的な一元論を説いた。ユダヤ教団から破門され、レンズ職人として生きた。主著『エチカ』『知性改善論』。

★247―**スターリン（ヨシフ・ヴィサリオノヴィッチ・）** 一八七九～一九五三年。ソ連共産党の指導者。レーニンの死後、一国社会主義を主張し、党の権力を握った。集団主義と計画経済を推し進めたが、一方で粛正や暗殺も重ねて、党の一元化を図ってきた。死後に批判が巻き起こった。主著『レーニン主義の基礎』『マルクス主義と言語学の諸問題』。

★248―**トロツキー（レフ・ダヴィドヴィッチ・）** 一八七九～一九四〇年。ロシアの革命家。ロシア革命の理論的指導者の一人。スターリンと党の主導権を争い破れ、永久革命論を唱え、インターナショナルを創設したが、スターリンの手先により暗殺された。鋭い文学的感受性の持ち主でもあった。主著『ロシア革命史』『文学と革命』。著者はトロツキーの『わが生涯』を共訳している。

［非合理の表現］

★249—**ジャン・エプスタン** 一八九七～一九五三年。ポーランド生まれのフランスの映画監督・映画理論家。カメラの中には存在しないものを表現することを意図し、フォトジェニーの理論を実践した。数々の無声映画の傑作を作った。主著『今日は、映画』。代表作『アッシャー家の末裔』『悪魔の映画』。

★250—**グーテンベルク（ヨハネス・）** 一三九七～一四六八年。ドイツの発明家。金属の活字による活版印刷の発明者。以後現在まで、これほど文化の推進とメディアの一般的拡大を図った発明はない。

★251—**ドストエフスキー（フョードル・ミハイロヴィチ・）** 一八二一～八一年。主観や内面の迫真的な描写により、人間の善悪や本性、いつの時代でもある社会の矛盾や構造を徹底的に描いた作家。ヒューマニズムと悪魔性を共に描いて、現代文学への影響は計り知れない。主著『罪と罰』『悪霊』『カラマーゾフの兄弟』。

★252—**フォークナー（ウィリアム・カスバート・）** 一八九七～一九六二年。アメリカの作家。

正規の学業は受けていないが、生まれ育った南部社会の特殊な歴史的風土を反映し、人間の持つ暴力と悪と退廃の諸相を独特なリアリズムで描いた。主著『響きと怒り』『アブサロム、アブサロム!』。

★253—**ルイ・デリュック** 一八九〇〜一九二四年。フランスの映画監督・映画理論家。フォトジェニーの理論を築き、映像の持つ生命力を説いて、映画製作に大きな影響を与えた。主著『映画社会』『映画劇』。代表作『黒煙』。

★254—**フォトジェニー** 「映像の持つ表現能力」のことで、映画の動きが意識の内部へ働きかける作用を言う。ルイ・デリュックが提唱し、モンタージュの理論へと継承され、アバンギャルドやトーキーへと発展していった。

★255—**スペクタクル** 巨費を投じ、群集や豪華なセットを組み、スケールの大きさを強調した見世物的な映画。イタリアに起こり、アメリカ・ハリウッド映画の主要なジャンルとして現在まで興隆している。代表的な作品に『十戒』『ベン・ハー』など。

★256—**エイゼンシュテイン(セルゲイ・)** 一八九八〜一九四八年。ソ連の映画監督。唯物弁証法に基づくモンタージュ理論を提唱し、その実践的映画『戦艦ポチョムキン』で世界的な成功をおさめた。主著『映画の弁証法』。代表作『ストライキ』『イワン雷帝』。

★257―**オデッサ叛乱**　ウクライナの黒海沿岸の都市オデッサは、多様な民族が入り乱れ政治的にも活発な都市であった。一九〇五年の戦艦ポチョムキンの反乱とそれに伴う一連のロシア革命での内戦の舞台になった。

★258―**アッチラ王**　?～四五三年。フン族の支配者。ゲルマンの諸族を従えて、中欧から黒海にいたる大帝国を建設した。当時の民衆に恐れられて、中世の伝説になった。

★259―**アル・カポネ**　一八九九～一九四七年。アメリカのギャング。イタリアの移民で作られたギャング組織マフィアのボス。禁酒法時代のシカゴを舞台に、密造酒による巨万の富を得て、「暗黒街の帝王」と恐れられた。マシンガンを乱射するバレンタインの大虐殺の主役。

★260―**ビリー・ザ・キッド**　一八五九～八一年。二十一年の生涯に二十一人の男を殺したといわれるアメリカの西部開拓時代の無法者。ドグ・ホリデーらと無法者集団を作り、暗躍した。

★261―**マリリン・モンロー**　一九二六～六二年。アメリカの女優。グラマーで大胆な演技を売り物に、ハリウッドの偶像として世界的人気を得た。アーサー・ミラーとの不幸な結婚、ケネディ大統領とのスキャンダルなど話題にも事欠かなかった。代表作『ナイアガラ』『バス停留所』『ショーほど素敵な商売はない』。

★262―**ルイス・ブニュエル**　一九〇〇～八三年。スペインの映画監督。ダリとともにシュルレアリスムの映画『アンダルシアの犬』『黄金時代』を作る。大胆で象徴的な映像表現とドキュメントタッチの映像を得意とする。代表作『糧(かて)なき土地』『昼顔』『ブルジョワジーの密かな愉しみ』。

★263―セミ・ドキュメンタリー 大戦後の一時期、アメリカで流行した映像手法。ネオ・リアリズムの影響で、ドラマと現実の実写を共存させ、偶然性や即興性のリアリズムを追求した。代表的な作品にダッシンの『裸の町』など。

★264―クロード・モーリヤック 一九一四〜九六年。フランスの作家。フランソワ・モーリヤックの息子で、ヌーヴォー・ロマンに「人間喜劇」の味わいを併合させた小説を目指した。主著『内的対話』『不動の時』。

★265―ドキュメンタリー 「記録映画」のことだが、一九三〇年代のイギリスで、現実や事実の創造的劇化を目指した方法としてポール・ローサらによって提唱された。ネオ・リアリズムによって深化させられ、現在では映画だけでなくテレビやルポでもその方法を用いる。

★266―キャロル・リード 一九〇六〜七六年。イギリスの映画監督。ヒッチコック流の心理的スリラーや、ドキュメンタリー・タッチの濃(こまや)かな演出のスリラーなどを得意とする。代表作『第三の男』『オリバー』。

★267—**マルセル・カルネ**　一九〇九～九六年。フランスの映画監督。心理主義的な作品や、スケールの大きな人間群像を得意とした。詩人のプレヴェールとのコンビの『天井桟敷の人々』は傑作の誉れ高い。代表作『北ホテル』『嘆きのテレーズ』。

★268—**モンタージュ**　フォトジェニストが提唱し、ソ連映画で多様に実践された映画技法。ショットの結合や衝突によって映像効果を高める方法。エイゼンシュテインらが実験し、現在でも重要な機能を果たしている。

★269—**コンティニュイティー**　「演出台本」のこと。絵コンテとして描かれ、アングルや演出内容を略書きしたもの。

★270—**『死刑台のエレベーター』**　一九五七年公開のルイ・マルの映画。フランスの新しい映画潮流であったヌーヴェル・ヴァーグの先駆的作品で、モダンジャズを多用した、緊迫した撮影効果のある作品。興行的にも当たった。

（作成・大日方公男）

（お断り）

本書は１９９７年に角川春樹事務所より発刊された文庫を底本としております。
あきらかに間違いと思われるものについては訂正いたしましたが、
基本的には底本にしたがっております。
また、底本にある人種・身分・職業・身体等に関する表現で、現在からみれば、
不当、不適切と思われる箇所がありますが、著者に差別的意図のないこと、
時代背景と作品価値とを鑑み、著者が故人でもあるため、原文のままにしております。

P+D BOOKS

ピー プラス ディー ブックス

P+Dとはペーパーバックとデジタルの略称です。
後世に受け継がれるべき名作でありながら、現在入手困難となっている作品を、
B6判ペーパーバック書籍と電子書籍で、同時かつ同価格にて発売・発信する、
小学館のまったく新しいスタイルのブックレーベルです。

サド復活

２０１５年５月25日　初版第１刷発行
２０１５年７月６日　第２刷発行

著者　澁澤龍彥
発行人　田中敏隆
発行所　株式会社　小学館
〒１０１－８００１
東京都千代田区一ツ橋２－３－１
電話　編集　０３－３２３０－９３５５
販売　０３－５２８１－３５５５
印刷所　中央精版印刷株式会社
製本所　中央精版印刷株式会社
装丁　おおうちおさむ（ナノナノグラフィックス）

ISBN978-4-09-352202-1

P+D BOOKS